教育部人文社会科学研究规划"闽南童谣与台湾童谣同源性研究
（项目批准号：17YJA760004）

U0592185

闽南童谣研究

陈 芳 ◎ 著

科学出版社
北 京

内 容 简 介

闽南童谣是以闽南方言创作和传唱的儿童歌谣,唐代开始流传,明代通过闽南人过台湾或下南洋的方式得到广泛传播,主要流行于我国闽南地区、台湾地区及东南亚华人华侨居住地。闽南童谣的传承对于我们了解闽南文化,开展海内外文化交流,推动中华文化的创新与发展有着积极而深远的意义。本书分别从闽南童谣的历史、方言特色、分类、民俗事象及文化意蕴等方面进行论述和分析,梳理闽南童谣的特色与发展,探讨闽南童谣的传承意义。

本书可供研究音乐史、童谣史等方面的院校师生及广大音乐爱好者参阅。

图书在版编目(CIP)数据

闽南童谣研究 / 陈芳著. —北京:科学出版社,2022.11
ISBN 978-7-03-073536-2

Ⅰ. ①闽… Ⅱ. ①陈… Ⅲ. ①儿歌–诗歌研究–福建 Ⅳ. ①I207.8

中国版本图书馆 CIP 数据核字(2022)第 195191 号

责任编辑:杜长清 张 文 / 责任校对:王晓茜
责任印制:李 彤 / 封面设计:润一文化

科学出版社 出版
北京东黄城根北街 16 号
邮政编码:100717
http://www.sciencep.com

北京建宏印刷有限公司 印刷
科学出版社发行 各地新华书店经销

*

2022 年 11 月第 一 版 开本:720×1000 1/16
2023 年 6 月第二次印刷 印张:15 1/2
字数:280 000
定价:**99.00 元**
(如有印装质量问题,我社负责调换)

前　言

　　童谣，古称孺子歌、童子歌、儿童谣、孺歌、小儿语、女童谣等。童谣的各种称谓虽在历史的不同时期、不同地域并不统一，但其内涵、外延及意义大同小异。童谣是中国民间文学宝库中的重要组成部分，是基于儿童所见所闻、所思所想的表达与言说，也是贴近儿童内心和现实生活、源于儿童个体或群体社会的歌谣。纵观童谣的发展历程，其既是古时百姓参与时事政治和表达诉求的方式，也是文人墨客进行创作的素材来源和表达体裁，它能够反映当时社会生活、历史事件或人们的情感诉求。童谣以一种儿童特有的纯真和质朴的语言，进行着真实有效的历史遗产保护、信息传播和文化传承。童谣中蕴藏的历史信息、语言符号、声韵特征等，已经成为当今很多学科领域进行学术研究不容忽视的重要来源和方向。

　　童谣历经发生、发展与变迁，依然充满童真和童趣，并具有一定的教育意义，在传统童谣的基础上衍生出的内容更为丰富的新作品，具有浓郁的地方文化特色。这些新作品能诵能唱，甚至能舞，反映了儿童生活的方方面面。随着当今传承方式和传播手段的不断创新，童谣传播的速度和广度均有所提升，并日渐成为儿童教育独具特色的内容和形式，是激发儿童创造力的有力手段。

　　闽南童谣的生命力在于传承和创新，我作为一个闽南人，传承闽南传统文化义不容辞。由于笔者水平有限，本书难免有不足之处，恳请各位专家、读者批评指正，以便于修订，使之日臻完善。

陈　芳

2022 年 6 月 6 日

目　　录

第一章

闽南童谣概述

　　童谣，是孩子最早接触的文学样式，是传唱在儿童之间的没有乐谱的歌谣。在人类历史早期，童谣便已开枝散叶，它是民间文学中古老、绚烂的花朵，是民间文学流芳百世的"童子之情"，散发着"味之者无极，闻之者心动"的艺术魅力。童谣具有民间文学的基本特征，口耳相传，代代相传，传统童谣具有口头性、变异性和集体性（有的童谣没有具体作者，是集体创作的）的特点，而现代童谣则多了科普性与趣味性。童谣是人类学、民俗学、文学、艺术学等学科共同的研究对象。"在传统与现代社会中，每个人的成长都离不开民俗文化的教化和熏陶。从孩提时代到成人，人们从民俗文化中学得一系列知识、技能和道德，甚至是祖先留下的成见。"①童谣是儿童文学重要的组成部分，"在文字出现之前，它已在人类世界存在着，凭口耳相授一代代流传下来，是祖先教育、娱乐后代的重要形式之一"②。

第一节　界 说 童 谣

　　童谣历史可谓久矣，至少已有 2000 多年，其最早出现于春秋时期的《国语》和《左传》。《国语·郑语》云："宣王之时有童谣。"③《左传·僖公五年》云："八月甲午，晋侯围上阳，问于卜偃曰：'吾其济乎？'对曰：'克之。'公曰：'何时？'对曰：'童谣'曰：'丙之晨，龙尾伏辰，均服振振，取虢之旗。鹑之贲贲，天策炖炖，火中成军，虢公其奔。'其九月、十月之交乎！丙子旦，日在尾，月在策，鹑火中，必是时也。"④《左传·昭公二十五年》云："有鸲鹆来巢，书所无也。师己曰：'异哉！吾闻文、武之世，童谣有之'，曰：'鸲之鹆之，公出辱之。鸲鹆之羽，公在外野，往馈之马。鸲鹆跦跦，公在乾侯，征褰与襦。鸲鹆之巢，远哉遥遥。稠父丧劳，宋父以骄。鸲鹆鸲鹆，往歌来哭。'童谣有是，今鸲鹆来巢，其将及乎？"⑤

一、"谣"与"歌"

　　"谣"最早出现于《尔雅·释乐》，其云："徒吹谓之和，徒歌谓之谣。"⑥徒歌

　① 钟敬文主编. 民俗学概论. 上海文艺出版社，1998：14.
　② 黄云生主编. 儿童文学概论. 上海文艺出版社，2001：49.
　③ 陈桐生译注. 国语. 中华书局，2013：576.
　④ 杨伯峻编著. 春秋左传注（二）. 中华书局，2016：339.
　⑤ 杨伯峻编著. 春秋左传注（五）. 中华书局，2016：1623.
　⑥ 郭璞注. 尔雅. 王世伟校点. 上海古籍出版社，2015：91.

也称谣，意为无伴奏的歌唱，即清唱。中国最早的诗歌总集《诗经》中《魏风·园有桃》有云："心之忧矣，我歌且谣。"①意为我心里充满忧伤，低唱着伤心曲，浅吟着歌谣。《说文解字》释谣："谣，徒歌，从言肉声。"②《宋书·乐志》云："凡此诸曲，始皆徒歌，既而被之弦管。"③东汉薛汉撰的《韩诗章句》云："有章曲曰歌，无章曲曰谣。"④《毛传》曰："曲合乐曰歌，徒歌曰谣。"《诗经·大雅·行苇》曰："歌者，比于琴瑟也。"⑤意为带有琴瑟伴奏的叫歌唱。唐代诗人李白的《庐山谣寄卢侍御虚舟》云："好为庐山谣，兴因庐山发。"⑥意为我喜欢为雄伟的庐山歌唱，这兴致因庐山风光而滋长。《经籍纂诂》曰："谣，谓无丝竹之类，独歌之。"⑦宋代的《尔雅疏》云："凡八音备作曰乐，一音独作不得乐名，故此辨其异名也。徒，空也。"清代纳兰性德的《渌水亭杂识》卷二云："唯人声而无八音谓之徒歌，徒歌曰谣。"朱自清的《朗读与诗》曰："诗出于歌，歌特别注重节奏；徒歌如此，乐歌更如此。"⑧

"谣"与"歌"从古至今就是密不可分的，"歌谣包括'歌'和'谣'两个部分，由于汉语各方言的差异和各少数民族语言的差别，因此中国对于歌谣的定义向来比较难以确定，主要两种分类：一是合乐与徒歌难分；二是劳动人民口头创作的民间歌谣与作家诗人创作的诗歌，二者的界限也不一定那么分明。《诗经》所录的乐歌，就有上述两种作品的混淆而存在"⑨。正如杜文澜在《古谣谚》"凡例"中所说的："凡工歌合乐者，概不必收；自歌合乐者，间亦可收。盖一则本意在于合乐，非欲徒歌；一则本意在于徒歌，偶然合乐也。"⑩钟敬文在其主编的《民间文学概论》中说道："就反映的生活内容看，歌与谣并没有什么大的区别，所不同的只是：民歌受到音乐的制约，有比较稳定的曲式结构，所以歌词也有与之相适应的章法和格局；民谣大部分没有固定的曲调，唱法自由近于朗诵，所以谣词多为较短的一段体，在章句格式的要求上不像民歌那么严格。"⑪

歌谣随着人类文明的发展而产生，除了口耳相传是其最直接的保存方式外，介质上的保存更具实证意义，如古代龟器的甲骨卜辞中一些文字记录的片段，以

---

① 王秀梅译注. 诗经. 中华书局, 2016：123.
② 许慎撰. 说文解字注. 段玉裁注. 上海古籍出版社, 1981：93.
③ 苏晋仁. 宋书乐志校注. 萧炼子校注. 齐鲁书社, 1982：71.
④ 郭茂倩编. 乐府诗集（第四册）. 中华书局, 1979：1165.
⑤ 上海古籍出版社编. 十三经注疏（上）. 上海古籍出版社, 1997：534.
⑥ 乐云主编. 唐诗三百首鉴赏辞典. 崇文书局, 2016：65.
⑦ 阮元等撰集. 经籍纂诂（上）. 中华书局, 1982：533.
⑧ 转引自吕周聚. 被遮蔽的新诗与歌之关系探析. 文学评论, 2014，（3）：33-45.
⑨ 王光荣编. 歌谣的多学科研究. 中国书籍出版社, 2013：1.
⑩ 杜文澜辑. 古谣谚. 周绍良校点. 中华书局, 1958：4.
⑪ 钟敬文主编. 民间文学概论. 上海文艺出版社, 1980：238.

及殷商时代的金文中都可以发现形同歌谣的内容。

二、童谣与儿歌

何谓童谣？"童，童子。徒歌曰语。"（《国语·晋语》）"童子歌曰童谣，以其出自胸臆，不由人教也。"（《丹铅总录》卷二五）"儿歌是劳动人民及其子弟根据儿童理解能力、生活经验、心理特点和欣赏趣味，以简洁生动的韵语所创作，并长期流传于儿童生活中的口头短歌。"[①]

周作人于 1914 年 1 月在《绍兴县教育会刊》发表的《儿歌之研究》中说："儿歌者，儿童歌讴之词，古言童谣。"[②]他认为儿歌就是童谣。新文化运动以后，许多爱国留学青年将自己所学的西方音乐融入儿歌的创作，与传统的童谣一道经口耳相传，逐渐发展并形成一种丰富多彩的新童谣。"儿歌是'五四'时期歌谣运动开始才普遍运用的名称，我国古代一般称作'童谣'。"[③]五四运动时期是中国儿童文学的萌芽时期，儿歌在该时期逐渐替代了童谣的概念，甚至还有将儿童诗视作童谣的看法。之后，有学者提出童谣与儿歌不同的看法，郑薏苡认为"童谣是民谣的一种，主要是指传唱在儿童之间的没有乐谱的歌谣。这些出自市井之口的短小歌谣既是社会生活的镜像，也是方言土语的宝藏，更是历史的另一种见证"[④]。朱介凡认为"童谣多是政治性的预测、讽刺，让历史家取为治乱兴衰的论断。童谣之所以并非儿歌，主要的一点是：童谣很少关涉儿童生活"[⑤]。被称为"台湾童谣的园丁""台湾囝仔王"的施福珍认为："如果从音乐的创作与研究的角度来看，则'童谣'与'儿歌'其实应该完全不同。'童谣'是儿童念谣，由于其为吟诵形式，只有语言旋律，没有音乐曲调，是属于徒歌式的吟念，闽南语称其为'念歌'。'儿歌'则是儿童唱谣，不但有念的词也有音乐旋律，其创作可超越语言旋律，徒歌或合乐均属于此类，闽南语则称为'唱歌'。"[⑥]他还特别指出，囝仔歌是为了避免使用"儿歌"或"童谣"这些容易让人造成困扰的名词，因此以囝仔歌作为"念谣"与"唱谣"统称。陈耕和周长楫认为："童谣是儿童的歌谣，童谣中最基本的是儿童的诗词。这些诗词大多以口头念诵的形式来表现，叫'念谣'；有一些配了曲，有固定旋律，则称之为'唱谣'，也叫儿歌。"[⑦]古代"歌"与"谣"都具有强

---

① 王光荣编. 歌谣的多学科研究. 中国书籍出版社，2013：280.

② 吴平，邱明一编. 周作人民俗学论集. 上海文艺出版社，1999：130.

③ 赵景深，车锡伦，何志康编. 古代儿歌资料. 少年儿童出版社，1963：1.

④ 郑薏苡. 温州童谣研究. 浙江大学出版社，2011：1.

⑤ 朱介凡编. 中国儿歌. 台湾纯文学出版社，1977：8-9.

⑥ 施福珍. 台湾囝仔歌一百年. 晨星出版有限公司，2003：18-19.

⑦ 陈耕，周长楫编著. 闽南童谣纵横谈. 鹭江出版社，2008：8.

烈的音乐性，歌有曲谱，谣在念诵时具有很强的旋律感和节奏感，这点尤显于闽南童谣之中，因为闽南方言是一种多声语言，共有七声十五韵，保留了完整的中古原音，闽南话调与音乐音律近似，因此闽南童谣具有鲜明的音乐感和节奏感。

纵观学界各家观点，"歌"与"谣"、儿歌与童谣有着万缕千丝的联系。童谣其实就是儿童的歌谣，是传唱于儿童之口的歌谣。儿童的诗词是童谣的基础，若在词的基础上配上旋律和音乐，则既可以称为"唱谣"，也可称为"儿歌"。儿歌是孩子的诗，是从孩子的心性、生活、游戏情趣，以及儿童语言的感受出发的，比起大人的歌谣显得更为朗朗上口、活泼有趣。童谣随意唱来，具有儿童语言特点；句式简洁、结构自由，声韵活泼、情趣盎然，语言直白、顺口成章；辞章千变万化，但并不杂乱，充分显示了孩子的快乐与活力，是儿童心灵的自由嬉游和舒畅表达。

三、童谣与谶谣

历史遗留下来的口头文学中，不乏暗示时代变迁或政治征兆的谣谚，一般被称为谶谣，主要收录在后三国时代以后的文献中。谶谣有的用于占卜吉凶，有的用于讽刺时事、针砭时弊或预言战争的成败，抑或是暗示某个历史人物或政治集团的命运，甚至有的试图预言国家政权的盛衰兴亡。

《国语·郑语》云："宣王之时有童谣，曰：'檿弧箕服，实亡周国。'"[①]这是西周末年著名的谶谣，大意为卖桑木做的弓和箕草做的弓箭袋的人，就是使周国灭亡的人。据说当时有一对夫妇正好卖桑弓和箕草做的箭袋，周宣王听到这首童谣后便下令追杀这对夫妇。二人在逃亡途中恰拾女婴，并投奔褒国，而后女婴长大，貌美如花，被褒人进献给周幽王。此女十分得宠，周幽王为得美人一笑不惜"烽火戏诸侯"，以至于当真正外敌入侵时烽火无人理会，没有诸侯救兵来搭救，最终周幽王被杀，西周灭亡。

《战国策·齐策六》中《齐婴儿谣》曰："大冠若箕，修剑拄颐。攻狄不能下，垒枯丘。"[②]这首童谣记述的是"田单将攻狄"的故事，故事的内容是齐国的大将田单想要攻打狄国，在出征之前拜访了当时齐国足智多谋的鲁仲连，鲁仲连预言田单会败，田单不服，拂袖而去，还是去攻打了狄国，耗时3个月，最后以失败告终，而且死伤惨重。童谣采用夸张的手法，尖锐地嘲讽了田单的骄傲自大。"大

---

① 陈桐生译注. 国语. 中华书局，2013：576.
② 缪文远，罗永莲，缪伟译注. 战国策（上）. 中华书局，2012：631.

冠若箕，修剑挂颐"说的是田单的头盔有簸箕那么大，他的宝剑长到可以撑起下巴，如此一个英武的将军一定是所向披靡的，可是由于他的自大和骄横，不但没能攻下狄国，还死伤惨重。这种夸张的手法及强烈的对比和转折，给人留下了深刻的印象。据《齐策》记载，田单听到民间流传的童谣对他战败的嘲笑后便再去找了鲁仲连，鲁仲连指出他失败的原因一是过于骄傲，二是将士军心涣散。后来，田单再次出征时，身先士卒，最终攻下了狄国。这个历史故事侧面反映出童谣具有强烈的现实意义。

北魏末年，《魏书·尔朱彦伯传》记载的《洛中童谣二则》曰："三月末，四月初。扬灰簸土觅真珠。头去项，脚根齐。驱上树，不须梯。"①这首童谣预言尔朱氏衰败，以及尔朱彦伯和尔朱世隆被杀。永熙元年（532）正月，高欢率军攻破邺城，后于三月韩陵大战中大败尔朱，并斩杀朱彦伯和尔朱世隆及其同党，应验童谣所说。

《旧唐书·西戎传》记载的《高昌童谣》云："高昌兵马如霜雪，汉家兵马如日月。日月照霜雪，回手自消灭。"②这首童谣描绘了初唐时期唐朝与高昌国交战的景象，运用比喻的修辞，预言了高昌必败的结局。高昌国，西域古国，今吐鲁番一带。贞观初年，高昌王麴文泰与西突厥结盟，轻辱唐朝，唐太宗遂派遣侯君集、薛万均等大将征讨高昌。童谣把高昌军比作霜雪，把唐军比作太阳，有太阳一出，霜化雪消的隐喻。童谣把唐王朝与高昌兵马之战比作"日月照霜雪"，既显示了二者之间力量上的差异，又带有强烈的感情色彩，表达了正义之所在。据《旧唐书》记载，这次战争从贞观十三年（639）十二月唐王朝派兵开始至次年八月就攻下高昌，"置为西州止，头尾不过半年多时间，的确有点'回手自消灭'的味道"③。这首童谣寓意反对分裂，要求统一是人心所向，大势所趋。

百姓对于政治时事的文学表达主要借助谶谣来实现，谶谣是谣谚中最常见的文学表达方式，它们不一定都由儿童创作，或许是成人编创，教给儿童，儿童接受、模仿、学习之，于是这类谶谣很快便流传于儿童间，进一步流传、活跃于民间社会。

四、童心归来

童谣自出现以来，就与社会政治生活紧密相连，最早的童谣说的就是王朝兴

---

① 转引自雷群明，王龙娣著. 中国古代童谣. 盖国梁配图. 上海文艺出版社，2003：247.
② 转引自雷群明，王龙娣. 中国古代童谣赏析. 湖南文艺出版社，1988：118-120.
③ 转引自雷群明，王龙娣著. 中国古代童谣. 盖国梁配图. 上海文艺出版社，2003：120.

替，之后的童谣一脉相承，顺着这一方向前行延续。明代之前以政治童谣居多。

东汉末年的《桓灵时童谣》曰："举秀才，不知书。察孝廉，父别居。寒素清白浊如泥，高第良将怯如鸡。"①这首童谣讽刺了当时朝政的腐朽，清白正直之士不被受用，外戚宦官勾结"卖官"，污浊不堪，选出的秀才不识字，举荐孝廉的人不赡养父母，号称出身寒微的清白官吏如同污泥般龌龊，而出身高等门第的所谓良将却又胆小如鸡。

北宋时的《真宗时童谣》曰："欲得天下宁，须拔眼中钉；欲得天下好，无如召寇老。"这首童谣通过对宋真宗时期的两位大臣对比褒贬，体现出佞臣、忠臣与天下安宁的关系，意为消灭坏人，天下安宁，治理天下，唯有寇准。在人民困苦不堪的生活窘迫下，丁谓为奉迎皇帝，压迫百姓建造"玉清宫"，民声怨道，百姓憎恨丁谓，视其为"眼中钉"。整首二十字的内容表现了"颂寇诟丁"的民意与诉求。寇准景德元年（1004）任宰相，当时外族契丹（辽）入侵，寇准主张迎战，反对投降南迁，鼓励皇帝御驾亲征，最后取得胜利。但因当时"宗亲贵胄于之宫闱，犹如老树盘根错节"，寇准不敌小人陷害，多次遭降职贬谪，最后被贬黜至雷州直至病逝。据《儒林公议》记载："寇准在相位，以纯亮得天下之心。丁谓作相，专邪黩货，为天下所愤。民间歌之曰：'欲时之好呼寇老，欲世之宁当去丁。'及相继贬斥，民间多图二人形貌，对张于壁，屠酤之肆，往往有焉。虽轻诙顽冥、少年无赖者，亦皆口陈手指，颂寇而诟丁，若己之恩仇者，况耆旧有识者哉。"②

明清时期，对童谣的搜集和研究进入了一个新阶段。王阳明《王文成全书》卷二《训蒙大意示教读刘伯颂等》有云："大抵童子之情，乐嬉游而惮拘检，如草木之始萌芽，舒畅之则条达，摧挠之则衰痿。今教童子，必使其趋向鼓舞，中心喜悦，则其进自不能已。譬之时雨春风，沾被卉木，莫不萌动发越，自然日长月化；若冰霜剥落，则生意萧索，日就枯槁矣。故凡诱之歌诗者，非但发其志意而已，亦所以泄其跳号呼啸于咏歌，宣其幽抑结滞于音节也。"③大意为儿童天性喜欢无拘无束的嬉乐，如同初发嫩高芽的草木，舒展畅快地生长，就能枝繁叶茂，但若遭受摧残很快就会枯萎。现在教育孩子，要鼓励他们顺着自己的兴趣学习，孩子自然就能不断进步。有如春雨般的润物细无声，滋润了花草树木，花木没有不发芽的，自然能一天天地茁壮生长。如果遭遇了冰霜，那么它们就会失去生机，一天天地枯萎。王阳明提出了儿童教育的核心是顺应儿童的自然发展，顺其自然，因势利导，反对束缚，提倡唱诗以抒怀。

---

① 转引自余冠英选注. 乐府诗选. 人民文学出版社，1953：141.
② 田况撰. 儒林公议. 张其凡点校. 中华书局，2017：65-66.
③ 王守仁. 王文成公全书（一）. 王晓昕，赵平略点校. 中华书局，2015：26.

　　明朝出现了一些反映儿童生活的童谣。例如，杨慎认为童谣是出自胸臆、不由人教的，他编纂的《古今风谣》中收录了表现儿童单纯活泼、富有生活情趣的歌谣，如《至正中燕京童谣三首》曰："阴凉阴凉过河去，日头日头过山来。"《元末湖湘中童谣》曰："不怕水中鱼，只怕岸上猪。猪过水，见糠止。"①又如，刘侗和于奕正编纂的地方志《帝京景物略》中的童谣《都城小儿祈雨歌》云："风来了，雨来了，禾场背了谷来了。"它呈现了当时儿童祈雨的民间风俗。再如，《明史·五行志》中的童谣《正统二年京师小儿歌》云："雨帝雨帝，城隍土地。雨若大来，还我土地。"②这也是一首祈雨歌谣。之后童谣如雨后春笋般地出现，有越来越多的文人志士关注、收集和整理童谣。

　　此外还有郑旭旦的《天籁集》、悟痴生的《广天籁集》、杜文澜的《古谣谚》等。郑旭旦在《天籁集》中说道："自有天地以来，人物生于其间……是妙文固起于天地而借万籁以传之。圣人者出，恐妙文之久而散失也，乃制字以体其音声，而为相传不朽之计。然则古圣因言而有字，后人执字以求文，其源流深浅固不待言而决矣……天之活泼，时时发见于童谣。"③在郑旭旦看来，虽然获取知识的重要途径是读书认字，但并不是只有文字才能产生流传于世的经典文章。口传心授远早于文字，为了更好地保存口头创作与流传，人们才创造了文字。郑旭旦在《天籁集》中给每首童谣的前后都加上了注释，他认为童谣是"天地间之妙文"，童谣的艺术性远超当时那些"不古不今之文"，强调了童谣的自然属性，童谣的地位也被提升到了前所未有的高度。郑旭旦对童谣独到精辟的观点，为后人研究童谣提供了重要的文学参考价值。《天籁集》与《广天籁集》最初于浙江书局刊印，后经中原书局再次出版，为民国通行版本。《天籁集》共收录了71首吴越童谣，均不离儿童日常生活所见闻，如表现童言无忌、反映家庭矛盾的现实生活童谣：

　　　　青萍儿，紫背儿，娘叫我，织带儿，带儿带儿几丈长？三丈长。
　　　　　　把娘看："好女儿。"把爹看："一枝花。"
　　　　　　把哥哥看："赔钱货。"把嫂嫂看："活冤家。"
　　　　　　"我又不吃哥哥饭，我又不穿嫂嫂衣。
　　　　　　开娘盒儿搽娘粉，开娘箱儿着娘衣。"④

　　① 转引自雷群明，王龙娣著. 中国古代童谣. 盖国梁配图. 上海文艺出版社，2003：259.
　　② 转引自张梦倩. 中国传统童谣研究. 山西教育出版社，2012：41-43.
　　③ 转引自车锡伦. 明清儿歌搜集和研究概述——古代儿歌研究之二//中国民间文艺研究会上海分会编. 民间文艺集刊（第二集）. 上海文艺出版社，1982：73.
　　④ 郑旭旦编辑. 天籁集. 上海悲增标点. 中原书局，1929：4.

有的童谣言语朴实，妙趣横生，把小动物的动作比拟成打鼓吹箫的热闹场面，童趣盎然，句句押韵，音调起伏有致：

> 一颗心，半个月，虾蟆水里跳过缺。
> 龟吹箫，鳖打鼓，一对虾蟆前头舞。①

有的童谣就像"打油诗"，侃侃道来，韵味十足：

> 一颗星，挂油瓶。
> 油瓶漏，炒黑豆。
> 黑豆香，卖生姜。
> 生姜辣，叠宝塔。
> 宝塔尖，戳破天。
> 天哎天，地哎地。
> 三拜城隍和土地。
> 土地公公不吃荤，
> 两个鸭子圈圈吞。②

1878 年，范寅的《越谚》收录了一些童谣，被称为"孩语孺歌之谚"。1896年，意大利外交官韦大列出版了中英文对照的《北京的歌谣》（也译作《北京儿歌》），其收录了 170 首北京民间歌谣。1900 年，美国传教士何德兰出版了《孺子歌图》，其收录了中国 152 首童谣。他们对中国童谣的关注、搜集和整理，对中国近现代童谣的研究起到了示范和推动作用。在他们看来，童谣不仅反映儿童的童真、童趣，更蕴含着深刻而丰富的文化内涵。外国人为什么对中国的童谣感兴趣，韦大列是这么回答的："明白懂得中国人日常生活的状况和详情；真的诗歌可以从中国平民的歌找出。"③1924 年，朱天民出版了《各省童谣集》，其收录了各地的童谣为避免民间童谣的流失做出了贡献。

民国初年的歌谣运动让社会大众逐渐看到了童谣的价值——童心回归，该运动打破了千百年的封建枷锁，终止了封建时期的儿童观念，童谣得到了社会的逐步认识和尊重，人们越来越重视儿童教育，并一直延续至今。"童谣"于 2008 年被纳入第二批国家级非物质文化遗产名录，代表性项目名录有北京童谣、闽南童

① 郑旭旦编辑. 天籁集. 上海悲增标点. 中原书局，1929：52.
② 郑旭旦编辑. 天籁集. 上海悲增标点. 中原书局，1929：24.
③ 张梦倩. 中国传统童谣研究. 山西教育出版社，2012：60.

谣及 2014 年被纳入第四批国家级非物质文化遗产的绍兴童谣。北京童谣代表作品有《东直门挂着匾》《风婆婆》《金箍噜棒》等；闽南童谣代表作品有《月光光》《火金姑》《天黑黑》等；绍兴童谣代表作品有《荠菜马兰头》《摊眼乌溇溇》《绍兴十桥》《福全溇头歌》《远山山弯一枝兰》等。

童谣是一种来自城乡里巷的儿童歌谣和民间俗唱，是人类孩提时代的文化初乳和心灵曙光，是儿童生活的纯真之音与谐谑之语。童谣承载着每个人成年后的乡愁记忆和幼年初心，令人终生难忘。

第二节　闽南历史梗概

在福建这片广袤的土地上传承着悠久辉煌的古老文明，承载着丰厚的历史文化。福建始称"闽"，"闽"字最早记载现于《山海经》之《海内南经·卷十》："海内东南陬以西者。瓯居海中。闽在海中，其西北有山。一曰闽中山在海中。三天子鄣山在闽西海北。一曰在海中。"[1]意为海内东南方以西方向，瓯在海中，闽也在海中，闽的西北方向有一座山，有的说闽的山在海中，三天子鄣山在闽的西北方向，也有的说三天子鄣山在海中。无独有偶，《周礼》中也有几处与"闽"有关的记载。例如，《周礼·夏官·职方氏》曰："职方氏掌天下之图，以掌天下之地，辨其邦国、都鄙、四夷、八蛮、七闽、九貉、五戎、六狄之人民，与其财用、九谷、六畜之数要，周知其利害，乃辨九州之国，使同贯利。"《周礼·秋官·象胥》载："象胥掌蛮、夷、闽、貉、戎、狄之国使，掌传王之言而谕说焉，以和亲之。若以时入宾，则协其礼，与其辞，言传之。"可见周王朝时，"闽"已被纳入王朝版图之中，并出现于王朝的典籍。作为福建上古土著的族称、方国名称，王朝不仅明确了"闽"为东南区域的异族王国，且对包括"七闽"在内的周边各部族、各方国的国力状况均已了如指掌。同时，《周礼·秋官·庭氏》还记载："闽隶掌役畜养鸟而阜蕃教扰之，掌子则取隶焉。"[2]意为"闽"方国不仅要行邦交之礼，定时向朝廷朝觐，周王朝也以对"闽"地派出的"国使"和"闽隶"加以慰抚，以此来亲邻友邦。

---

① 袁珂校注. 山海经校注. 北京联合出版公司，2013：252.
② 郑玄注，贾公彦疏. 周礼注疏（中）. 彭林整理. 上海古籍出版社，2010：1271，1402，1490.

一、"闽"地的产生与发展

自周以来，福建称"闽"已有约 3000 年的历史。战国时期，楚威王打败越王勾践七世孙无疆，楚国占领吴越，越国后裔与闽地土著结合为"闽越人"。"闽越王无诸及越东海王摇者，其先皆越王勾践之后也，姓驺氏。秦已并天下，皆废为君长，以其地为闽中郡。"秦始皇统一六国，在闽越区域（今浙江南部和闽地）设置闽中郡，与秦朝其他郡不同的是，由于闽地远离中原，地处边陲，是荒蛮之地，山高路险，越人彪悍，较难管制，因此，秦王未派朝廷命官去管理该郡，便直接削去闽越王无诸的王位，封为"君长"继续封管。公元前 209 年，陈胜、吴广农民起义爆发，无诸响应中原的农民起义，率闽中士卒兴师北上，协同诸侯灭秦。公元前 206 年，秦国灭亡，楚汉相争开始，无诸再度进军中原，帮助汉主刘邦打败了楚霸王项羽，为汉王朝的建立立下了汗马功劳，因佐汉灭楚有功，公元前 202 年，刘邦复立无诸为闽越王，封管闽中故地。汉惠帝三年（前 192），汉王封勾践后人摇为东海王，封管今浙江南部，建都温州。汉武帝建元三年（前 138），闽越王发兵东海，汉兵增援东海，闽越兵败。元鼎六年（前 111），因弑兄闽越王郢而被西汉王朝册封为东越王的余善叛乱，于元封元年（前 110）被汉军平定，西汉王朝借机废除了闽越王繇（无诸之孙），"诏军吏皆将其民徙处江淮之间。东越地遂虚"。①

闽地大部分地区是山区丘陵地，西北有武夷山脉，东北有鹫峰山脉，尚有相当一部分闽越土著逃遁至崇山峻岭之中并繁衍生息，后来也称山越蛮僚人，沿袭刀耕火种的生活方式，隐匿山林。西汉大批军队入闽，并在闽越故地设置冶县（今福州市），预示着北方汉人开始入闽，军中将士留驻闽地，或与当地通婚，或携带家眷，成为新的闽越人。"东汉末年，中原战乱兴起，人民四处逃亡，闽中既为人烟稀少的边陲之地，不少逃亡的中原汉民，便开始批量入闽。"②东汉末年至三国时期，称霸江东的孙吴政权在 60 余年（196—257）对闽中的五次用兵之后，基本建立和巩固了对闽地的统治，于东汉建安年间在福建设立了建安郡。此时的闽族结构发生了很大的变化，因为来自中原的孙吴军队和大批流民涌入闽地，闽越族群逐渐向以汉族为主的方向转变，人口也迅速增多，建安郡当时已有"户三千四十二，口一万七千六百八十六"③。可见，东汉末年至孙吴时期，闽北、闽中及闽南沿海地区的北方移民已初具规模，至吴景帝永安三年（260），建安郡共管辖 10

① 司马迁撰. 史记. 中华书局，2011：2589，2593.
② 陈支平. 福建六大民系. 福建人民出版社，2000：13.
③ 胡阿祥编著. 宋书州郡志汇释. 安徽教育出版社，2006：133.

个县，即侯官（今福州）、建安（今建瓯）、南平、汉兴（后更名吴兴，今浦城）、建平（今建阳）、将乐、昭武（今邵武）、东平（今建宁部分）、绥安（今建宁、泰宁）和东安（今同安、南安）。

1. 八姓入闽

西晋末年，因五胡乱华，少数民族纷扰中原，战争频繁，中原人纷纷南下寻找生存之地，有林、陈、黄、郑、詹、邱、何、胡等八姓入闽，这是中原汉族人第一次大规模移民南下。东晋时期，南北分立，更有大批北方汉人南下，定居于闽江流域和晋江两岸。隋文帝开皇九年（589），遂罢天下诸郡，废除了500多个郡，将闽地纳入版图。隋末至唐初，朝廷在九龙江畔设镇戍府，派将兵守戍。从中原南下而来的汉族移民开荒种植，过着安定的田园生活。山越蛮僚人沿袭古老的传统生活方式，居住在山洞里，过着狩猎、耕山的生活。来自中原地区的农耕汉民与山谷地区的闽越土著在生产、生活方式上存在巨大的差异，导致他们之间时有矛盾及冲突发生。此外，闽越土著还会因不愿缴纳租税而与官府发生冲突。

2. 三王入闽

唐以前，福建经济、文化落后，至五代、宋时，经济繁荣，社会安定，人文荟萃，尤其福州地区，呈现出一派盛世景象。福建迈向文明之邦的历史大转折，始于王氏三兄弟率义军入闽，平定闽疆。

唐末社会动荡，河南固始人王绪拉起人马成了大军阀，之后转战闽地，并自称刺史，由于其暴虐统治，遂被河南光州固始县的王潮、王审邽和王审知三兄弟封杀，三兄弟乘黄巢起义之机，"率兵5000人自光、寿两州南下，浩浩荡荡，转战安徽、浙江、江西、广东、福建，于唐光启元年（885）从汀州进入闽南"[①]，随后占领泉州、福州，尽占闽中五州之地，消灭了闽地的割据势力。唐昭宗任命王潮为福建观察史，王审邽为泉州刺史。897年，王潮卒，王审知"权军政事"。唐朝灭亡之后，中国进入五代十国时期。909年，王审知被后梁太祖封为闽王，他以民为本，知人善任，使福建社会在唐末五代战乱不断的年代保持了长达30年的安宁，促进了中原汉族人的第三次大规模移民南下。王审知执政期间，军纪严明，推行保境息民政策，重视生产，轻徭薄赋，宽刑简政，发展文化，奖励通商，鼓励垦荒，召集中原因躲避战乱而流亡入闽之人拓荒立林，兴修水利，是时闽中大治，人民衣食无虞。如今立于福州市庆城路闽王祠的《恩赐琅琊郡王德政碑碑

---

① 李乔，许竟成. 固始与闽台. 河南人民出版社，2007：36.

文》记录了王审知统治福建时的政绩："政教翁张，士庶宁谧；草莱尽辟，鸡犬相闻，时和年丰，家给人足；三十年间，一境晏然。"处于东南海陬蛮荒的福建，在王审知带领下进行大规模的开发后逐渐发展成为"滨海邹鲁"，尽是"千家灯火读数夜，万里桑麻商旅途"的升平景象。

二、"七闽""八闽""九闽"

福建的"闽"在历史上先后有"七闽""八闽""九闽"的别称。在古代，福建的行政建置中常带有"闽"字，如秦时置闽中郡，汉封闽越国，南朝陈设闽州，五代王审知立闽国。东汉儒学、经学大师郑玄注解"七闽"为："闽，蛮之别也，《国语》曰：闽，羋蛮矣。四、八、七、九、五、六，周之所服国数也。《尔雅》曰：九夷、八蛮、六戎、五狄，谓之四海。八蛮在南方，闽其别也。"郑玄反复强调了闽是蛮的分支，贾公彦疏："叔熊居濮，如蛮，后子从分为七种，故谓之七闽也。"[1]殊不知今天的闽南话中"闽"与"蛮"读音完全相同，似乎也佐证了"闽"与"蛮"的关系。东汉时期著名的经学家、文字学家许慎的《说文解字》有云："闽，东南越。它种从虫门声。蛮，南蛮也，它种从虫，说从虫之所由，以其蛇种也。"[2]"闽""蛮"皆为"蛇种"，意为崇拜蛇图腾的种族。自古以来，福建就有崇蛇的民间习俗，建有许多蛇神庙，如长汀灵蛇山的蛇山庙、射山村的蛇腾寺，《临汀志·山川》载："灵蛇山，在长汀县南百八十里，山旧多蛇，下有佛庐及蛇山庙。《九域志》载为胜迹，《寰宇记》：'在州南三百八十里。'"[3]《汀州府志·古迹》记载："蛇腾寺，在平原里。"[4]《长汀县志·古迹》载："蛇腾寺，平原里溪边，明正德间建，祀观音大士，里人许有政捐左右山场田业，立龛祈祀。"[5]此外，还有漳州南门外的南台庙（俗称蛇王庙），闽侯洋里乡的蛇王宫，福清、莆田等地的青公庙（俗蛇王庙）。平和县三坪村的村民尊称蛇为"侍者公"，他们认为蛇是保平安的吉祥物，家里的蛇越多越吉利。闽北顺昌县畲族村民也有崇蛇的习俗，他们看见蛇不抓，都放生。台湾先民绝大多数是从福建移居过去的，他们的民俗与福建人有许多相似之处，如台湾北部、中部山区的高山族泰雅人、布农人及南部山区的高山族排湾人、鲁凯人部落族群也盛行崇蛇的习俗，甚至在排湾人和鲁凯人中流传着"蛇生人和人蛇通婚传代"的神话传说。台湾地区的崇蛇

① 郑玄注，贾公彦疏. 周礼注疏（中）. 彭林整理. 上海古籍出版社，2010：1271-1272.
② 段玉裁撰. 说文解字注. 中华书局，2013：680.
③ 胡太初修，赵与沐纂. 临汀志. 长汀县地方志编纂委员会整理. 福建人民出版社，1990：39.
④ 曾曰瑛修，李绂纂. 汀州府志. 王光明，陈立点校. 方志出版社，2004：102.
⑤ 政协长汀县委文史编辑室. 长汀县志（第一册）. 政协长汀县委文史编辑室（重排本），1983：34.

习俗主要通过家庙的雕像来体现，雕像上雕刻着人面或人体形状与百步蛇的组合。

北宋年间，宋真宗赵恒赐给福州神童蔡伯唏的诗中有"七闽山水多灵秀"之句，赞誉福建山清水秀，地灵人杰。苏东坡的诗《送张职方吉甫赴闽漕六和寺中作》曰："空使吴儿怨不留，青山漫漫七闽路。"其《虔州八境图八首并序》一文也记载，江西赣州的地理位置是"东望七闽，南望五岭"。"七闽"，原指周朝时散居在远离中原的七支以蛇为图腾的闽部族聚集之处，即现今的福建和浙江南部一带，后来泛指福建。

北宋雍熙二年（985），福建仍以"七闽"惯称，宋太宗置福建路，辖福州、泉州、漳州、汀州、建州、南剑州和兴化、邵武两军，共六州两军。南宋置建州为建宁府，福建辖一府六州两军。府、州、军为同级行政机构，共计 8 个，故称"八闽"。"八闽"之称始于南宋，孝宗乾道四年（1168），南宋著名政治家、诗人王十朋时任泉州太守，曾在州署衙门题楹联："八闽形胜无双地，四海人文第一邦。"儒学集大成者、宋代理学家朱熹在闽清白岩山上题刻"八闽岳祖"。福州庆城寺闽王庙内高悬有赞誉王审知的"八闽人祖"匾额。至元代，中央设立了管辖八路的福建行中书省。明代改设路为府，八路先后改置为福州、建宁、延平、邵武、兴化、泉州、漳州、汀州八府。直至明弘治二年（1489），从黄仲昭编纂的《八闽通志》开始，"八闽"基本取代了"七闽"。清代沿袭明代建制，福建依然保持八府建制。至此，从宋代到清代的几百年间，福建基本保持着八府建制，"八闽"实至名归。现今，福建各地也经常用"八闽大地"来赞誉自己的家乡。

台湾岛与福建一衣带水，血脉相连，元代就已在台湾澎湖设立了巡检司，隶属泉州路同安县。清康熙二十三年（1684），增设辖台湾、澎湖的台湾府，台湾府归福建管辖，福建为九府建制，史称"九闽"。至光绪十一年（1885），台湾才正式设省。康熙二十四年（1685），沈光文在《东吟社序》中说："闽之海外有台湾焉，即名山藏中之东港也……初为颜思齐问津，继为荷兰人窃据。岁在辛丑，郑延平视同田岛，志效扶余，传嗣及孙，归于版图。向所云八闽者，今则九闽矣。"[①]其简明地概述了台湾的历史变迁及其与福建的渊源，这也是"九闽"最早的文字记载。康熙四十三年（1704），江日升在《台湾外记》中的"自序"落款为"九闽珠浦东旭氏江日升"。康熙四十七年（1708），张伯行（清初曾任福建巡抚、江苏巡抚、礼部尚书）在其所著的《周子全书》序文中称："丁亥（1707）春，恭膺简命，叨抚九闽。"[②]"叨抚九闽"说的是他在这一年担任福建巡抚。

建于明末清初的福州市龙峰泰山庙，现今仍保存着一幅古壁画（图1-1），画

---

① 转引自裴克安. 台湾文化始祖——宁波人沈光文. 宁波大学学报（人文科学版），1989，（1）：25-29.

② 转引自卢美松. 芸窗谈故. 福建美术出版社，2010：27.

中描绘了包括台湾在内的福建九府官员觐见皇上的情景，力证了福建被称为"九闽"的历史史实，同时反映了海峡两岸难以分割的地缘、政缘关系。福州市邮政管理局曾将这幅珍贵的壁画印制成明信片——"闽台同省、古画存证"发行。

图 1-1　泰山庙壁画

图片来源：李熙慧. 福州泰山庙壁画东墙修复基本完工　明年初修西墙. http://news.fznews.com.cn/jsxx/2014-10-13/20141013EzlKynEQvv16831.shtml

　　全国重点文物保护单位永春文庙内有一方石碑，石碑上刻有《重建永春县学宫碑记》。康熙五十二年（1713），永春文庙被暴风雨摧毁，时任知县的石如金召集地方士绅重建，并于第二年春竣工。时任户部侍郎的福建将乐人廖腾煃于同年四月间撰写了《重建永春县学宫碑记》，后来被刊刻于石碑上，碑文近700字，详述了石如金主持重建文庙的始末。碑文提到，"今日者，公之兄方伯公藩我九闽，公回避在兹"。意为石如金的兄长任福建地方长官，石如金只好避嫌调往其他地方。这里的"九闽"即是福建称"九闽"的历史见证，也是闽台关系的实物之证。

第三节　闽南童谣的方言特色

　　闽方言归属汉语大类方言范畴，与其他大类方言相比具有与通语相异的特点。《福建省志·方言志》中指出："唐代两次大批入闽汉人，都以河南中州人为主体，当年的中州汉语，正是形成闽方言的最重要的基础成分。这个基础，既有东晋时期中原人士保留的上古雅言成分，又有唐代洛下正音（《广韵》为代表）的中古汉民族标准语成分，正是这两种成分构成了闽方言的共同性。"①移民的方言与迁入地原有方言差异很大，经过长期的激烈冲突和彼此相互的影响，形成了闽方言，同时又保持了原有各个方言之间不同的特点，闽方言中流播最远的是闽南话。宋元以来，闽南人移居海外，闽地具有海洋文化的特征，开启了中西方文化交流的历史见证。闽台地区尚存四种语言形态的童谣，它们分别是闽南方言童谣、客家方言童谣、普通话童谣和台湾高山族童谣。本书探讨的均是闽南方言童谣，简称闽南童谣。

一、闽南方言是闽南文化的载体

闽南方言也称闽南话，是凝聚闽南人的智慧和心血，伴随闽南人的实践活动，体现闽南地方文化、别具一格的汉语方言。"闽南话"一词有广义和狭义之分，广义上泛指闽南话的集合，狭义上则仅指闽台之闽南话。在大陆语言学的分类上，闽南话属汉语族中闽语的一种。闽南话在不同地区有不同的称呼，如在泉州地区被称为泉州话、在漳州地区被称为漳州话、在厦门地区被称为厦门话，还有福建话、河洛话、潮汕话、雷州话、汕尾话（古代河南话）等称谓；东南亚的海外华人称闽南话为福建话或咱人话（台闽字写作咱侬话）。闽南话在台湾地区覆盖率为80%以上，台湾同胞几乎全都会说闽南话，台湾同胞称其为台湾话、河洛话，如连横在《台湾语典》"自序"中开宗明义地说："夫台湾之语，传自漳、泉，而漳、泉之语，传自中国。其源既远，其流又长。"②

童谣是口传文学，使用的是民间口头语言，人们透过语言可以了解文化，透过文化亦可以理解语言，语言不仅是人类不可缺少的交流工具，也是人们在理解客观事物中构建出来的精神世界。哲学家海德格尔将语言称为精神的家园，他认为"语言不只是用于相互理解的交流工具，而是一个真正的世界，这个世界必然是精神在自身与对象之间通过它的力量而内在活动而设定起来的，那么，语言就在真实的道路上，在语言中作愈来愈多的发现,把愈来愈多的东西置入语言中"③。语言可以告诉我们历史，可以激发我们去想象，可以探究各种族群关系，可以探知心智的规律，可以探索文化的形成。语言无处不在，文化随处可见，就像纸的两面，两者紧密依存。区域的方言与文化更是相互适应、互为表里。"九州之人，言语不同，生民已来，因常然矣。"④

<hr>

① 福建省地方志编纂委员会编. 福建省志·方言志. 方志出版社, 1998: 4.
② 转引自林志湮, 郭朝木, 李永茂, 等. 厦门经济特区建设与海峡两岸关系的发展. 鹭江出版社, 1996: 7.
③ 海德格尔. 在通向语言的途中. 孙周兴译. 商务印书馆, 2004: 246.
④ 颜之推撰. 颜氏家训·音辞. 上海古籍出版社, 1992: 39.

1. 闽南方言是语言的"活化石"

"歌谣是一种方言的文学，歌谣里所用词语，多少是带有地域性的，倘使研究歌谣而忽略了方言，歌谣中的意思、情趣、音调，至少有一部分的损失，所以研究方言可以说是研究歌谣的第一步基础。"①作为一种地域性的方言，闽南方言虽有些复杂，但其保存了古音、古词汇和古语法，且大部分源于古汉语，所以闽南方言被称为语言的"活化石"，这些"活化石"对汉语古音的构拟、古籍的训释及汉语史的研究都具有重要的意义。

闽南方言常常以"阿"作为人名和称谓的前缀，表示亲昵，如"阿妈""阿公""阿母""阿兄"等，意思是"奶奶""爷爷""妈妈""哥哥"。闽南方言中的"阿"同古语法"阿"的用法相同，如汉乐府《孔雀东南飞》中"上堂谢阿母，母听去不止"，以及《史记·扁鹊仓公列传》中"故北济王阿母自言足热而懑"。闽南方言称媳妇为"新妇"，这个称呼源于古词语，见《孔雀东南飞》中"鸡鸣外欲曙，新妇起严妆"。闽南方言中描写煮饭的锅具叫"鼎"，如唐代诗人白居易的诗《咏史》曰："秦磨利刀斩李斯，齐烧沸鼎烹郦其。"这里的"鼎"即煮食物用的器物。现代汉语"乡村"一词在闽南话中叫"乡里""乡社"，最早见于《周礼·地官·遗人》："掌邦之委积，以待施惠，乡里之委积，以恤民之喜厄。"②郑玄注："乡里，乡所居也。"宋代张先《沁园春·寄都城赵阅道·般涉调》词："暂武林分间，东南外翰，锦衣乡社，未满瓜时。"金代元好问《聚仙台夜饮》诗："乡社情亲旧，仙台姓字新。"清代蒲松龄《重阳前一日作》诗："腊底春前当何似？于今乡社已流离。"有些蔬菜的名称也源于古汉语，如菠菜，闽南话称为菠薐菜；空心菜，闽南话叫蕹菜；甘薯（地瓜），闽南话称番薯。晋朝嵇含《南方草木状》云："蕹叶如落葵而小，性冷味甘，南方之奇蔬也。"《逐斋闲览》曰："本生东夷古伦国，番舶以瓮盛三国，故又名蕹菜。"唐代韦绚《刘宾客嘉话录》云："菜之菠薐，本西国中有僧将其子来，如苜蓿、蒲陶，因张骞而至也。绚曰'岂非颇薐国将来，而语讹为菠薐耶？'"《新唐书·西域传》曰："（贞观）二十一年，遣使入献菠薐，酢菜，浑提葱。"《本草纲目》注："刘禹锡《嘉话录》云：'菠薐种自西国，有僧将其子来，语讹为菠薐耳。'"明代徐光启《甘薯疏》曰："闽广薯有两种……一名番薯，有人自海外得此种。"③

还有一些在现代汉语中使用较少甚至不用的古汉语，在闽南方言中成了口语词，如汝——你、恁——你们、阮——我们、伊——他（她）、目（瞑）——眼睛、

---

① 申小龙，张汝伦主编. 文化的语言视界——中国文化语言学论集. 上海三联书店，1991：94.

② 郑玄注，贾公彦疏. 周礼注疏（中）. 彭林整理. 上海古籍出版社，2010：482.

③ 转引自马重奇. 闽台方言的源流与嬗变. 福建人民出版社，2002：296，330-331.

厝——房子、箸——筷子、囝——小孩、喙——嘴、面——脸、骹——脚、食——吃、岫——巢、糜——粥、走——跑、行——走、拍——打、乌——黑、册——书、箬——叶、跋——跌、暝——夜、踅——绕、悬——高、下——低、搵——蘸、芳——香、枵——饿、溪——河、塍——田地、涂——泥土、寒天——冬天、四界——到处、茶瓯——茶杯、眠床——床、粪斗——簸箕、开水——滚水、水鸡——青蛙、檨仔——芒果、丈夫——男子、查某——女子、新妇——媳妇等。

2. 独特的方言词语

在闽南方言的基本语汇中，有相当数量的词语与普通话词形、词义相同，但还有一些方言特有词与普通话的词形、词义不同，带着浓厚的方言特色，如兜——家、揭——举、水——美、粿——糕、卵——蛋、吼——哭、尾——条、𣍐——不会、顺——沿着、手指——戒指、冤家——吵架、风台——台风、好天——天晴、秤锤——秤砣、头前——前面、豆油——酱油、鸡母——母鸡、人客——客人、头家——老板、鸡角——公鸡、闹热——热闹、电涂——电池、破病——生病、腹肚——肚子、弹雷——打雷、大官——公公、大家——婆婆、翁——丈夫、厝内（某）——妻子、囝——儿子、亲情——亲戚、清采——随便、安呢——这样、雾——模糊、薰——香烟、电头毛——烫头发、鸭母蹄——平足、无头伸——健忘、福仁豆——豌豆、臭耳聋——耳聋、西北雨——雷阵雨等。别具一格的闽南方言词语饱含着丰富的闽南文化底蕴，既是闽南人共有的文化身份象征，也是联系两岸亲情的纽带。

二、闽南童谣韵强律美

闽南方言的声母保留了上古汉语的一些主要特征，如古无轻唇音、古无舌上音。闽南方言的韵母有 87 个，比普通话 39 个韵母多了 48 个，基本保留了中古音系的特征。闽南方言的韵母可以分为阴声韵、入声韵和阳声韵。古汉语中的入声韵和阳声韵的六个辅音韵尾，也称赛音韵尾，入声韵【-p】【-t】【-k】和阳声韵（鼻辅音韵尾）【-m】【-n】【-ŋ】至今仍保留在闽南方言中，闽南方言声调也保留着古汉语四声的特征。

"韵律和节奏是童谣在内的诗歌和一切韵文作品在语言表现方面的一个重要特点。韵律可以使诗歌等韵文作品因声音的回环美而产生一种音乐美感。"[①]闽南

---

① 陈耕，周长楫编著. 闽南童谣纵横谈. 鹭江出版社，2008：84.

童谣的韵律特点主要体现在自由灵活和形式多样上，其形式有不换韵和换韵两种，并衍生出了复杂且有规律的具体形式，即句句押韵、偶字句押韵、两句押同韵、前押韵后换韵、随机换韵。

1. 句句押韵

《月娘月光光》描写了孩童在自家院子里的快乐生活。这首童谣句句押韵，句末韵脚字"光""央""糖""床"押同韵【ŋ】：

《月娘月光光（一）》（厦门）

月娘月光光，

起厝田中央，

爱食三色糖，

爱困水眠床。

厝：闽南的特色建筑。困：睡觉。水：漂亮。眠床：床铺。释义：在月光的照耀下，田中的宅院更显壮丽，孩子爱吃三色糖果，爱睡漂亮的床。

《新娘》仅四句，每句五字，句式整齐，句末韵脚字"当""空""窗""芳"押同韵【aŋ】：

《新娘》（台湾）

新娘水当当，

裤仔破一空。

头前开店窗，

后壁卖米芳。

释义：新娘很漂亮，裤子破大洞，正面打扮有门面，背面衣着颜色如同爆米花那样繁多错杂。用夸张的手法描写新娘很漂亮，穿着虽美但可惜裤子破了洞，出了洋相。以孩童的"幸灾乐祸"的口吻渲染了这首童谣的活泼和风趣。

《蜜蜂花仔肚》句末韵脚字"五""肚""乌""路""户""五""肚""库""路""苦"押同韵【ɔ】：

《蜜蜂花仔肚》（厦门）

一二三四五，

蜜蜂花仔肚。

一节黄一节乌，
飞来飞去四五路，
千只万只同一户。
一二三四五，
蜜蜂花仔肚。
采花粉造蜜库，
飞来飞去四五路，
伓惊危险伓惊苦。

花仔肚：蜜蜂的肚子颜色是黄黑相间。乌：黑色。四五路：四处飞。伓：不。释义：蜜蜂仔的肚子一节黄一节黑，有的飞到这里，有的飞到那里，它们都住在同一所房子里，飞来飞去采花粉酿蜂蜜，不怕危险不怕苦。该童谣不仅展现了蜜蜂可爱的形象——花仔肚，还引导儿童要学习蜜蜂勤劳、不怕苦不怕累的精神，让他们体会到甜甜的蜂蜜是千万只辛勤劳作的蜜蜂四处采蜜酿造出来的，来之不易。

《年兜来到到》是一首描写闽南地区除夕迎新年的民俗童谣。句末韵脚字"到""豆""猴""炮""后""头""瓯""包""头"押同韵【au】，声韵助势，体现新春佳节家人欢聚一堂，喜气洋洋、其乐融融的热闹场面：

《年兜来到到》（漳州）
年兜来到到，
淋蚶炒涂豆，
烧灯猴，
放大炮，
甘蔗倚门后，
红柑排桌头。
家倌讨茶瓯，
细囝讨红包，
阿妈讨花头。

年兜：春节。淋蚶：用开水烫泥蚶。泥蚶是闽南地区特有的一种海产品，形似蛤，不用煮而是用沸水直接淋上烫开，不全熟的泥蚶带着血水，口感最好，这是闽南地区流行的吃蚶方式，也是春节闽南地区的饮食习俗。涂豆：花生。灯猴：油灯，古时将花生油放于小碟内，加上纱芯点燃，晚上照明用，燃烧久了，就结成痞块的灯盏。烧灯猴是汉族的民间习俗，在每年的除夕夜要将旧灯猴烧掉，换上新的灯猴，边烧口中还要念诵："灯猴烧成灰，厝内逐项有"等吉语，以示驱邪迎福。漳州石码一带至今还传唱着"十一月赶埠头，十二月扫手甲灯猴"的童谣。放大炮：放鞭炮。家倌：公婆。茶瓯：茶杯。细团：小孩。阿妈：奶奶。花头：插头的花饰。释义：大年除夕到，烧水来烫蚶，再炒上一些花生米。点油灯，放鞭炮，噼噼啪啪真热闹。甘蔗靠门后，柑橘摆案头。公婆喝香茶，孩童捧红包，奶奶头上插红花。

《叫你开门你开窗》用"赋"的表现手法，加上排比的句式将两种对立的行为进行了详细的叙述。排比句式一气贯注，加强语势，渲染了气氛和情绪。童谣句句押韵，一韵到底，句末韵脚字"窗""葱""东""翁""枋""空""笼""虫""燫""空"押同韵【aŋ】：

《叫你开门你开窗》（泉州）
叫你开门你开窗，
叫你买菜你买葱，
叫你行西你走东，
叫你娶某你嫁翁，
叫你揭椅你揭枋，
叫你开窟你填空，
叫你掼篮你掼笼，
叫你掠鱼你掠虫，
叫你揭扇你揭火燫，
叫你引火你挖灶空。

行：走。走：跑。娶某：娶亲。翁：丈夫。揭：拿。枋：木板。开：挖。填空：填洞。掼：提。掠：抓。揭：拿，举。火燫：火篮，火笼，一种取暖用具。灶空：灶门。释义：叫你开门你开窗，叫你买菜你买葱，叫你走西你向东，叫你娶亲你出嫁，叫你拿椅你拿板，叫你挖窟你挖洞，叫你提篮你提笼，叫你抓鱼你抓虫，叫你拿扇你拿火笼，叫你点火你洗灶门。

《涂蚓》仅四句，每句七字，用拟人的手法表现了蚯蚓虽其貌不扬，却是农民的好助手，形象动听，句末韵脚字"沙""歌""化""大"押同韵【ua】：

《涂蚓》（厦门）
涂蚓涂蚓巴囹沙，
南风月光爱唱歌。

欢喜田园松化化,
番薯草菜碰碰大。

涂蚓:蚯蚓。巴图沙:蚯蚓翻土的样子。松化化:泥土疏松的样子。番薯:地瓜。草菜:蔬菜。碰碰大:同嗙嗙大,很快地长大。释义:蚯蚓蚯蚓翻沙土,就像是吹着南风在月光下歌唱,很高兴田地里的土被蚯蚓翻得很疏松,地瓜蔬菜都会很快地长大。

《胡蝇爱食甜》描写了苍蝇的习性而且会传播细菌,让人讨厌,意在教育孩童要注意个人和环境的卫生,看到这类害虫要及时消灭。整首童谣是五字句式,句末韵脚字"甜""味""舐""是""气""病""死"押同韵【ĩ】:

《胡蝇爱食甜》(厦门)
胡蝇爱食甜,
爱鼻臭臊味。
见物滥嘇舐,
细菌满尽是。
规身无清气,
害人传染病。
人人拢讨厌,
紧来拍伊死。

胡蝇:苍蝇。鼻:闻,嗅。臭臊味:腥臭的气味。滥嘇:随便。舐:舔。规身:整身。清气:干净。拢:都。紧:赶紧,赶快。拍伊死:把苍蝇拍死,消灭。释义:苍蝇喜欢甜的食物,也喜欢腥臭的味道。见到食物就随便舔,到处传播细菌。整身没有干净的地方,害人传疾病。人人都讨厌苍蝇,赶紧都来消灭它。

《红虾》生动有趣地描写了祖孙三代不同的吃虾场面。句末韵脚字"丢""鬏""油""酒""眮"押同韵【iu】,句句押韵,一韵到底。节奏明快,韵律和谐,平仄有致:

《红虾》(漳州)
红虾红丢丢,
央公欲食爱捻鬏,
姆妈欲食揾豆油,

阿爹食虾配烧酒，

我食红虾暧目睭。

红虾：海虾，颜色发红，头部和尾部也呈红色，虾壳较硬。红丢丢：红艳艳。央公：爷爷。爱：应该，需要。捻鬏：拔掉虾的须。姆妈：奶奶。搵豆油：蘸酱油。配烧酒：喝酒时用虾做下酒菜。暧：眨眼。释义：红虾红艳艳，爷爷吃虾要去须，奶奶吃虾要蘸酱油，爸爸吃虾要喝酒，我吃虾开心眨眼睛。

《羊仔囝》是一首讲着小故事的童谣，句式虽长短不一，但句末韵脚字押韵，"吼""草""口""狗""吼""走""着""斗"押同韵【au】，故事真实感人，语言质朴无华：

《羊仔囝》（漳州）

羊仔囝，

咩咩吼，

牵伊去食草，

行到老叔公的门脚口，

拄着一只狗，

狗仔吠吠吼，

羊仔着惊赶紧走，

害我捉猕着，

跋乍车畚斗。

羊仔囝：小羊羔。伊：它。食草：吃草。门脚口：门口。拄着：遇到。吠吠吼：狗叫声。着惊：害怕。捉猕着：抓不到。车畚斗：翻筋斗，这里指摔倒时的样子。释义：小羊小羊咩咩叫，我牵你去吃草，走到叔公家门口，遇到一只狗，狗的叫声把羊吓跑了，我追着小羊跑啊跑，不小心摔了个大跟头。

《咕咕咕》一韵到底，句末韵脚字"咕""腐""煮""有"押同韵【u】，节奏轻快，朗朗上口：

《咕咕咕》（台湾）

咕咕咕，

田螺炒豆腐。

恁厝无米煮，

阮厝拢野有。

恁：你。厝：宅，屋，这里指家。阮：我。拢：都。野有：还有。释义：青蛙咕咕叫，炒点田螺和豆腐，你家没米煮，我家都还有。

冬至是一个民俗节日，闽南地区有冬至吃汤圆的习俗，到了这一天，家家户户都要煮汤圆，汤圆多种多样，有的汤圆颜色多样，有的汤圆馅料多样，不管吃到哪种汤圆，都能让人心情愉悦。《冬节圆》一韵到底，句末韵脚字"圆""甜""钱""年"押同韵【ĩ】，是带有鼻化韵的特色音韵：

《冬节圆》（台湾）

冬节圆，

搓圆圆，

有红圆，

有白圆。

冬节圆，

甜甜甜，

白的平安大趁钱，

红的合家大团圆，

逐个欢喜等过年。

冬节：冬至。圆：汤圆。搓圆圆：把汤圆在手里揉圆。大趁钱：赚大钱。逐个：家里每个人，即全家人。释义：冬至圆，圆又圆，有白的有红的，冬至圆，甜又甜，吃了白圆平安赚大钱，吃了红圆合家大团圆，全家欢喜过大年。

十二生相即十二生肖，是中华传统文化的内容之一。十二生肖是十二地支的形象化代表，随着历史的发展逐渐融合到相生相克的民间信仰观念，每种生肖都有丰富的传说，并以此形成了一种观念阐释系统，成为民间文化中的形象哲学，如婚配上的属相、庙会祈祷、本命年等。历代留下了大量描绘生肖形象和具有象征意义的诗歌、春联、绘画、书画和民间工艺作品等，而现在更多的人把生肖作为每年春节的吉祥物，作为悠久的民俗文化符号。《十二生相》是对十二生肖动物习性的描绘，而非指某人的生相及本性，一句话刻画一种动物形象，简单质朴却又生动活泼。这首童谣句句押韵，句末韵脚字"槛""命""拼""埕""成""林""疼""车""岭""声""行""坪"押同韵【ia】，一气呵成：

《十二生相》（厦门）

老鼠偷米钻粟槛，

牛忱犁田真否命。

虎仔落山尽腹拼，

兔仔望月走出埕。

金龙卷水雨落成，

蛇趖涂脚入树林。

羊仔温驯得人疼，

马仔有力会拖车。

老猴跙树盘山岭，

鸡叫五更来出声。

狗跟主任后面行，

猪母食饱蝹涂坪。

粟橱：装谷子的木桶。牛牨：公牛。否命：命苦，命不好。虎仔：老虎。落山：下山。尽腹拼：尽全身之力拼搏。埕：房屋门前的开阔地。趖：疾走。涂脚：地板，地上。得人疼：惹人疼，让人疼爱与宠爱。马仔：马。跙：爬。盘山岭：翻山越岭。五更：凌晨三点至五点。食：吃。蝹：在地上打滚。涂坪：泥地。释义：老鼠钻桶偷大米，老牛犁田真命苦。猛虎下山威风凛，兔子望月走出埕。金龙卷水雨落下，蛇儿疾走入树林。小羊温顺惹人疼，马儿有力能拉车。猴子爬树翻山岭，公鸡五更来打鸣。狗儿总跟主人行，母猪吃饱滚泥巴。

《无影歌》说的是世间奇闻，该童谣通过描写荒诞之事来调侃凑趣，颇具匠心。句句押韵，句末韵脚字"影""鼎""行""城""名""情""行""赢""车""行""城"押同韵【iã】，有虚张声势之意：

《无影歌》（厦门）

有云甲无影，

灯心揾油托破鼎。

椅仔无脚家己行，

青盲开车去县城。

乌龟赛跑第一名，

老鼠甲猫结亲情。

隐痀欢喜向天行，

跛脚踢球逐摆赢。

脚踏车，倒退行，

伸手舂倒一座城。

甲：和，与。无影：不存在，没有的事情。揾：沾。托：捅。鼎：锅。家己：

自己。行：走。青盲：盲人。亲情：成亲。隐疴：驼背的人。向天行：仰天行走。逐摆：每次。舂倒：撞倒。释义：有云说成无踪影，灯芯沾油捅破锅。椅子无脚能走路，盲人开车去县城。乌龟赛跑第一名，老鼠与猫结成亲。驼背的人脸朝天，跛脚踢球次次赢。自行车，倒退行，伸手撞倒一座城。

《占椅仔》是一首充满趣味，活泼、生动的儿童游戏童谣，描写了孩子在抢椅子游戏中表现出来的心态，同时教育孩童要经得起失败，不要不服气和耍赖。整首是八字句式，规范整齐，句句押韵，句末韵脚字"吝""亲""身""轻""阵""认""吝""紧"押同韵【in】：

《占椅仔》（厦门）

踅来踅去踅圆吝，

逐个占椅来找亲。

占若会着顾本身，

坐在椅仔脚手轻。

占若袂着退出阵，

怀通相争输怀认。

踅来踅去踅圆吝，

逐个占椅抢斗紧。

占椅仔：抢椅子坐的儿童游戏。踅：绕，折回。圆吝：圆圈。踅圆吝：绕着中间的椅子走圆圈。逐个：每一个。亲：好朋友。占若会着：如果能抢到椅子。顾：顾及，照顾。顾本身：保全自己。脚手轻：手脚轻松。占若袂着：如果抢不到椅子。退出阵：淘汰出局。怀通：不可以，不能。相争：争吵。输怀认：不认输。抢斗紧：争先恐后不落后。释义：绕着椅子走圆圈，大家都来抢椅子。抢到椅子保自己，坐在上面很欢喜。如果椅子抢不到，只好认输退出，输了不能不服气，游戏继续玩下去，绕着椅子走圆圈，每个人争抢坐到椅子。

《囝仔弄破鼓》是一首桀口话童谣，即绕口令，句句押韵，句末韵脚字"鼓""鼓""补""鼓""布""鼓""裤""鼓""吐""路"押同韵【ɔ】：

《囝仔弄破鼓》（厦门）

囝仔弄破鼓，

拿布来补鼓。

破鼓用布补，

用布补破鼓。

> 怀知是鼓补布，
> 抑是布补鼓。
> 用布会补裤，
> 用布赡补鼓，
> 补甲头眩目珠吐，
> 补来补去补无路。

团仔：孩童。弄：击打。怀知：不知道。抑：或者。赡：不能。甲：得。眩目珠吐：目眩眼睛突。补无路：没办法补救。释义：孩童打破鼓，拿布来补鼓。破鼓用布补，用布补破鼓。到底鼓补布，还是布补鼓。布能补裤子，却不能补鼓，补得目眩又眼花，还是没法补。

《拍马胶》短短的四句童谣，道出了闽南人爱吃猪蹄的饮食习俗，虽句句字数不一，但每两句句末韵脚字押同韵，前两句"胶""骹"押同韵【a】，后两句"烂""澜"押同韵【ua】，相互押韵，风趣幽默，节奏明快：

> 《拍马胶》（漳州）
> 拍马胶，
> 粘着骹，
> 叫爸买猪骹。
> 猪骹梏仔焐烂烂，
> 枵鬼团仔流喙澜。

拍马胶：沥青。骹：脚的意思。焐：炖。枵鬼：贪吃，讽刺贪吃的人。流喙澜：流口水。释义：路上的沥青，粘上脚，叫爸爸买个猪蹄来炖，猪蹄煮得软软的，香味四溢，贪吃的孩子馋得直流口水。

2. 偶字句押韵

土地公又称福德正神、社神等，是汉族民间信仰之一，也是闽台地区影响最大的民俗神。《公羊传》曰："社者，土地之主也。"汉应劭《风俗通义·祀典》引《孝经纬》曰："社者，土地之主，土地广博，不可遍敬，故封土为社而祀之，报功也。"清翟灏《通惜编·神鬼》曰："今凡社神，俱呼土地。"人非土不立，非谷不食。自古以来，人们以土地为"神"，因"土"能生万物，养育人类繁衍生息，其功德厚大，奉若神明。农历"二月二"（古时为立春后第五个戊日）是土地公的圣诞日。闽南地区普遍奉祀土地公，以寄托祈福保佑的美好愿望。《土地公》流传于厦门、台湾地区，童谣将土地公的形象描绘得栩栩如生，借物喻人，用"土地公"指不速之客的突然到访，形容措手不及的尴尬场面。偶字句句末韵脚字"眉""来"押同韵【ai】：

《土地公》（厦门、台湾）
土地公，
白目眉。
无人请，
家己来。

目眉：眉毛。家己：自己。释义：土地公，白眉毛，无人请，自己来。

油条、花生、芋头糕都是闽南人喜爱的地方小吃，流行于闽台地区。"妈祖"是闽台地区共同供奉的海神，妈祖文化肇于宋，成于元，兴于明，盛于清，繁荣于近现代。妈祖是流传于中国沿海地区的民间信仰，渔民在出海前要先祭妈祖，祈求保佑出海顺利。《油炸粿》简单的三字句，就把两岸同胞共同喜爱的小吃，以及共同供奉的"妈祖"神都介绍得清清楚楚，言简意赅。偶字句句末韵脚字"脆""把""火""粿"押同韵【e】，规整和谐，朗朗上口：

《油炸粿》（台湾）
油炸粿，
烧佫脆。
涂豆仁，
捎归把。
妈祖官，
牵电火。
市场内，
卖芋粿。

油炸粿：油条。烧佫脆：刚刚炸出来的油条酥脆。涂豆仁：花生仁。捎归把：抓满满一大把。释义：炸得油条酥油又脆，抓把花生来相配。妈祖庙里灯火亮，市场芋粿争相购。

《天乌乌》是一首以鲫鱼娶妻为主题的童话式童谣，该童谣抓住了每个动物的特征，用拟人的手法将动物形象刻画得栩栩如生，鲫鱼结婚，鱼、蟹、龟、鳖、蜻蜓、青蛙都来帮忙，犹如一部动画片，妙趣横生，渲染了热闹的婚庆场面。前

10 句偶字句句末韵脚字"雨""路""某""某""鼓"押同韵【ɔ】，最后三句句末韵脚字"吐""苦""肚"也押同韵【ɔ】：

《天乌乌》（台湾）

天乌乌，
欲落雨，
夯锄头，
巡水路，
巡着一尾鲫仔鱼，
欲娶某，
鲇鲐做媒人，
土虱做查某，
龟打锣，
鳖打鼓，
毛蟹担灯双目吐，
田婴举旗喊艰苦，
水鸡扛轿大腹肚。

天乌乌：天黑黑，乌云密布，下雨前兆。欲：要。鲇鲐：七星鳢，分布在台湾、闽西南一带的淡水鱼。土虱：鲶鱼。查某：新娘。担灯：提着灯。田婴：蜻蜓。水鸡：青蛙。释义：天黑黑，要下雨，拿着锄头，顺着水流巡查，发现一条鲫鱼想要娶新娘，鲇鲐做媒人，鲶鱼做新娘，乌龟敲锣，鳖打鼓，毛蟹瞪大眼睛拿着灯，蜻蜓举着旗子喊辛苦，青蛙挺着大肚抬轿子。

在《卖豆菜》中，我们不仅可以了解到地方特色食品，还可以了解到祭拜土地公的民俗活动，这些食品和民俗都是闽南地区特有的，也说明了台湾地区的很多民俗是从闽南地区随着移民传播过去的。这首童谣用长短句式构成，错落有致，偶字句句末韵脚字"芽""鸡"押同韵【e】；"花""杯"押同韵【ue】：

《卖豆菜》（台湾）

卖豆菜，
荫豆芽，
卖润饼，
拖水鸡，
鱼肉鼎，
瘠肉炒韭菜花，

> 红龟发粿，
> 土地公伯仔要食着博杯。

葨：制作豆芽的方法。绿豆或者黄豆放置水缸中闷盖着让它发芽。润饼：春卷，也叫薄饼。鼎：炒锅。瘦肉：瘦肉。红龟：把糯米放在龟形模具里并染成红色做成龟状的糕点。发粿：用米和面粉一起做的糕点。土地公伯仔：土地爷。博杯：掷筊。在闽台地区，凡是有庙宇，在神像前几乎都有一对筊杯。"筊杯"也称"杯"，故闽南话"掷筊"又名"跋杯""博杯"。然而筊杯并非仅在庙中使用，家中有供奉祖先者，往往也会备有一对筊杯。人们通常用博杯来请示神明。"掷筊"是人与神灵沟通的方式。筊杯的材料是木头或竹头，形状为新月形，共有两片，并有表里两面外突内平的成对器具，筊杯的凸出面称为"阴"，平坦面称为"阳"，掷出时需在香炉上绕三圈，跪着掷出，两个都"阴"被称为"阴杯"（或"怒筊"），表示神明不同意，所求行不通，可以重新再掷筊请示；若两个都"阳"被称为"笑杯"（或"笑筊"），表示神明主意未定，行事状况不明，可以重新再掷筊请示神明，或再次说清楚自己的祈求；若一"阴"一"阳"则被称为"圣杯"，神明表示同意，所求之事可行。释义：卖豆菜，焖豆芽，卖春卷，煮青蛙，炒鱼肉，炒瘦肉加韭菜花，红龟粿甜发糕，土地公吃着美食要掷筊。

《阿不倒》是一首描写不倒翁的童谣，用拟人的手法描述了不倒翁那傻乎乎的形象，以及做出了一些愚蠢可笑的事情。整首童谣偶字句押韵，偶字句句末韵脚字"交""吼""草""头""狗""哭""走""斗"押同韵【au】，前14句为三字句式，仅末两句为四字句式，节奏统一，韵律和谐：

> 《阿不倒》（厦门）
> 阿不倒，
> 忝交交，
> 无人拍，
> 家己吼。
> 人插花，
> 你插草，
> 人伸脚，
> 你伸头。
> 人刣猪，
> 你刣狗，
> 人咧笑，

你咧哭。
人咧行,
你咧走,
人戴帽子,
你戴粪斗。

　　阿不倒:不倒翁。恁交交:傻乎乎。无人:没有人。拍:打。家己:自己。吼:哭。刣:杀。咧:正在,在。行:走。走:跑。粪斗:装垃圾的簸箕。释义:不倒翁,傻乎乎,没人打你,你在哭。人家插花你插草,人家伸脚你伸脑。人家杀猪你杀狗,人家高兴你难过。人家在走你在跑,人家戴帽你戴簸箕。

　　《补雨伞》写的是元宵节一位小伙子看到意中人的故事。童谣末告诉人们,有钱再去谈婚论嫁,没钱不要去惹事,在民间记忆中,迎娶婚嫁都需要礼数,直接关系到男女双方的家庭关系。这首童谣偶字句押韵,偶字句句末韵脚字"伞""看"押同韵【uã】,"大""祸"押同韵【ua】,相互押韵:

《补雨伞》(漳州)
戥秤仔,
补雨伞,
人点灯,
咱来看。
看着两个查某囝仔,
平高俗平大,
有钱来去娶,
无钱莫遭祸。

　　戥秤:一种小秤,用来称贵重物品,如金银药品,最大单位是两。看着:看到。查某:女孩。来去:再去。莫遭祸:不要惹祸。释义:商铺伙计补雨伞,正逢元宵挂花灯,看到两个女孩子,身高身材差不多,有钱你再去娶,没钱不要去惹事。

　　《展雨伞》中描写的"展雨伞"是女童爱玩的一种游戏,即三人相互拉着手围成一个圈,一人先蹲下,另外两个人抬手过这个人的头顶,蹲着的人跨过两个人拉着的手臂,这样的形式三人轮换,边玩边念这首童谣,甚是有趣。"伞""看""旦"押同韵【uã】;"大"押韵【ua】,相互押韵。这首童谣赞颂了美满的婚姻,这样的婚恋意识似乎也早早地印在孩童的心间:

《展雨伞》（漳州）
　　牛屎菇，
　　展雨伞。
　　汝点灯，
　　阮来看。
　　看恁新娘囝婿，
　　平悬又平大，
　　一股演小生，
　　一股演小旦，
　　两人有缘结成伴。

　　牛屎菇：野生菌类的一种。展雨伞：打开雨伞，这里形容菌菇的样子，顶部就像打开了的雨伞，暗喻游戏的动作。汝：你。阮：我。囝婿：女婿。平悬又平大：个头和身材差不多，这里指新娘新郎很般配。一股：一个。释义：牛屎菇像打开的雨伞，你点灯，我来看。看你的新娘和新郎，"翁生某旦"很相配，两人有缘成夫妻。

　　《田婴飞》以抓蜻蜓起兴，再描写其他事情，它们之间并无直接联系，但是押韵到底，别有风味。句末韵脚字"尾""礼""短""火""粿"押同韵【e】：

《田婴飞》（厦门）
　　田婴飞，
　　捻你尾。
　　田中央，
　　钓嘉礼。
　　嘉礼长，
　　嘉礼短。
　　嘉礼尻川一葩尾。
　　人点灯，
　　你点火。
　　人缚粽，
　　你炊粿。

　　捻：同"捏"，用拇指和其他手指夹住。嘉礼：傀儡，可以作为玩具，也可作傀儡戏里的道具。尻川：屁股。葩：条。缚粽：包粽子。炊粿：蒸年糕。释义：蜻蜓飞满天，捏你尾来想抓你。追你追到田中央，顺便钓钓小木偶，木偶长，木偶短，绳子断了变成木偶一条尾。人家点灯你点火，人家包粽你蒸粿。

闽南地区盛产水果，水果种类繁多，品质较好。《果子歌》将闽南水果列举出来，表现出对闽南水果的喜爱，众多水果连缀成篇，句式整齐，音律和谐，偶字句押韵，偶字句句末韵脚字"枝""枝""甜""味""是"押同韵【i】：

《果子歌》（厦门）
梅仔枇杷水蜜桃，
柑橘龙眼红荔枝。
檨仔弓蕉甲杨桃，
莲雾葡萄压倒枝。
杨梅王梨篮仔佛，
柚仔红柿甘蔗甜。
橄榄油柑万寿匏，
石榴李梨好滋味。
野有真多讲赡了，
闽南果子满尽是。

果子：水果。梅仔：梅子。檨仔：芒果。弓蕉：香蕉。压倒枝：形容果实又大又沉，把树枝都压弯了。王梨：菠萝。篮仔佛：番石榴。柚仔：柚子。万寿匏：木瓜。李：李子。梨：梨子。野有：还有。真：很。讲赡了：讲不完。满尽是：到处都是，丰富。释义：梅子枇杷水蜜桃，柑橘龙眼红荔枝。芒果香蕉和阳桃，莲雾葡萄压弯枝。杨梅菠萝番石榴，柚子柿子甘蔗甜。橄榄油柑和木瓜，石榴李梨味道好。还有许多说不完，闽南水果处处多。

《灶鸡仔》描写了厨房里的蟋蟀，用拟人的手法描绘蟋蟀的叫声，就像吹着洞箫发出的声音，而且蟋蟀很害羞，见人就躲，幽默风趣。偶字句押韵，句末韵脚字"跷""箫""抄""跳""笑""箫"押同韵【iau】：

《灶鸡仔》（厦门）
灶鸡仔，
脚跷跷。
觑壁空，
嗌洞箫。
腹肚枵，
跳入灶。

满带趑，
满带抄。
无人来，
四界跳。
见着人，
惊见笑。
紧紧走甲扑扑跳，
跳入壁空嗌洞箫。

灶鸡仔：蛐蛐，蟋蟀。跷跷：弯曲。觊：躲藏。壁空：壁缝，墙壁的缝隙。嗌：吹。腹肚：肚子。枵：饿。满带：到处。趑：爬。抄：走。四界：到处。惊见笑：害羞。紧紧：赶紧，很快。走：跑。甲：得。释义：蟋蟀脚弯弯，躲在壁缝叫喳喳。肚子饿跳上灶，到处爬到处走，没人来到处跳。见到人就躲藏，跳进壁缝继续叫。

《大食神》讽刺了一个好吃懒做、行为举止让人轻视和厌恶的人，深刻地揭露了此人的行径，童谣结尾是大家对他的劝诫，希望他能够改邪归正，重新做人。童谣是三字句式，句式规整，偶字句押韵，偶字句句末韵脚字"面""阵""面""神""应""欶""轻""紧"押同韵【in】：

《大食神》（厦门）
大食神，
孝男面。
见着食，
冲头阵。
做工课，
行后面。
借人钱，
好笑神。
讨伊钱，
叫怀应。
讨人厌，
得人欶。
怀改变，
人看轻。
要改变，

着趁紧。

大食神：贪吃的人。孝男面：哭丧着的脸。见着食：一看见吃的。冲头阵：冲在最前面。做工课：干活。行后面：怠工。借人钱：向别人借钱。好笑神：讨好奉承的样子。讨伊钱：找他讨债。怀应：不吭声。欶：讨厌，憎恶。得人欶：让人憎恶。人看轻：轻视，瞧不起。着：得，应该。趁紧：抓紧。释义：贪吃鬼，哭丧脸。见到吃，冲最前。干起活，就怠工。借钱时，好奉承。被讨债，叫不应。让人讨厌让人憎恶。不去改变，被人瞧不起。要改变，应抓紧。

《人插花》是描写台湾地区人民对日本人行为的鄙视，整首童谣带着嘲讽、戏弄的语气，偶字句押韵，偶字句句末韵脚字"草""狗""走""斗""口"押同韵【au】：

《人插花》（台湾）

人插花，

伊插草。

人抱婴，

伊抱狗。

人未嫁，

伊先走。

人坐轿，

伊坐粪斗。

人困眠床，

伊困屎礐仔口。

人：人家，这里特指台湾同胞。伊：她，这里特指日本人或者受日本文化影响的台湾女性。粪斗：畚斗。屎礐仔口：厕所边。释义：人家头上插花，她头上插草。人家抱婴儿，她抱小狗仔。人家还没嫁，她就先私奔。人家坐轿子，她坐像畚斗的人力车。人家睡床铺，她睡厕所边（榻榻米边上就是厕所）。

3. 两句押同韵

《多黎咪》偶字句用音符形容猴子的顽皮，前两句句末韵脚字"咪""啡"押同韵【i】，后两句句末韵脚字"多""帽"押同韵【o】。童谣用音符描写了猴子的两个搞笑动作，律动风趣：

《多黎咪》（厦门）

多黎咪，

老猴食咖啡。

咪黎多，

老猴戴碗帽。

多黎咪：音乐的音符 do、re、mi。咪黎多：mi、re、do。碗帽：瓜皮帽。释义：do、re、mi，猴子喝咖啡。mi、re、do，猴子戴瓜帽。

《天顶一粒星》前两句句末韵脚字"星""边"押同韵【ĩ】，后两句句末韵脚字"吊""翘"押同韵【iau】。童谣为猜字笔画的谜语，韵律有味不显单调：

《天顶一粒星》（厦门）

天顶一粒星，

雨落两爿边。

"上"字掠倒吊，

"人"字倥脚翘。

天顶：天上。一粒：一颗。掠倒吊：颠倒。倥脚翘：四脚朝天。这首童谣是一首谜语，猜一字，释义：天上一颗星，雨落在两边，"上"字倒过来，"人"字站不稳。谜底：定。

《做头前》前六句说的是因做事态度的不同会有不同的奖惩，即对于做事认真力求上进的人给予重奖，对于得过且过、不求进取的人给予鼓励，对于拖后腿、不进步的人给予批评教育。后六句说的是走路的状态，用夸张的手法给大家以提醒和启示，层次分明，颇具特色。每两句句末韵脚字押同韵，第 1、2 句句末韵脚字"前""爿"押同韵【iŋ】；第 3、4 句句末韵脚字"央""霜"押同韵【ŋ】；第 5、6 句句末韵脚字"后""豆"押同韵【au】；第 7、8 句句末韵脚字"前""爿"押同韵【iŋ】；第 9、10 句句末韵脚字"央""川"押同韵【ŋ】；第 11、12 句句末韵脚字"壁""掠"押同韵【iah】：

《做头前》（台湾）

做头前，

食鸭爿。

做中央，

食糖霜。

做尾后，

食涂豆。

做头前，

互虎咬一爿。

做中央，

互狗咬尻川。

做后壁，

互鬼掠。

鸭爿：鸭腿。糖霜：冰糖。互：被。一爿：一边。尻川：屁股。后壁：后面。释义：做事做最好，可以吃鸭腿。做事做一半，仅能吃冰糖。做事拖最后，几粒花生来伺候。走路走在前，当心老虎咬一边。走路走中间，当心被狗咬屁股。走路走后面，当心被鬼抓了去。

《雨哩来》描述的是鸟儿在雨中的三种状态。童谣每两句押韵，第1、2句句末韵脚字"来""刣"押同韵【ai】；第3、4句句末韵脚字"滴""铁"押同韵【ih】；第5、6句句末韵脚字"落""佗"押同韵【oh】，语调亲切：

《雨哩来》（漳州）

雨哩来，

鸟仔哩相刣；

雨哩滴，

鸟仔哩拍铁；

雨哩落，

鸟仔罔佚佗。

哩：时态助词，表示正在进行。相刣：打打杀杀。拍铁：打铁。罔佚佗：蛮玩玩。释义：雨来了，鸟儿在打打杀杀；雨在滴，鸟儿在打铁；雨滴落，鸟儿随便玩一玩。

《掠田婴》描写的是一位外号叫大头的人做什么事情都不顺利，以及他人对其遭遇的同情。每两句押韵，第1句句末韵脚字"咪"押韵【i】，第2句句末韵脚字"婴"押韵【ĩ】，相互押韵；第3句句末韵脚字"高"押韵【uãn】，第4句句末韵脚字"圆"押韵【uan】，相互押韵；第5、6句句末韵脚字"食""屐"押同韵【iah】；第7、8句句末韵脚字"穿""幸"押同韵【iŋ】：

《掠田婴》（台湾）

多唰咪，

大头的掠田婴。

田婴天顶高，

大头的卖肉圆。

肉丸苦苦不好食，

大头的卖柴屐。

柴屐怀好穿，

大头的真侥幸。

多唰咪：音乐的音符 do、re、mi。大头：某人的绰号。掠：抓。肉圆：肉丸。柴屐：木屐。侥幸：糟糕，有叹惋之意。释义：多唰咪，大头抓蜻蜓。蜻蜓飞上天，大头卖肉丸。肉丸味苦不好吃，大头卖木屐。木屐不好穿，大头真糟糕。

《一支竹仔水里浮》每两句押韵，第 1、2 句句末韵脚字"浮""牛"押同韵【u】；第 3、4 句句末韵脚字"牵""蛏"押同韵【an】；第 5、6 句句末韵脚字"搦""屐"押同韵【iah】；第 7、8、9 句句末韵脚字"穿""用""幸"押同韵【iŋ】。这首童谣借用"一根竹子在水中漂浮"的比兴手法引出所要说的内容，用 4 件事描述了哥哥对弟弟的宽容与疼爱，赞颂了同胞兄弟之情：

《一支竹仔水里浮》（漳州）

一支竹仔水里浮，

阿兄叫我去牵牛。

大只细只我袂牵，

阿兄叫我去搦蛏。

大只细只我袂搦，

阿兄叫我穿木屐。

大双细双我袂穿，

阿兄有钱叫我用，

阿嫂无钱哭侥幸。

细：小。袂：不会。搦：捉。哭侥幸：哭诉自己的遭遇，有叹惋之意。释义：一根竹子水上漂，哥哥叫我去放牛。大牛小牛我都牵不动，哥哥叫我去捕蛏。大只小只我都抓不到，哥哥叫我穿木屐。大双小双我都不会穿，哥哥有钱给我用，哥哥有钱没给嫂，嫂嫂哭诉和埋怨。

《风紧来》是一首祈风童谣，用对比的手法描述了孩童对风来和风去的不同态度。每两句押韵，前两句句末韵脚字"来""梨"押同韵【ai】，后两句句末韵脚字"去""芷"押同韵【i】：

《风紧来》（台湾）

风风风紧来，

一铣给你买凤梨。

风风风紧去，

一铣给你买茭芷。

紧：赶紧，赶快。一铣：一个钱，一个钢镚。凤梨：菠萝。茭芷：用咸草做的草袋，是早期闽南人常用的器具，也是闽台地区特有的一种器具。释义：天气这么热，风儿风儿赶紧来吧，如果你来了，送给你钱去买菠萝。天气这么冷，风儿风儿赶紧走吧，如果你走了，送给你钱去买草袋。

《烧肉包》介绍了孩子喜欢的包子和啵粿，每两句押韵，前两句句末韵脚字"包""兜"押同韵【au】，后两句句末韵脚字"粿""尾"押同韵【e】，读起来铿锵有力，表现出孩童对食物的喜爱：

《烧肉包》（台湾）

烧肉包，

走到恁兜。

烧啵粿，

走到恁后尾。

烧肉包：刚出笼的包子。恁：你，你们。兜：家。啵粿：用米磨成的浆或者面粉加糖发酵后蒸出的糕点。后尾：后面，这里指屋后。释义：香喷喷的肉包子，带着几个到你家。暖糯糯的米发糕，带到你家屋后面。

《翁仔某》每两句押韵，前两句句末韵脚字"某""脯"押同韵【ɔ】，后两句句末韵脚字"食""掠"押同韵【iah】：

《翁仔某》（台湾）

翁仔某，

拿钱买菜脯。

菜脯你好食，

翁某走相㨨。

翁仔某：一对夫妻。菜脯：腌制的萝卜干，闽南地区家庭常备的菜干。㨨：打闹，追逐。释义：一对夫妻生活清苦，配菜都是萝卜干，萝卜干虽不好吃，但夫妻俩总打闹嬉戏，十分恩爱。

《目睭花》描写人老后视力下降，看不清东西，经常会闹出笑话，不是把匏瓜当成南瓜，就是把鸽子看成蝙蝠。童谣每两句押韵，前两句句末韵脚字"花""瓜"押同韵【ua】，后两句句末韵脚字"醪""婆"押同韵【o】：

《目睭花》（漳州）
目睭花，
匏仔看金瓜；
目睭醪，
粉鸟看密婆。

目睭：眼睛。花：老花眼。匏仔：匏瓜，也称葫芦瓜。看：看作，当作。金瓜：南瓜。醪：浑浊，这里指老花眼。粉鸟：鸽子。密婆：蝙蝠。释义：老花眼，把匏瓜当作南瓜；老花眼，把鸽子当作蝙蝠。

甜粿、发粿、包子、菜头粿是闽南地区特有的食品，是逢年过节不可缺少的特色食品，台湾地区与闽南地区也有相同的风俗习惯。《甜粿过年》每两句押韵，第1句句末韵脚字"年"押韵【i】，第2句句末韵脚字"钱"押韵【ĩ】，相互押韵；第3、5句句末韵脚字"金""心"押同韵【im】，童谣暗喻了四种食物带来了幸福好运的新年：

《甜粿过年》（台湾）
甜粿过年，
发粿发钱，
包仔包金，
菜头粿，
食点心。

甜粿：甜年糕。发粿：发糕，用米做的糕点。发钱：发财。包仔：包子。菜头粿：掺着萝卜丝的咸年糕。食：吃。释义：过年吃甜年糕，吃了发糕钱多多，包子鼓鼓包着金，菜头粿来当点心。

　　《天顶一块铜》基本采用三言短句式，语言紧凑凝练，由于每个被砸物都各有反应，自然而然地成为连接下一个被砸物的名词，而下一个被砸物与动作的衔接又靠前一个被砸物名词的韵脚来维系，环环相扣，这便形成了顶真的手法；加上排比形式的句子集中出现，给童谣语言增添了韵律上的快感，增强了童谣语言的艺术感染力，句与句的蝉联项、人、狗、碓、椅、鸭等组成的画面，构成了一幅灵动的画面，趣味十足。每两句换韵，韵律规整且富有变化，节奏紧张。第1、2句句末韵脚字"铜""人"押同韵【aŋ】；第3、4句句末韵脚字"走""狗"押同韵【au】；第5、6句句末韵脚字"吠""碓"押同韵【ui】；第7、8句句末韵脚字"春""宫"押同韵【iŋ】；第9、10句句末韵脚字"起""椅"押同韵【i】；第11、12句句末韵脚字"坐""被"押同韵【e】；第13、14句句末韵脚字"盖""鸭"押同韵【ah】；第15、16句句末韵脚字"刣""脐"押同韵【ai】：

《天顶一块铜》（厦门）

天顶一块铜，
落来损着人。
人要走，
损着狗。
狗要吠，
损着碓。
碓要春，
损着宫。
宫要起，
损着椅。
椅要坐，
损着被。
被要盖，
损着鸭。
鸭要刣，
损着阿公仔的大肚脐。

　　天顶：天上。落来：掉下来。损着：砸到。走：跑。碓：石碓，农具。春：春米。宫：庙。起：建造。被：被子。刣：杀。释义：天上一块铜，掉下来压到人。人要跑，压到狗。狗要叫，压到石碓。石碓要捣米，压到庙。庙要盖，压到椅。椅要坐，压到被。被要盖，压到鸭，鸭要杀，压到爷爷的大肚子。

《一月炒韭葱》是 20 世纪 70 年代以前流行于闽台地区的拍手歌,以月份为序来描写,前两句不押韵,其余的每两句押同韵,第 3、4 句句末韵脚字"滚""粉"押同韵【un】;第 5~8 句句末韵脚字"私""支""里""米"押同韵【i】;第 9、10 句句末韵脚字"才""坮"押同韵【ai】;第 11、12 句句末韵脚字"轿""尿"押同韵【io】:

《一月炒韭葱》(漳州)

一月炒韭葱,

二月炒韭菜,

三月呛呛滚,

四月炒米粉,

五月五家私,

六月点熏支,

七月七里里,

八月鸡仔偷啄米,

九月九奴才,

十月搦去坮,

十一月偷扛轿,

十二月泄屎尿。

韭葱:麦葱,葱管细长。呛呛滚:开水沸腾的样子,这里指闹哄哄。家私:家具。熏支:香烟。里里:衬字。搦:抓,捉。坮:埋葬。泄屎尿:腹泻。释义:一月炒麦葱,二月炒韭菜,三月闹哄哄,四月炒米粉,五月来把家具买,六月悠闲抽根烟,七月忙祭拜,八月母鸡偷吃米,九月九做奴才,十月准备抓去埋,十一月偷扛轿,十二月腹泻难控制。

《炒米芳》是一首拍手歌式的童谣。孩童边做拍手游戏边唱童谣,变化多样的韵律,让这首童谣充满了生机与乐趣。前两句不押韵,第 3、4、5、6 句句末韵脚字"滚""粉""军""孙"押同韵【un】;第 7、8 句句末韵脚字"半""山"押同韵【uã】;第 9、10 句句末韵脚字"婆""锣"押同韵【o】;第 11、12 句句末韵脚字都是"万"字,押韵【an】:

《炒米芳》(台湾)

一的炒米芳,

二的炒咸菜,

三的呛呛滚，
四的炒米粉，
五的五将军，
六的乞食孙，
七的分一半，
八的跖梁山，
九的九婶婆，
十的弄大锣。
拍你千拍你万，
拍你一千佫一万。

一的：一月。米芳：爆米花。呛呛滚：闹哄哄。乞食孙：骂人的话。跖：爬。弄：撞击，敲击。佫：加上。释义：一月爆米花，二月炒咸菜，三月闹哄哄，四月炒米粉，五月当将军，六月作龟孙，七月分一半，八月爬梁山，九月找婶婆，十月敲大锣。拍一千，拍一万，拍个一千又一万。

4. 前押韵后换韵

《点油点灯灯》是一首游戏童谣，游戏的规则为几个人坐在一起，其中一个人用手指点人，每个字点一个人，点到文末最后一字的人将得到担任游戏主角的机会。这首童谣句式规整，富有规律，前两句句末韵脚字"灯""兵"押同韵【iŋ】，后两句不押韵但是入声，韵律和谐，节奏明快：

《点油点灯灯》（漳州）
点油点灯灯，
英雄好汉去做兵。
点油点凿凿，
歹囝仔浪荡去做贼。

点凿凿：不停地用手指点戳。歹囝仔：坏孩子。浪荡：到处游荡，这里指游手好闲，不务正业。释义：添油点灯灯，好汉去当兵。点油点凿凿，坏孩子到处游荡当小偷。

《六月天，七月火》是一首描述闽南气候的童谣，西北雨是闽南的气候俗语，即闽南夏天常见的雷阵雨，一般会连续三天在差不多的时间里下雨。前面四句是三字格句式，第2、3句句末韵脚字"火""雨"押同韵【e】；后面两句是七字格句式，句末韵脚字"涸""漉"押同韵【ɔk】，句式巧妙，灵活换韵：

《六月天，七月火》（厦门）
六月天，
七月火。
西北雨，
一阵过。
顶垃田涂焦涸涸，
下垃田涂澹漉漉。

西北雨：闽南地区夏天常见的雷阵雨。顶垃：上垃田地。涂：泥土。焦涸涸：干巴巴。澹漉漉：湿漉漉。释义：六月天气炎热，七月骄阳似火。雷阵雨来得急去得快，虹销雨霁，上垃田地干巴巴如饥似渴，下垃田地湿漉漉发荣滋长。

《摸怀着》是一首描写孩子玩蒙眼抓东西游戏的童谣，采用长短句式结构，节奏缓急有序。童谣分为两段，第一段是前七句，鼓励孩子大胆往前走；第二段是后六句，说明游戏的奖惩规则。第一段的句末韵脚字"送""粽""巷""缝"押同韵【aŋ】，第二段的句末韵脚字"着""席""液"押同韵【ioh】，韵律和谐，相得益彰：

《摸怀着》（厦门）
送仔送，
送仔送，
送你曲食烧肉粽。
摸大街，
走小巷，
揭拐仔，
托骨缝。
摸仔摸，
摸若着，
赏你一领大甲席。
摸仔摸，
摸怀着，
罚你鼻人臭脚液。

摸怀着：摸不着。烧肉粽：闽南地区特色小吃之一，粽子里包着板栗、五花肉、蛋、香菇、虾米等多种馅料。揭：举。托：剔除。摸若着：摸得着。一领大甲席：一条大草席。鼻：嗅，闻。脚液：脚汗。释义：送啊送，送啊送，送你去吃烧肉粽。穿大街，走小巷，举起拐杖剔骨缝。摸啊摸，如果摸着，奖励你一条大草席。摸啊摸，摸不着，罚你去闻臭脚汗。

《阿舍囝》是一首讽刺旧时纨绔子弟的童谣。前两句押韵，句末韵脚字"囝""笡"押同韵【iã】；第3句换韵：

《阿舍囝》（漳州）

阿舍囝，

戴畚笡，

偷搦鸡，

讲无影。

舍：纨绔子弟。戴畚笡：戴着像簸箕样式的帽子。搦：抓。讲无影：不承认。释义：纨绔子弟戴着簸箕样式的帽子，做了偷鸡摸狗的事情，还死要面子不承认。

骑竹是许多闽南人儿时快乐的记忆。《探外公》句句七字，结构严谨，押韵又带有换韵，第1、2句句末韵脚字"咚""风"押同韵【ɔŋ】；第3句句末韵脚字"去"换韵：

《探外公》（漳州）

日头出来红咚咚，

竹马上路一阵风，

你骑竹马搭落去？

来去铜山探外公。

日头：太阳。红咚咚：红彤彤。竹马：早期儿童玩具。骑竹马：游戏的一种，用一根竹子放在两腿之间，一手抓着竹子，学骑马的样子。搭落：哪里。铜山：今漳州市东山县。释义：太阳出来红彤彤，骑上竹马扬起风，你骑竹马要去哪，要去东山看外公。

《狗蚁扛蜈蚣》描写的是蚂蚁全力拼搏战胜蜈蚣的过程，运用拟人的手法，形象生动地展示了蚂蚁勤劳勇敢与团结一致的精神，"捣""挽""咬""揪"几个字更是起到画龙点睛的作用。前六句句末韵脚字"动""工""蚣""放""共""蚣"押同韵【aŋ】；第7～12句（除第9句外）都押韵，句末韵脚字"珠""须""手""抽""寿"押同韵【iu】：

《狗蚁扛蜈蚣》（厦门）
狗蚁搬家禈出动，
挨挨阵阵无闲工。
半路拄着大蜈蚣，
狗蚁哪会甘愿放。
逐个和齐斗相共，
拼死拼活扛蜈蚣。
有的捣目珠，
有的挽嘴须，
有的咬腹肚，
有的揪脚手。
咬甲蜈蚣哀哀抽，
无死吗着现夭寿。

狗蚁：蚂蚁。禈：整个巢穴。挨挨阵阵：一只挨着一只。无闲工：没空闲，忙碌。拄着：遇到。哪会：哪里会。甘愿放：舍得放弃。逐个：大家。和齐：齐心协力。斗相共：互帮互助。捣目珠：揢眼睛。挽嘴须：拔胡须。腹肚：肚子。揪脚手：拉扯蜈蚣的脚。甲：得。哀哀抽：惨叫。无死：不死。吗着：也得，也会。现：立即。夭寿：短命，折寿。释义：蚂蚁搬家全出动，长长的队伍很忙碌。半路遇到大蜈蚣，蚂蚁哪会放开它。团结起来齐战斗，拼尽全力扛蜈蚣。有的揢眼睛，有的拔胡须，有的咬肚子，有的拉扯脚。咬得蜈蚣叫得惨，不死也快被整死。

5. 随机换韵

《膨风师》是对吹牛之人好吃懒做、不懂装懂、胡编乱造、哗众取宠等行为的讽刺，这种人不受大众欢迎，连孩子都鄙视他们，用童谣来奚落这些爱吹牛的懒汉，从而揭示出这些吹牛之人的可悲下场。整首童谣让人印象深刻，具有警示意义。童谣共 10 句，其中第 1、2、3、4、5、7、10 句的押韵相同，句末韵脚字"师""狮""脐""害""猜""在""崽"押同韵【ai】；第 6、8、9 三句押韵各不同，自成一韵：

《膨风师》（漳州）
膨风师，
嘴仔裂狮狮，
有耳有鼻有肚脐，

问着敢若真厉害，
讲话亲像做谜猜。
逐家哩拍拼，
伊伫边仔在。
风乍吹，
跋落水，
摔乍变做死囝仔息。

膨风师：喜欢吹牛的人。嘴仔：嘴。裂狮狮：嘴巴咧得像狮子的嘴那么大，形容说话滔滔不绝。有耳有鼻有肚脐：这里是讽刺的意思。敢若：好像。做谜猜：猜谜语。比喻说话让人不能理解，匪夷所思。逐家哩拍拼：每家都在打拼。伊伫边仔在：他在一旁讲大话。乍：一下。跋落水：掉到水里。摔乍变做死囝仔息：摔得像个死孩子，这里是骂人的话，比喻变成无用的人。释义：吹牛大王嘴巴大，好似万事皆知道，自吹自擂不懂装懂，胡编乱造故弄玄虚。每家都在忙打拼，只有他在一旁讲大话，风一吹，掉到水里，摔得像个死孩子。

《摇金子》是三言童谣，是一首育儿童谣，大人一边抱着婴儿一边吟念来哄睡。第1、2句是叠句，第4、6句句末韵脚字"饼""请"押同韵【iã】，与第3、5句不押韵：

《摇金子》（台湾）
摇金子，
摇金子，
摇猪脚，
摇大饼，
摇槟榔，
来相请。

金子：女婴。槟榔：台湾地区盛产的一种可食植物，深受民众喜爱。释义：把女婴养大，将来结婚的时候聘礼有猪脚、面线、礼饼、槟榔，办婚宴之时邀请朋友来相聚。

《一放鸡》是一首拍手歌，描写孩童通过拍手的游戏认识了数字，简单易懂。第2、4句句末韵脚字"鸭""叠"押同韵【ah】；第8～10句句末韵脚字"鼻""耳""起"押同韵【i】：

《一放鸡》（台湾）

一放鸡，

二放鸭，

三分开，

四相叠，

五搭胸，

六拍手，

七纺纱，

八摸鼻，

九咬耳，

十捡起，

快快乐乐笑眯眯。

放：放养。搭胸：拍打胸膛。咬耳：捂耳朵。释义：拍一下先放鸡，拍两下放鸭子，拍三下先分开，拍四下手相叠，第五下时拍胸膛，第六下时手拍手，第七下时手拉手围城墙，第八下时摸鼻子，第九下时捂耳朵，第十下时捡东西，快快乐乐笑眯眯。

《火金星》第 1 句句末韵脚字"星"押韵【ĩ】，第 2 句句末韵脚字"暝"押韵【i】，相互押韵；第 3、5、6、7、9、11 句句末韵脚字"鼓""肚""夫""某""鼓""脯"押同韵【ɔ】：

《火金星》（台湾）

火金星，

十五暝，

鱼弄鼓，

先生娘，

大腹肚，

正月生丈夫，

二月生查某。

坐我船，

拍我鼓，

食我白米饭，

配我咸菜脯。

火金星：萤火虫。十五暝：农历十五的夜晚。弄：敲击打。先生娘：夫人。

大腹肚：怀孕大肚子。丈夫：儿子。查某：女儿。咸菜脯：腌制的萝卜干。释义：萤火虫，亮金金，十五的夜晚，鱼敲鼓，夫人怀孕大腹肚，去年正月生儿子，今年二月生女儿。坐我船儿敲锣鼓，配着菜脯吃米饭。

《卖杂细》用简单的四句话形象地描绘了卖货郎的卖货生活，这也是昔日百姓生活的写照。童谣除第 3 句不押韵外，第 1、2、4 句句末韵脚字"细""过""货"押同韵【e】：

《卖杂细》（台湾）

玲珑玲珑卖杂细，

摇鼓摇鼓对遮过。

大人囝仔紧来看，

看恁要买甚物货。

玲珑玲珑：卖货郎挑着货品走街串巷时摇拨浪鼓的声音，就像卖货郎的吆喝声，以此来引起人们的注意。卖杂细：早时肩挑各种生活用品，深入大街小巷的卖货郎。对遮：从这里。囝仔：孩子。紧：赶紧，赶快。恁：你。甚物：什么。释义：叮咚叮咚鼓声响，卖货郎摇着鼓从这里经过，大人小孩赶紧来，看看要买什么货。

《手胴歌》是五字句式，句式整齐。前六句中除第 3 句不押韵外，其余 5 句句末韵脚字"粿""皮""炊""拿""坐"押同韵【e】；第 7、8 句句末韵脚字"壁""食"押同韵【iah】；第 9、10 句句末韵脚字"安""官"押同韵【uã】：

《手胴歌》（厦门）

一胴一块粿，

两胴走脚皮。

三胴无米煮，

四胴无饭炊。

五胴有钱拿，

六胴有轿坐。

七胴会捣壁，

八胴做乞食。

九胴九安安，

十胴会做官。

手胭：手指上的螺纹。粿：糕点。走脚皮：当差，跑腿。无米煮：没有米可以煮，形容穷得揭不开锅。挶：挖，这里指做盗贼。乞食：乞丐。安安：平安，有福气。释义：一个螺纹一个糕，两个螺纹跑腿忙，三个螺纹没米煮，四个螺纹没饭做，五个螺纹能赚钱，六个螺纹有轿坐，七个螺纹会偷盗，八个螺纹做乞丐，九个螺纹保平安，十个螺纹做大官。

《一暝大一寸》是一首摇篮曲，主要描写了外公外婆对外孙的疼爱，"亲像水珠在芋箬"更是形象地表现了老人视孙儿如珍宝。最后四句是老人期望孙儿快快长大。第1、2、4句句末韵脚字"摇""摇""轿"押同韵【io】；第6、7、12、13句句末韵脚字"惜""箬""惜""尺"押同韵【ioh】；第9、10句句末韵脚字"困""寸"押同韵【un】：

《一暝大一寸》（厦门）

摇啊摇，

摇啊摇，

困摇篮，

坐椅轿。

外公嗳，

外妈惜，

亲像水珠在芋箬。

摇啊摇，

困啊困，

婴仔一暝大一寸。

摇啊摇，

惜啊惜，

婴仔一日大一尺。

困：睡。椅轿：一种特制的婴儿专用椅。嗳：亲。外妈：外婆。惜：爱惜，疼爱。亲像：好像。芋箬：芋叶。暝：夜晚。大：长大。释义：摇啊摇，摇啊摇，睡摇篮，坐椅轿。外公亲，外婆疼，就如掌上明珠，爱不释手。摇啊摇，睡啊睡，宝宝一夜长一寸，摇啊摇，惜啊惜，宝宝一日大一尺。

《田蛤仔》是一首寓教于乐的童谣，不仅形象地描写了青蛙的模样，还描述了青蛙的生活习性及对人类的益处，让孩子既记住了青蛙的样子，又知道要保护青蛙，蕴意深刻。童谣由三字句、五字句、七字句三种句式构成，第1、2句句末韵脚字"仔""脚"押同韵【a】；第4、6句句末韵脚字"大""岸"押同韵【ua】；

其他不押韵：

《田蛤仔》（厦门）
田蛤仔，
四支脚。
吐目嘴仔阔，
舌长腹肚大。
爬岭跳水沟，
泅水跍田岸。
专食蠓虫田老鼠，
咱着保护怀通掠。

田蛤仔：青蛙。吐目：凸出来的眼睛。嘴仔阔：大嘴巴。腹肚：肚子。泅水：游泳、潜水。跍：爬。蠓虫：小咬。着：应该，要。怀通：不要。掠：捕捉。释义：小青蛙，四条腿，凸着眼睛大嘴巴，舌头长肚子大，爬山岭跳水沟，爬田地浅水渠，专吃蠓虫和田鼠，应该保护不抓它。

《献沙包》是一首游戏童谣。丢沙包是一种儿童游戏，厦门的沙包有装沙的，也有装凤凰树籽的。童谣是三字句式，节奏急促，气氛热烈。第2、4、8句句末韵脚字"歌""续""倚"押同韵【ua】；第9、10句句末韵脚字"胸""肩"押同韵【iŋ】；第11、12句句末韵脚字"手""球"押同韵【iu】；第13句句末韵脚字"鼻"押韵【ĩ】，第14句句末韵脚字"耳"押韵【i】，相互押韵：

《献沙包》（厦门）
献沙包，
念新歌。
我开头，
你来续。
一放鸡，
二放鸭。
三分开，
四合倚。
五拍胸，
六搭肩。
七搓手，
八弄球。

九摸鼻,
十揪耳。

献:丢,抛掷。献沙包:丢沙包,是一种儿童游戏。开头:领唱。续:接着
往下唱。放鸭:赶鸭子回家。合倚:合拢,靠近。拍胸:拍打胸膛。搭肩:手搭
在肩膀上。弄球:耍弄球技。释义:丢沙包,唱新歌。我领唱,你接着唱。一丢
放鸡跑,二丢赶鸭回,三丢分开找,四丢又靠近,五丢拍胸脯,六丢搭肩膀,七
丢搓搓手,八丢比技巧,九丢摸摸鼻,十丢抓抓耳。

《透大风》是一首旨在告诉孩子雨天应如何注意防范的童谣。第2、3、5、7、
8、9、10句句末韵脚字"风""公""损""风""公""通""爽"押同韵【ɔŋ】;
第1、4句不押韵,但不影响整首童谣的节奏与韵律,简洁明了:

《透大风》(厦门)
落大雨,
透大风,
乌天暗地瞋雷公。
怀通沃雨树脚行,
则𣍐去互雷公损。
落大雨,
透大风,
乌天暗地瞋雷公。
门口积水行𣍐通,
觑在厝里第一爽。

落大雨:下大雨。透大风:刮大风。乌:黑色。瞋雷公:打雷。雷公是闽南
人对雷的尊称。怀通:不要,不可以。沃雨:淋雨。树脚:树下。行:走。则:
才。𣍐:不会。互:被。损:击打。𣍐通:不能通行。觑:躲,这里指避雨。第
一:非常,最。爽:舒服,痛快,这里有安全之意。释义:下大雨,刮大风,天
昏地暗雷公响。不要淋雨树下走,才不会被雷电击到。下大雨,刮大风,天昏地
暗雷公响。门口积水路不通,待在家里最安全。

《龙眼干》长短句式交叉变化,韵随事转,灵活换韵。第1、2、4句句末韵脚
字"干""半""看"押同韵【uã】;第7、8、13、14句句末韵脚字"下""爸""飞"
"锅"押同韵【e】;第15、16句句末韵脚字"滚""笋"押同韵【un】;第18、19
句句末韵脚字"代""里"押同韵【ai】;第21、22、25句句末韵脚字"𩛩""活"

"活"押同韵【uah】；其余不押韵：

《龙眼干》（厦门）

龙眼干，

正月半，

人点灯，

你来看。

看甚物？

看新娘。

新娘悬抑下，

娶某拜老爸。

老爸无穿袄，

娶某拜兄嫂。

兄嫂无穿裙，

娶某拜龙船。

龙船噗噗飞，

娶某拜茶锅，

茶锅沓沓滚。

肉炒笋，

笋互查某鬼仔捻去食。

食乜代？

食要做月里。

月里生甚物？

生家蠞，

抱来抱去救赡活。

一斗米，

一斗粟，

就甲活活活。

龙眼：桂圆。正月半：农历正月十五元宵节。甚物：什么。悬：高。抑：或者。下：低，矮。娶某：娶老婆，娶亲。无：没有。龙船：龙舟。噗噗飞：形容龙舟飞速地前行。沓沓滚：形容水烧开的声音。互：被。查某鬼仔：死丫头。捻：用拇指和其他手指夹住。食：吃。乜代：干吗。月里：月子。家蠞：蟑螂。救赡活：救不活。粟：谷子。释义：桂圆干，闹元宵，人点灯笼，你来看。看什么，看新娘，新娘是高还是矮。娶亲拜谢老爸，老爸没穿袄不相见。娶亲拜见兄嫂，嫂子没穿裙子不出房。看见龙舟船，如飞似箭。看见茶壶烧水在沸腾。小妹在吃肉炒笋。借问小妹为何吃？补身要在月子里。又问小妹生贵子？小子瘦小如蟑螂，体弱多病命悬一线。花了一斗米粟钱，这才把娃救活了。

《白鹭鸶》采用顶真的修辞手法，长短句式交替，韵随事转。第1、2、7句句末韵脚字"鸶""箕""姨"押同韵【i】；第3、5句句末韵脚字"墘""圆"押同韵【ĩ】；第8、9句句末韵脚字"偌""誓"押同韵【ua】；第10、11、24、25、26、27句句末韵脚字"无""婆""哥""嫂""嗦""迌"押同韵【o】；第12、13句句末韵脚字"客""伯"押同韵【eh】；第14、15句句末韵脚字"龟""夫"押同韵【u】；第16～19句句末韵脚字"纸""我""弹""偆"押同韵【ua】；第20、21句句末韵脚字均为"枝"，押同韵【i】；第22、23句句末韵脚字"红""人"押同韵【aŋ】，换韵多变：

《白鹭鸶》（厦门）

白鹭鸶，

担粪箕，

担到海仔墘。

跋一倒，

拾一圆，

买面线，

分大姨。

大姨嫌无偌，

掠猫来咒誓。

咒誓无，

投婶婆。

婶婆去做客，

投大伯。

大伯卖红龟，

投姊夫。

姊夫卖粗纸，

投来投去投着我。

害我心肝扑扑弹，

鸡母换鸡偆。

鸡偆跳过枝，

龙眼换荔枝。

荔枝树尾红，

熟的送丈人。

丈人阿咾哥，

丈人阿咾嫂，

阿哥阿嫂嫌啰嗦，

两个相焦去迌迌。

白鹭鸶：白鹭鸟。担：挑。粪箕：簸箕。海仔垃：海边。跋一倒：摔一跤。拾一圆：捡到一元钱。嫌无偌：嫌少。掠：抓。咒誓：发誓。投：投诉。婶婆：叔公之妻。姊夫：姐夫。粗纸：卫生纸。扑扑弹：心怦怦跳。鸡母：母鸡。鸡僆：小鸡。树尾：这里意思是由于荔枝外皮是红色的，因此整棵荔枝树看起来都是红色的。阿咾：称赞。相焦：相伴。迌迌：游玩。释义：白鹭鸟飞上天，有人挑担到海边。摔了一跤捡到钱，买了面线分大姨，大姨居然嫌太少，这人抓猫来发誓。发誓不灵找婶婆，婶婆不在去做客，之后又去找大伯，大伯出门卖红龟。再找姐夫来诉苦，姐夫不在去卖纸。找来找去找到我，害我内心很忐忑。买了母鸡换小鸡，小鸡跳过了树枝，龙眼换成红荔枝。荔枝熟了树呈红，熟的荔枝送丈人。丈人不停赞兄嫂，兄嫂嫌他太啰唆，两人相邀游玩去。

三、闽南童谣"赋比兴"的表现手法

"赋比兴"是我国歌谣常见的传统艺术手法，是古代诗歌叙事、状物、抒情的重要表现方式，是根据《诗经》的创作经验总结而来的，是对诗歌表现方法的归纳。"赋比兴"最早出现在《周礼·春官·大师》中，其记载，"教六诗：曰风，曰赋，曰比，曰兴，曰雅，曰颂"①。西汉《毛诗序》是我国第一部文学批评诗歌专论，对于我国古代文学的发展具有重要的意义。在《毛诗序》里，其将"六诗"改为"六义"，"故诗有六义焉。一曰风。二曰赋。三曰比。四曰兴。五曰雅。六曰颂"②。唐代的《毛诗正义》释六义为三体三辞，"风、雅、颂者，《诗》篇之异体；赋、比、兴者，《诗》文之异辞耳。大小不同而并为六义者，赋、比、兴是《诗》之所用，风、雅、颂是《诗》之成形。因彼三事，成此三事，是故同称为义"③。后人皆认同"赋比兴"为《诗经》的三种表现方法，这三种手法在诗歌创作中往往交相使用，在抒发诗人情感的同时，也创造了诗歌的艺术形象。闽南童谣继承了《诗经》以来的"赋比兴"表现手法，其形象生动、情感丰富且真挚，

① 郑玄注，贾公彦疏. 周礼注疏（中）. 彭林整理. 上海古籍出版社，2010：880.

② 阮元校刻. 十三经注疏（上册）. 中华书局，1980：271.

③ 转引自王金禾. 鄂东民间童谣研究. 武汉大学出版社，2000：86.

展现了独特的个性与艺术魅力。

1. "赋"的直接

赋是一种基本的表现手法，可以叙述事物，也可以议论抒情，运用广泛，赋中用比或起兴后再用赋，是很常见的。在赋比兴中，赋是基础，是《诗经》中最基本、最常用的表现手法。赋作为语言文字的表现手法，其"铺陈说"较早见于郑玄在《周礼·春官·大师》中的注释，其曰："赋之言铺，直铺陈今之政教善恶。"①刘勰指出，"诗有六义，其二曰赋。赋者，铺也，铺采摛文，体物写志也"②，提出了"铺陈"意为"写志"。朱熹对赋的看法是："赋者，敷陈其事而直言之者也。"③综上所述，所谓赋，就是直接叙述有关事情（事物），以及表达思想感情，即开门见山，直叙其人其事其意，使人一目了然。《诗经》中有一些作品是只用赋的手法创作的，如《豳风·七月》《邶风·静女》《郑风·溱洧》《王风·黍离》《王风·君子于役》《秦风·蒹葭》等，既无兴词，也无比喻，然而味浓、意深且感人。《豳风·七月》云："七月流火，九月授衣。一之日觱发，二之日栗烈。"这是一首叙事诗，按照季节变化的顺序，铺叙了西周农家一年四季的艰苦生活，折射出贵族与农民巨大的生活反差和阶级分化。《邶风·静女》云："静女其姝，俟我于城隅。爱而不见，搔首踟蹰……匪女之为美，美人之贻。"这是一首描写一对男女约会的诗歌，内容说的是男女相约于城隅，男子到了却迟迟不见这位姑娘，不知如何是好，搔首踟蹰。其实姑娘是有意躲藏，而后突然出现并向男子赠物以表达爱意。全诗虽无比无兴，却已将人物形象刻画得栩栩如生，充满了生活的情趣。《郑风·溱洧》云："溱与洧，方涣涣兮。士与女，方秉蕑兮……维士与女，伊其将谑，赠之以勺药。"这是一首描写郑国三月上巳节青年男女在溱水和洧水岸边游春的诗歌。游春的青年也借此择取佳偶，互道心曲与爱意。全诗无比无兴，但是诗歌的美犹如一幅充满欢乐气氛的民俗画，美在了春天里，美在了爱情中。《王风·黍离》云："彼黍离离，彼稷之苗……知我者，谓我心忧，不知我者，谓我何求。悠悠苍天！此何人哉？"这是一首有感亡国触景生情的诗歌，描写了主人公经过西周镐京，见宗庙宫室尽为禾黍，忧伤不已，不忍离去。全诗无比无兴，物象浓缩于情感之中，情景交融。《王风·君子于役》云："君子于役，不知其期，曷至哉？鸡栖于埘，日之夕矣，羊牛下来。君子于役，如之何勿思。"该诗描写的是妻子怀念远行服役的丈夫。全诗无兴词无比喻，通过村妇的日常生

---

① 郑玄注，贾公彦疏. 周礼注疏（中）. 彭林整理. 上海古籍出版社，2010：880.
② 刘勰著. 文心雕龙译注. 陆侃如，牟世金译注. 齐鲁书社，1995：160.
③ 朱熹集注. 诗集传. 上海古籍出版社，1958：4.

活来表达念夫之情，情寓于景之中，感人至深。《秦风·蒹葭》云："蒹葭苍苍，白露为霜。所谓伊人，在水一方……溯游从之，宛在水中沚。"①该诗有招纳贤而不得或是追求所爱而不及之意，呈现出一幅凄美的画面，意境空旷，寄托元淡。全诗无比无兴，无思无求，无慕无惆，却已将那思慕之意、惆怅之情尽收眼底。

闽南童谣中以赋的手法创作的童谣较多，这些童谣大多平铺直叙，以叙事为主，表现方式灵活自由。

《一个人姓傅》用赋的手法讲述了一个姓傅的人的故事，平铺直叙，整个故事让人一览无余，而且整首童谣都押闽南方言特殊的韵母【ɔ】，读起来朗朗上口：

《一个人姓傅》（厦门）

一个人姓傅，
手拿一匹布。
行到双叉路，
走去找当铺。
当钱一千五，
买了一担醋。
担到山路边，
看见一只兔。
赶紧放落醋，
开步去追兔。
敨结来裋裤，
兔仔包入裤。
兔嘴咬破裤，
裤破窜出兔。
追兔无顾醋，
醋担觇着兔，
掠兔拍倒醋。
要穿脚无裤，
要担也无醋。
无钱通买布，
气死即个傅。

---

① 王秀梅译注. 诗经. 中华书局，2016：49，85，88，114，151，192.

双叉路：交叉路。走：跑。一担醋：一担子的醋。担到：挑到。放落：放下。开步：大步。敨结：解开裤腰带。褪：脱。包入裤：用裤子包起来。觋：躲藏。掠：抓。拍倒：打破。通：可以。即：这。释义：有个人姓傅，手拿一匹布。走到交叉口，跑去找当铺。当布一千五，买了一担醋。挑到山路边，看见一只兔。赶紧放下担，大步去追兔。解了裤带脱下裤，抓到兔子包进裤。兔嘴咬破裤，裤破冲出兔，追兔没管醋，兔躲醋担后，抓兔打破醋。要穿裤没裤，要挑醋没醋。没钱可以去买布，气死这个傅师傅。

《一个倥歁兄》用赋的手法叙述了一个傻大哥的故事，用了几件令人啼笑皆非的事情，直截了当地来表现傻大哥的"傻"样子。童谣用的是五字句式，句式整齐，偶字句句末韵脚字押同韵【iã】：

《一个倥歁兄》（厦门）

一个倥歁兄，
互某拍生惊。
正月初一日，
半暝去拜正。
裤穿长短脚，
上路坦横行。
人看真爱笑，
耳腔假无听。
丈姆一看见，
气甲𣍐做声。
食蚶无剥壳，
食肉惊食精。
酒啉一下醉，
顶厅颠下厅。
佳哉丈姆厝，
免得众人惊。

倥歁：傻瓜。互：被。某：老婆。拍生惊：打蒙了，打糊涂了。半暝：半夜。拜正：拜年。坦横行：横着走。真：很。耳腔：耳朵。假：假装。无听：听不见。丈姆：丈母娘。甲：得。食：吃。啉：喝。佳哉：幸亏。厝：家。释义：一个傻大哥，被妻打蒙了，正月初一日，半夜去拜年。穿的裤子一腿长一腿短，横着走在马路上。人人看了就爱笑，他也装作没听见。丈母娘一看到，气得说不出话。

吃蚶连壳吞，吃肉怕瘦肉。喝酒酩酊醉，摇摇晃晃走。幸亏是在岳母家，以免众人都受惊。

《势捍家，嗖嗖富》说的是主人公勤俭持家，盖起宅院，添置家具，街坊邻居无不夸赞。这首童谣用赋的手法直陈其事，通过几件事情道出了勤俭持家才能发家致富的道理。这首童谣简单易读，容易记忆的同时也教育儿童要从小养成勤俭节约的好习惯，古往今来，勤俭节约是中华民族的优良传统，体现了中华民族的价值取向和道德风尚，"历览前贤国与家，成由勤俭破由奢"。第 2、4、6、9 句句末韵脚字"腐""厝""具""富"押同韵【u】：

《势捍家，嗖嗖富》（泉州）
挨豆干，
挨豆腐。
饲大猪，
起大厝。
虬佫俭，
建家具。
阿姑阿姨阿咾我，
势捍家，
嗖嗖富。

挨豆干，挨豆腐：磨黄豆做豆干、豆腐。饲大猪：喂猪。起大厝：盖宅院。虬：小气，吝啬。佫：又。捍家：持家。嗖嗖富：很快就富起来。释义：磨黄豆来做豆干和豆腐，养猪肥好价钱，盖起宅院盖起屋。勤俭节约攒积蓄，装修新房添家具。邻里亲戚都夸我，持家能干更富裕。

《贫惰仙》用赋的手法开门见山地直叙了懒惰的人既害人又害己，带有夸张的写法，放大了懒惰、不洗澡、邋遢的生活方式。这种直截了当的陈述让人印象深刻，同时教育了孩童不要做一个懒惰和贪小便宜的人。整首童谣除了第 1 句外，其余 5 句都押韵，句末韵脚字押同韵【ian】：

《贫惰仙》（台湾）
一日过了佫一日，
身躯无洗全全铣。
走去溪仔墘洗三遍，
毒死鲈鳗数万千。

枵鬼查某拾去煎，
食了无死吗拖屎连。

佫：又。身躯：身体。全全：都是。铦：污垢。溪仔垱：溪边。枵鬼：贪吃鬼，也有贪小便宜之意。查某：女子。拾去：捡走。食：吃。无死：没死。吗：也。拖屎连：形容久治不愈。释义：一天过了又一天，从来不洗澡全身都起垢。走到溪边洗三遍，脏水毒死了很多鱼。贪吃的女子捡了死鱼回去煎，吃了之后生了病，没死但也久治不愈。

《公妈惜大孙》是用赋的手法直陈其事。整首童谣韵部多变，灵活换韵。第1、2句句末韵脚字"论""孙"押同韵【un】；第3、4句句末韵脚字"尖""嫌"押同韵【iam】；第6、7句句末韵脚字"字""气"押同韵【i】：

《公妈惜大孙》（漳州）
自古人议论，
公妈惜大孙。
大孙嘴尖手也尖，
生做无人嫌，
嘴尖会读册，
手尖会写字，
乖孙有志气，
日后会做官，
会趁钱钱。

公妈：爷爷和奶奶。惜：疼爱。大孙：长孙。嘴尖：这里形容能说会道。生做：长相。嫌：嫌弃。会：善于。日后：长大以后。趁钱钱：赚许多的钱。释义：自古就有人说爷爷奶奶疼大孙。大孙能说又会道，手脚伶俐相貌好，口才好会读书，手脚伶俐写字好，乖乖孙子有志气，长大以后升官发财。

《阮阿舅》是以赋的手法叙述了舅舅勤劳致富的事情，同时教育孩童幸福的生活需要靠自己的努力奋斗来实现。童谣连用了四个排比句，强调了致富的关键。除了第3、5句外，其余句句押韵，句末韵脚字押同韵【u】：

《阮阿舅》（厦门）
阮阿舅，
真本事。

勢饲猪，
勢饲牛，
勢种菜，
勢种匏。
无上三年久，
趁甲一大注。
年头起大厝，
年尾娶新妇。

阮：我。阿舅：舅舅。无上：不到。趁：赚钱。甲：得。一大注：一大笔。年头：年初。起大厝：盖房子。年尾：年底。新妇：媳妇。释义：我的舅舅真有本事，养猪、养牛、种菜、种瓜样样精。不到三年的时间，勤劳致富就发家。年初盖新房，年末娶新娘。

《磨豆浆，做豆腐》开门见山，平铺直叙，叙述了做豆腐送给亲戚的过程，展现了孩童与长辈之间的亲情。童谣自然流畅，亲情流露，除了第 1 句外，其余句句押韵，句末韵脚字押同韵【u】：

《磨豆浆，做豆腐》（漳州）
磨豆浆，
做豆腐，
挝去送姊夫。
姊夫无仵厝，
挝去送阿舅。
阿舅去饲牛，
挝去送姨母。
姨母食豆腐，
呵咾做了好功夫，
回送三粒葫芦匏。

挝：拿去。姊夫：姐夫。无仵厝：不在家。阿舅：舅舅。饲：喂养。食：吃。呵咾：夸奖。功夫：手艺。粒：颗。释义：磨豆浆，做豆腐，做好送去给姐夫，姐夫不在家，豆腐转送舅舅家，舅舅喂牛也不在，转送给姨母，姨母吃了连称赞，豆腐做得好手艺，回送三个葫芦瓜。

2. "比"的生动

比是将故事或情感借用事物作为类比，更加生动具体、鲜明浅近，易于人们了解、联想和想象。《诗经》中运用比的手法的作品较多，其中整首都以比的手法来表达感情的诗，如《魏风·硕鼠》："硕鼠硕鼠，无食我黍！三岁贯女，莫我肯顾。逝将去女，适彼乐土。乐土乐土，爰得我所。"用肥大的老鼠来比喻贪得无厌的剥削统治者。再如《小雅·鹤鸣》："鹤鸣于九皋，声闻于野。鱼潜在渊，或在于渚。乐彼之园，爰有树檀，其下维萚。他山之石，可以攻玉。"该诗用四个比喻句来表达招才纳贤的主张，独具特色。全诗用鹤、鱼、檀树、他山之石来比喻贤士，希望能被任用。《诗经》中部分运用比的手法来表达感情的诗，如《卫风·硕人》："硕人其颀……手如柔荑，肤如凝脂，领如蝤蛴，齿如瓠犀，螓首蛾眉，巧笑倩兮，美目盼兮。"①这是赞美卫庄公夫人庄姜容貌的诗，连用了五个比喻句来描绘美人体态，脸若银盘，眼如水杏，肌骨莹润，举止娴雅，好似一朵人间富贵花。

闽南童谣用比的手法创作出了很多生动的形象，比是以彼物比此物，即比喻。比喻中常见的两种基本类型——明喻和暗喻在闽南童谣中皆有出现。

（1）明喻

明喻是明显的比喻，是一种带有本体、喻体、喻词的比喻方式。《乌颅头》用橄榄来比喻光头的样子，带有讽刺嘲笑之意。第 2、4 句句末韵脚字"榄""妈"押同韵【a】，第 6、7 句句末韵脚字"短""粿"押同韵【e】：

《乌颅头》（厦门）
乌颅头，
扩橄榄，
十二岁，
做安妈。
安妈长，
安妈短，
捣着匏仔去炊粿。

乌颅头：光头，秃头。扩橄榄：脑袋像橄榄那样的形状。安妈：阿嫲，即奶奶。捣：挖。匏仔：匏瓜。炊粿：蒸发糕。释义：光溜头，像橄榄，十二岁，扮奶奶。叫着奶奶不停歇，挖了匏瓜去蒸糕。

---

① 王秀梅译注. 诗经. 中华书局，2016：66，132，235.

《摇啊摇》用睡在芋叶上的水珠得到的小心呵护来比喻祖父母对孙儿的悉心照料，喻词是"亲像"。"亲像水珠困芋箬"取材于民间俗语"芋叶捧水珠"，形象自然，就像一幅美丽的画，让人倍感亲切。童谣有序地换韵，韵脚变化自然，有亲和力。第1、2、3句句末韵脚字"摇""摇""桥"押同韵【io】，第5、6句句末韵脚字"惜""箬"押同韵【ioh】，第10、11句句末韵脚字"困""寸"押同韵【un】，第13、14句句末韵脚字"惜""尺"押同韵【ioh】：

《摇啊摇》（漳州）

摇啊摇，

摇啊摇，

摇遘外妈桥。

外公笑，

外妈惜，

亲像水珠困芋箬。

婴啼婴哭婴唱歌，

无啼无吼艙长大。

摇啊摇，

困啊困，

一暝大一寸。

摇啊摇，

惜啊惜，

一日大一尺。

遘：到。外妈：外婆。惜：疼爱。亲像：好像。困：睡。芋箬：芋叶。艙：不会。暝：夜。释义：摇啊摇，摇到外婆桥。外公亲，外婆疼，孙儿就像睡在芋叶上的水珠那样（被外公外婆小心地呵护着）。孙儿啼哭像唱歌，不哭不闹长不大。摇啊摇，睡啊睡，一夜长一寸。摇啊摇，疼爱啊疼爱，一日长一尺。

（2）暗喻

暗喻也叫隐喻，特点是不把比喻当作比喻，而当作实有其事来陈述。[①]暗喻一般不出现喻词，但隐含比喻形式。《先生无在馆》把学生的淘气暗喻为"搬海反"，描绘了教师可以随意离开，撇下学生的情景，反映了旧时私塾教育的不规范。每两句押韵，前两句句末韵脚字"馆""反"押同韵【an】，后两句句末韵脚字"学""趒"押同韵【ɔ】：

---

① 王希杰. 汉语修辞学（修订本）. 商务印书馆，2004：383.

《先生无在馆》（漳州）
先生无在馆，
学生搬海反。
先生无在学，
学生四界趖。

先生：教师。馆：学堂，私塾。搬：表演，扮演。海反：海盗，这里比喻学生没人约束，嬉戏打闹。无在学：不在学堂。四界：到处，四处。趖：溜达，逛荡。释义：教师不在学堂，学生嬉戏打闹，教师不在学堂，学生四处逛荡。

《白蚁乌骹蹄》用白蚁起兴，全文频繁换韵，随叙而转：

《白蚁乌骹蹄》（台湾）
白蚁乌骹蹄，
拍遘廿九暝。
廿九暝，
卖豆菜，
卖润饼。
土水鸡，
鱼肉挨，
韭菜花，
白糖兼西瓜。
角水搅豆腐花，
豆腐花，
盐糊黏。
草地姆仔土豆无炒盐，
猪母鬼食饱就想飞。

乌骹蹄：黑色的脚，这里暗喻给别人带来不吉利和厄运的人。拍：打。遘：到。廿九暝：除夕夜。豆菜：豆芽。厦门、台湾地区把豆芽叫作豆菜；漳州地区叫豆芽；泉州地区叫豆生。润饼：春卷，闽南地区也叫薄饼，类似于北方的煎饼果子，它和煎饼果子的区别在于后者的外皮是面糊做的，里面裹着酥脆的锅巴，前者的外皮是米糊做的，里面裹着菜。挨：堆积在一起，形容量多。角水：加入卤水搅拌。搅：搭配。豆腐花：豆腐脑。草地姆仔：农妇，这是台湾地区对农妇的独特称呼。猪母鬼：母猪，这里暗喻某个人。食饱：吃饱。释义：白蚁黑脚，爱闹事的人一直打到除夕夜。除夕夜还在卖豆芽、卖春卷。家里备好除夕宴，有野生青蛙，很多的鱼肉，韭菜花，还有白糖和西瓜。豆浆掺入卤水凝结成豆腐花，豆腐花的盐卤多黏成糊状。农妇炒土豆不加盐，母猪吃饱就想飞。

《囝仔栽》是大人对孩子的念叨语，把孩子暗喻成幼苗，希望孩子苗壮成长。童谣除第 3 句外，其余句句末韵脚字押同韵【ai】：

《囝仔栽》（漳州）

囝仔栽，

你着乖，

嘭嘭大，

大汉会是状元才。

囝仔：孩子的俗称。栽：栽培，这里把孩子暗喻为幼苗。着：要。大汉：长大。状元才：状元那样的人才。释义：孩子啊，你要乖乖地、快快地长大，以后也会成为状元那样的人才。

3. "兴"的盎然

"兴"是触物兴词，客观事物触发了作者的情感，引起作者歌唱，所以大多在诗歌的发端。东汉经学家郑众认为："比者，比方于物也。兴者，托事于物。"[①]他用物寄托，兴是托"草木鸟兽以见意者"。南北朝文学评论家刘勰的《文心雕龙·比兴》云："《诗》文宏奥，包韫六义，毛公述传，独标兴体，岂不以风通而赋同，比显而兴隐哉？故比者，附也；兴者，起也。附理者切类以指事，起情者依微以拟议。"[②]他指出，兴是在全面观察了事物的基础上"拟容取心"。南朝文学评论家钟嵘的《诗品·序》中记载："文已尽而意有余，兴也。因物喻志，比也。直书其事，寓言写物，赋也。"[③]钟嵘赋予了兴特殊的意义，他认为正是因为有了兴，诗歌才会有滋有味。唐初经学家孔颖达在《毛诗正义》中说："'兴'者，起也。取譬引类，起发己心，诗文诸举草木鸟兽以见意者，皆'兴'辞也。"[④]他认为兴是先从咏物开始，用于寄托情感的一种委婉含蓄的表现手法。宋代理学家朱熹在其《诗集传》中解释说："兴者，先言他物以引起所咏之词也。"[⑤]他认为兴是借助其

---

① 郑玄注，贾公彦疏. 周礼注疏（中）. 彭林整理. 上海古籍出版社，2010：880.

② 刘勰著. 文心雕龙注（上）. 范文澜注. 人民文学出版社，1958：607.

③ 钟嵘著. 诗品集注. 曹旭集注. 上海古籍出版社，1994：39.

④ 阮元校刻. 十三经注疏（上册）. 中华书局，1980：271.

⑤ 朱熹集注. 诗集传. 上海古籍出版社，1958：1.

他事物作为诗歌发端,以引起所要歌咏的内容,兴和诗歌内容有一定的联系。宋代学者李仲蒙认为:"索物以托情谓之比,情附物也;触物以起情谓之兴,物动情也。"①清代学者姚际恒在《诗经通论·诗经论旨》中指出:"兴者,但借物以起兴,不必与正意相关也。"②意思是兴是以物引起所咏,可以与诗文主旨要义有关也可以与其无关。朱自清在其《诗言志辨》中说:"《毛传》'兴也'的'兴'有两个意义,一是发端,一是譬喻;这两个意义合在一块儿才是'兴'。""兴是譬喻,'又是'发端,便与'只是'譬喻不同。前人没有注意兴的两重义,因此缠夹不已。"③其指出了兴的比喻作用。

综上所述,兴也称为起兴,是诗文的开篇语句,一般以"草木鸟兽"等事物引出正文,可与正文有(无)关,兴的表现手法的运用有利于增强诗歌的生动性和鲜明性,增加诗的韵味和形象感染力。《诗经》里出现较多具有兴的表现手法的诗歌,如《周南·桃夭》,该诗为一首嫁女诗,以"桃之夭夭,灼灼其华"起兴,使人从桃花盛开联想到新嫁娘的美貌。又如《邶风·燕燕》,该诗为一首送别诗,以"燕燕于飞,差池其羽"起兴,使人从燕子飞时参差不齐的羽翼联想到送别时的依恋之情。兴作为我国民间歌谣中极具特色及极为常见的表现手法,同样广泛出现在闽南童谣中。

《丈姆厝,好迌迌》以"拍铁哥,敲铜锣"起兴,叙述了丈母娘家的一些事情。这些事情有的有些荒唐,带有孩童幼稚的想象,甚是有趣。童谣随事换韵,给人跌宕起伏之感:

《丈姆厝,好迌迌》(厦门)

拍铁哥,

敲铜锣,

丈姆厝,

好迌迌。

揭交椅,

挽仙桃。

仙桃枝,

换荔枝。

荔枝树尾红,

呼狗咬丈人。

---

① 转引自王应麟著. 困学纪闻. 阎若璩,何焯,全祖望注. 上海古籍出版社,2015:85.

② 姚际恒. 诗经通论. 顾颉刚标点. 中华书局,1958:3.

③ 朱乔森编. 朱自清全集(第六卷). 江苏教育出版社,1990:180-181.

> 丈人走去觋，
> 　龟咬鳖。
> 　鳖伸头，
> 　龟咬猴。
> 　猴一跳，
> 跋落深坑死翘翘。

　　拍铁哥：打铁匠。丈姆厝：丈母娘的家。迌迌：玩。揭：拿。挽：摘。呼：喊。觋：躲避。跋：跌倒。落：掉入。死翘翘：死掉。释义：打铁匠，敲锣鼓，丈母娘家好好玩。拿着交椅摘仙桃，仙桃换成荔枝。满园荔枝红彤彤，叫狗咬丈人，丈人忙躲避。龟咬鳖，鳖伸头，龟咬猴，猴一跳，掉到深坑死掉了。

　　《挨豆干，挨豆腐》以"挨豆干，挨豆腐。请亲家，弄破厝"起兴，来表现主人住新家的愉快心情。韵律和谐，节奏紧凑：

> 《挨豆干，挨豆腐》（泉州）
> 　挨豆干，
> 　挨豆腐。
> 　请亲家，
> 　弄破厝。
> 　请亲姆，
> 　起大厝。
> 大厝起花园，
> 爱食三色糖，
> 爱困新眠床。
> 　新蠓罩，
> 　断蠓吼。
> 　新棉被，
> 　断家蚤。
> 　新枕头，
> 　断油垢。
> 　新尿盆，
> 　抛辗斗。
> 　新夜壶，
> 　呛呛吼。

挨豆干：磨豆浆做豆干。弄破：打破。厝：房子。亲姆：亲家母。起：盖。大厝：大宅院。食：吃。困：睡。眠床：床铺。蠓罩：蚊帐。断：断绝。断蠓吼：蚊子声音没有了，没蚊子。家蚤：跳蚤。油垢：头发的油污。抛辗斗：翻筋斗。呛呛吼：在夜壶解手时发出的声音。释义：磨豆浆做豆干、做豆腐。请了亲家公，推倒了破旧房。请了亲家母，盖起了大宅院。大宅建花园，爱吃三色糖，爱睡新床铺。新蚊帐，没蚊子。新棉被，没跳蚤。新枕头，没油垢。新尿盆，掉地翻筋斗。新夜壶，真方便。

《雨仔微微来》以"雨仔微微来"起兴，叙述了祖父、祖母在赤土屿上发生的诸多趣事，随事换韵，韵律变化丰富，增添了一些风趣与活泼：

《雨仔微微来》（泉州）

雨仔微微来，

引公去城里。

引妈去拾螺，

怀知来抑未？

未来是去赤土屿，

赤土屿，

乌狗咬肥猪。

肥猪牵去刣，

关刀对藤牌。

藤牌揭来弄，

大糕对大粽。

大粽拿来食，

金龙对加腊。

加腊掠来炊，

草涂对焦灰。

焦灰好抹壁，

新娘姑爷焄。

引公：祖父。引妈：祖母。抑：还是，或者。未：吗。未来：没来。乌：黑色。刣：宰杀。藤牌：藤条做的盾牌。对：对比，和……相比。揭：拿。金龙、加腊：鱼的品种。掠：抓。炊：蒸。草涂：草土。焦灰：干灰。姑爷：女婿。焄：带领。释义：细雨微微飘过来，祖父进城去办事，祖母去拾螺，不知是回来了还是去了赤土屿。赤土屿，黑狗咬肥猪，肥猪拉去宰。大刀和藤牌相比，藤牌耍弄更好玩。米糕和粽子相比，粽子拿来先吃上，金龙鱼和加腊鱼相比，加腊鱼鲜美先煮起。草土和干灰相比，干灰抹墙更好看，新娘女婿领进门。

《龙眼鸡，跋落涂》以"龙眼鸡，跋落涂"起兴，然后引入所咏之事。童谣中所有的人物称谓均有"阿"字，这是闽南方言的特色之一，具有亲切感。第2、3句句末韵脚字"涂""奴"押同韵【ɔ】，第4、5、6、7句句末韵脚字"哭""钩""头""楼"押同韵【au】：

《龙眼鸡，跋落涂》（漳州）

龙眼鸡，

跋落涂，

阿姊育阿奴。

阿奴你莫哭，

阿伯担盐拍耳钩，

阿姆经布落箱头，

阿妈饲猪排门楼。

龙眼鸡：常见于龙眼树上的昆虫。跋落涂：掉到地上。育：养育。担：挑。拍：打。耳钩：耳环。阿姆：伯母。经布：织布。落箱头：收到箱子里。阿妈：奶奶。饲：喂养。排门楼：这里指奶奶在门口讲故事逗孙儿。释义：龙眼鸡，掉到地，姐姐养育妹妹（妹妹叫阿奴）。妹妹不要哭，伯父挑盐去贩卖，卖盐的钱打耳环，伯母织布装满箱，奶奶喂猪忙家务，闲时给你讲故事。

《阿姊教我》由两段组成，每段都以"蜜蜂飞来"起兴，引出姐姐教弟妹待人礼仪和生活常识：

《阿姊教我》（漳州）

蜜蜂飞来规大拖，

阿姊教我四句歌，

教我客来着接搭，

教我煮饭着淘沙。

蜜蜂飞来规大群，

阿姊教我两句文，

教我客来着客气，

教我煮饭着绪裙。

规大拖：一大群。阿姊：姐姐。客：客人。着：要，得。接搭：接待。淘沙：

洗米淘净沙子。缮裙：系围裙。释义：蜜蜂飞来一大群，姐姐教我四句歌，教我来客要热情招待，教我煮饭要先把米淘沙洗净。蜜蜂飞来一大群，姐姐教我两句文，教我待客要客气，教我煮饭要系围裙。

《做人鸡翁》以"做人鸡翁早早啼"起兴，联想媳妇要做的烦琐家务事。加入排比句加强语气，整首童谣一韵到底，句句押韵，一气呵成：

《做人鸡翁》（台湾）

做人鸡翁早早啼，

做人媳妇早早起。

入大厅，

洗桌椅。

入灶脚，

洗碗箸。

入房间，

揭针黹。

阿咾兄，

阿咾弟，

阿咾亲家亲姆势教示。

人：人家。鸡翁：公鸡。啼：打鸣。灶脚：厨房。揭：拿，举。针黹：针线。阿咾：表扬，赞扬。亲姆：亲家母。教示：教导。释义：公鸡早早要打鸣，做人媳妇要早起。进了厅堂洗桌椅，进了厨房洗碗筷。进了房间拿针线缝补衣。夸哥哥，夸弟弟，赞扬公婆会教育。

《彰化弓蕉》是一首以"彰化弓蕉十二丛"起兴的童谣，随后展开叙事，内容丰富，引人入胜。整首童谣有序地换韵，长短句式相间，有趣且不单调：

《彰化弓蕉》（台湾）

彰化弓蕉十二丛，

天公姆仔做媒人。

做倒位？

做竹篾仔街，

坐轿骑马来巡街。

土地公，

听我说，

今年三十八，

好花着在枝，
好囝着来出世。
底时要搬戏？
四月四。
搬甚物戏？
三献三界寺。
火把十六支，
猪羊自己饲。
阉鸡古，
三斤二。
草仔枝，
做鬌插，
番薯签，
红掌甲。

彰化：雍正帝赐名，台湾地方县区，有"台湾米仓"之称，地处台湾地区中部偏西。弓蕉：香蕉。丛：棵，株。姆仔：伯母。倒位：哪里，什么地方。囝：儿子。着：要。出世：出生。底时：何时。搬戏：演戏。甚物：什么。三界寺：敬奉天公、水公、地公的寺庙。饲：饲养。阉鸡古：大只的阉鸡。鬌插：插在鬌边的装饰。番薯签：地瓜丝，早期闽南地区日常主食，常用于煮粥，香甜可口。掌甲：指甲。释义：彰化香蕉十二株，天公伯母做媒人。给哪个地方的人做媒人？给住在竹篾仔街的人做媒，天公伯母坐着轿子骑着马来巡街，土地公，听我说，我今年三十八，好花还在枝上开，好仔要来出生。什么时候要演戏？婚期定在四月初四。演什么戏目？要在三界寺演出三场。点亮十六支火把，宴席的猪羊自家养，还有三斤二两的肥阉鸡。花草装扮做头饰，地瓜丝做主食，涂抹红甲更喜气。

《也出日，也落雨》以"也日出，也落雨"起兴，引出所要叙述之事。这是台湾日据时期广为流传的一首童谣，孩童将横暴的日本宪兵比作尪仔，揭露日本宪兵穿着红裤子的丑态及其暴敛的本性，表现出台湾同胞在日据时期生活艰难，对日本殖民统治者欺压的憎恶之情。整首童谣除第1句外，其余句句押韵，唱出了人们的心声，影响广泛：

《也出日，也落雨》（台湾）
也日出，
也落雨，

> 刣猪翻猪肚，
> 尪仔穿红裤，
> 乞食走无路。

　　落雨：下雨。刣：宰杀。翻：把猪肚里外翻转清洗。尪仔：一种传统童玩纸牌，这里指日本宪兵。乞食：乞丐。走无路：无处可走。释义：边下雨边出太阳，杀猪洗猪肚，日本宪兵穿着红裤子，吓得乞丐无路走。

四、多种修辞手法

　　"修辞是人类的一种以语言为主要媒介的符号交际行为，是人们依据具体的语境，有意识、有目的地建构话语和理解话语以及其他文本，以取得理想的交际效果的一种社会行为。"①修辞通过各种语言表现手段使事物更加生动鲜明，感情更加丰富浓厚。闽南童谣运用的修辞手法灵活多样，常见的有夸张、排比、反复、比拟和顶真。

1. 夸张

　　《文心雕龙》有云："故自天地以降，豫入声貌，文辞所被，夸饰恒存。"②夸张是一种很古老的修辞艺术，指的是为了达到某种表达效果，对事物的形象、特征、作用、程度等方面着意夸大或缩小的修辞手法。
　　《囝仔尻川三斗火》用夸张的修辞手法，把孩童"火气旺"的特点表现出来，十分风趣：

> 《囝仔尻川三斗火》（厦门）
> 一个囝仔尻川三斗火，
> 三个囝仔尻川炊床粿。
> 也会用来烧包仔，
> 也会用来煮饮糜。

　　囝仔：小孩子。尻川：屁股。三斗火：形容火势很旺。炊床粿：蒸了一蒸笼的年糕。会用：可以用来。烧：蒸。饮糜：稀粥。释义：一个小孩屁股三斗火，

---

① 陈汝东. 当代汉语修辞学. 北京大学出版社，2004：6.
② 刘勰著. 文心雕龙注（上）. 范文澜注. 人民文学出版社，1958：608.

三个孩子屁股火气旺，可以用来蒸包子、煮稀饭。

《阿财》用夸张的修辞手法，勾画了阿财这个既可笑又值得被同情的人物形象，十分生动：

《阿财》（台湾）

阿财，

阿财，

厝顶跋落来。

有嘴齿，

无下骸。

叫师公，

叫𣍐来。

叫土公，

扛去坮。

厝顶：房顶。跋：跌落。嘴齿：牙齿。无：没有。下骸：下巴。师公：道士。𣍐：不会。土公：抬棺材的人。坮：埋葬。释义：阿财啊阿财，不小心从房顶上掉下来，牙齿还在，下巴摔没了，一命呜呼！叫道士，叫不来，叫扛夫，抬去埋。

2. 排比

排比是把结构相同、相似，意思密切相关，语气一致的词语或句子成串排列的一种修辞手法。排比是古老的修辞手法，早在《诗经》中已有广泛运用。《诗经·卫风》的《木瓜》曰："投我以木瓜，报之以琼琚。匪报也，永以为好也！投我以木桃，报之以琼瑶。匪报也，永以为好也！投我以木李，报之以琼玖。匪报也，永以为好也！"一连串的排比修辞将男子对恋人的款款深情表现出来，可见排比具有可拓展和深化文义的作用。

《坐佮看》用"坐……，看……"三句排比句，道出了孩童爱玩的特点，灵动自如，语气连贯：

《坐佮看》（台湾）

坐飞机，

看天顶；

坐大船，

看海涌；

坐火车，

看风景；

坐汽车，

钱较省；

坐牛车，

顺续挽龙眼。

天顶：天上。海涌：海浪。钱较省：较省钱。顺续：顺便。挽：摘。释义：坐飞机，看天上的景色；坐船，看海上的风景；坐火车，一路都是风景；坐汽车，较省钱；坐牛车，可以顺便去摘龙眼。可以看出，孩童最喜欢坐牛车，虽然很慢，但是可以顺路去采摘龙眼，比坐飞机、坐船、坐火车、坐汽车更快乐。

《篮仔花，开几蕊》用了两处排比的修辞手法，一处是用了两次的"一蕊……"；一处是连用五次的"一箬……"，增强了语气与气势，再加上五次连续的换韵，韵助语势，一气呵成，引人入胜：

《篮仔花，开几蕊》（台湾）

篮仔花，

开几蕊？

一蕊交落田，

一蕊交落水。

教姑拾，

姑不拾，

教嫂拾，

嫂不拾。

大兄拾起来，

姑也爱，

嫂也爱。

开大门，

剥芥菜，

剥几箬，

剥五箬。

一箬青，

送先生，

> 一箬殕，
> 送官府，
> 一箬红，
> 送丈人，
> 一箬赤，
> 送隔壁，
> 一箬乌，
> 送大姑。

篮仔花：台湾常见的一种花。蕊：朵。交落：掉落。剥芥菜：剥芥菜叶子。箬：叶子。先生：老师。殕：灰白色。隔壁：邻居。乌：黑色。释义：篮仔花，开几朵？开两朵，一朵掉田里，一朵掉水里。姑姑嫂嫂都不捡。哥哥捡起来，姑姑嫂嫂都要拿。开了门，剥芥菜，剥几捆叶子？剥五捆芥菜叶。一捆青叶子送给老师，一捆灰叶子送给官人，一捆红叶子送给老丈人，一捆赤叶子送给邻居，一捆黑叶子送给大姑姑。

3. 反复

反复，又叫复沓、复迭，是根据表达的需要，有意让句子或词语重复出现的修辞手法，为了强调某种意思，突出某种感情，特意重复某些词语、句子或段落等。反复是闽南童谣中使用较多的重要修辞手法。

《拍日本》是抗日战争时期在闽南地区流传的一首童谣，开头的同一个字"滚"重复出现三次，后面又重复出现三次，"逐个起来拍日本"也前后重复出现两次，词与句的重复强调了中国人民同仇敌忾，打倒日本侵略者的决心：

> 《拍日本》（厦门）
> 滚，滚，滚，
> 逐个起来拍日本。
> 伊占咱所在，
> 伊抢咱钱银，
> 伊创咱百姓，
> 怀互咱生存。
> 滚，滚，滚，
> 逐个起来拍日本。
> 有的拍前锋，

有的拍后盾。
刀揭好,
铳比准,
逐个和齐拍日本。
将伊日本兵,
指甲变灰粉。

逐个:大家。伊:他,这里指日本侵略者。刣:杀,这里指屠杀。怀互:不给。拍前锋:冲锋在前,这里指中国人民奋勇抗战,不畏牺牲,冲锋在前打日本侵略者。后盾:后方保障。揭:拿。铳:枪。和齐:团结一致,齐心协力。指甲变灰粉:把日本侵略者打得落花流水,这里比喻打败日本侵略的勇气和决心。释义:滚,滚,滚,大家一起来打日本侵略者。他们侵占我领土,他们掠夺我钱财,他们杀害我同胞,他们不让我们活。滚,滚,滚,大家一起来打日本侵略者。有的冲先锋,有的做后盾。刀拿好,枪打准,团结一致打日本侵略者,把日本侵略者打得落花流水。

《日头落山》出现两次"日头……"的反复修辞手法,引人注目:

《日头落山》(台湾)
日头落山,
鬼仔起来卖豆干。
日头落海,
鬼仔起来偷放屎。

鬼仔:这里指专门做坏事的人。释义:太阳落山,坏人出来卖豆干。太阳落在海面上,坏人出来做坏事。

4. 比拟

比拟是把人比作物,或者把物比作人的一种修辞手法。这种修辞手法可以把事物描绘得栩栩如生,神形毕现,有增强感情、产生共鸣的效果。比拟在闽南童谣中的运用颇多。

《虱母要嫁翁》采用比拟的修辞手法,把昆虫想象成和人类一样,具有思想感情,用其来映射人类的姻缘。童谣中将蚊子的挑唆与跳蚤的不服刻画得栩栩如生,使这些本不招人喜欢的小昆虫此刻成了可爱的角色,语言活泼,引人入胜,使人印象深刻:

《虱母要嫁翁》（泉州）

虱母要嫁家蚤翁，
去叫木虱做媒人。
蠓仔听见说怀通，
家蚤怀是妥当人。
家蚤听见怫怫跳：
"虽说蠓仔你会飞，
怀值家蚤我勢跳。
啥人比我较才调。"
胡蝇看见气咳咳，
就骂蠓仔太不该。
姻缘要结是人代，
何必着你来破坏。

虱母：虱子。嫁家蚤翁：嫁给跳蚤。木虱：臭虫。蠓仔：蚊子。怀：不。怫：愤怒的。怫怫跳：这里形容气急败坏的样子。才调：才干，本事。胡蝇：苍蝇。气咳咳：很生气。人代：别人家的事情。着：要。释义：虱子想要嫁给跳蚤，去叫臭虫来做媒，蚊子听了不乐意，觉得跳蚤不合适。跳蚤听了很生气，心想："虽说蚊子你能飞，但是没我跳得高。谁人比我更能干。"苍蝇看见很生气，就骂蚊子管闲事。姻缘本是别人事，何须要你来多事。

《月娘妈》的内容来自闽南民间传说，传说小孩的耳朵有皲裂，一定是惹怒了月亮奶奶，才被她割了耳朵。孩童从小就被大人训诫，要虔诚地敬拜月亮奶奶，耳朵才不会皲裂。这首童谣用比拟的修辞手法，把月亮当成真正的奶奶，并和月亮奶奶称兄道弟，形象生动：

《月娘妈》（漳州）

月娘妈，
请你听细腻：
你是兄，
我是弟，
莫揭刀仔割阮耳。

月娘妈：月亮奶奶。细腻：仔细。莫：不要。揭：拿。刀仔：刀。阮：我。释义：月亮奶奶，请你听仔细：你是哥哥，我是弟弟，不要拿刀割我耳朵。

5. 顶真

顶真，亦称顶针、联珠、蝉联，是指上句的结尾与下句的开头使用相同的字或词，用以修饰两个句子的声韵的方法。使用这种修辞手法的闽南童谣比较多，且该种修辞手法在闽南童谣中表现出独特而鲜明的特征。

《天顶一块铜》以"天顶一块铜，落来损着人"描述事情的起因，接下来采用顶真的修辞手法，不断地承接上句引出新的事情，环环相扣，引人入胜：

《天顶一块铜》（厦门）

天顶一块铜，

落来损着人。

人要走，

损着狗。

狗要吠，

损着碓。

碓要春，

损着宫。

宫要起，

损着椅。

椅要坐，

损着被。

被要盖，

损着鸭。

鸭要刣，

损着阿公仔的大肚脐。

天顶：天上。落来：掉下来。损着：砸到，压到。走：跑。碓：石碓，农具。春：春米。宫：庙。起：建造。被：被子。刣：杀。释义：天上一块铜，掉下来压到人。人要跑，压到狗。狗要叫，压到石碓。石碓要捣米，压到庙。庙要盖，压到椅。椅要坐，压到被。被要盖，压到鸭，鸭要杀，压到爷爷的大肚子。

《当当当，补雨伞》用"当当当，补雨伞"起兴，然后一系列事情接连发生，采用顶真的修辞手法，后一句的开头词即是前一句的结尾词，情节引人注目，甚是有趣：

《当当当，补雨伞》（泉州）
当当当，
补雨伞，
大家众人围来看。
看甚物，
看海水。
海水淹上山，
阿同骑马去割菅。
割菅好迌迌，
骑马拜公婆。
公婆面忧忧，
骑马去福州。
福州浮健健，
骑马去拍战。

当当当：铁锤敲打铁器时发出的声音。围来看：来围观。甚物：什么。菅：一种草，叶子细长且边缘锋利，容易割伤。迌迌：玩耍。公婆：敬奉的祖先。面忧忧：满脸愁容。浮健健：福地。拍战：打仗。释义：当当当，补雨伞，大家一起过来看。看什么，看海水。海水涌上岸漫过草地到山脚，阿同骑马去割菅。割草很好玩，骑马再去拜祖先。祖先面容忧愁，骑马去福州。福州好福地，骑马去打仗。

《雷公岖岖瞋》用顶真的修辞手法，用词语的承接将一系列事情描绘出来，出奇制胜，趣味十足：

《雷公岖岖瞋》（泉州）
雷公岖岖瞋，
鸭仔走落田。
田咧生柳枝，
柳枝生茶瓶。
茶瓶生橄榄，
橄榄双头红。
红的挽来食，
青的送丈人。
丈人阿咾好，
阿兄炁阿嫂。

阿嫂脚咧痛，

𣍐入房，

房中央，

一尾虫。

虫呢？

虫互鸡啄去。

鸡呢？

鸡互猫咬去。

猫呢？

猫去跙松树。

松树呢？

松树锉燃火。

火灰呢？

火灰壅番薯。

番薯呢？

番薯饲大猪。

大猪呢？

大猪牵去卖。

卖偌钱？

卖十圆。

十圆十路用，

你免想要揸。

雷公：闽南人对雷的尊称。瑱：响雷的声音。岖岖瑱：形容雷声响不停。走落田：跑到田地里。田咧：田里。茶瓶：茶壶。挽：摘。食：吃。丈人：岳父。阿咾：称赞，夸奖。焘：娶。𣍐：不能。入：进入。尾：条。互：被。跙：爬。锉：砍伐。燃火：烧火。壅：施肥。番薯：地瓜。饲：饲养。大猪：肥猪。偌：多少。路用：用途。免想：别想，休想。要揸：索要。释义：雷声响不停，鸭子们跑到田地里。田里柳树长枝条，枝条插在茶壶里。茶壶长出橄榄来，橄榄两头呈红色。红的摘来吃，青的送岳父。岳父称赞味道好，哥哥娶嫂嫂。嫂嫂脚在痛，走不进房间，房中跑出一条虫。虫呢？虫被鸡啄走。鸡呢？鸡被猫咬走。猫呢？猫去爬松树。松树呢？砍下松树烧柴火。火灰呢？火灰被当作番薯肥料。番薯呢？番薯拿去喂养猪。大猪呢？大猪拿去卖。卖了多少钱？卖了十圆（元）钱，十圆（元）可以有十种用途，你休想拿钱。

《上山挽桃花》运用了顶真的修辞手法叙事，情节连环紧凑。有趣的是最后两

句似乎与前面所叙事情无必然联系,有意用悖理的事情来引起注意,让人印象深刻:

《上山挽桃花》（台湾）
教你歌,
教你上山挽桃花。
桃花开,
姜叶肥。
红手巾,
白花眉。
花眉笑咪咪,
龙眼对荔枝。
荔枝朱朱红,
囝婿骑马探丈人。
丈人无在厝,
姨仔放狗咬姊夫,
姊夫摇手喝怀通。
和尚相拍扭头鬃,
尼姑抱囝出来看人。

挽:摘。肥:大。白花眉:白眉毛。朱朱红:红彤彤。囝婿:女婿。无在厝:不在家。姊夫:姐夫。喝:叫喊。怀通:不可以。相拍:打架。头鬃:头发。释义:教你唱歌,教你上山摘桃花。桃花开,姜叶大,拿着红巾,画着白眉笑眯眯。龙眼和荔枝相比,荔枝红彤彤。女婿骑马看岳父,岳父不在家,小姨子放狗咬姐夫,姐夫摇手连叫喊。和尚打架扯头发,尼姑抱着婴儿出来看。

《火金星》从第3~4句开始运用了顶真的手法,且每两句句末字押韵:

《火金星》（漳州）
火金星,
十五暝,
请恁舅阿来吃茶。
茶烧烧,
要买蕉。
蕉不辦,
要买书。
书不读,

要买墨。

墨不磨，

要买米笒。

米笒不担，

要买尖担。

尖担不拿，

要买木屐。

木屐不穿，

要买鸲鸰。

鸲鸰不饲，

要买褚。

褚不扒，

要买纱，

纱不纺，

要买破脚桶。

恁：你的。吃茶：喝茶。烧烧：温度高。墨：砚台。米笒：装米的器皿。尖担：两头尖用于盛草的工具。鸲鸰：八哥。饲：养。褚：筷子。扒：拿筷子吃饭的动作。释义：萤火虫，十五的夜晚，请你的舅舅来喝茶。泡好了热热的茶，要买香蕉，香蕉不吃，要买书，书不读，要买砚台，砚台不磨，要买米笒，米笒不拿，要买尖担，尖担不挑，要买木屐，木屐不穿，要买八哥，八哥不养，要买筷子，筷子不用，要买纱，纱不纺，要买破破的洗脚桶。

第四节　闽南童谣的分类

童谣作为一种历史的见证，既是社会生活的镜像，也是各地方言的宝藏，其分类有很多种。早在 2000 多年前，孔子就将《诗经》分为风、雅、颂三类，后来汉歌、唐诗、宋词也都有各种不同的分类法。

五四运动以后，西方有关歌谣的分类法被陆续介绍进来，促进了我国学术界关于歌谣分类的探讨，当时北京大学的《歌谣周刊》就曾针对这一问题展开过热烈的讨论。《歌谣周刊》是以周刊的形式持续刊载全国各地的歌谣及学术文章，其内容以反映妇女生活的歌谣和儿歌为多，也有不少情歌、仪式歌（喜歌、丧歌等），还有一些时政歌谣及长工歌、劳动歌等。歌谣以只说不唱的民谣和曲调自由的山歌、小调为主，多从文学、语言学、民俗学、社会学、风土人情等角度对歌谣进行探讨和叙述。该刊是当时研究民间文学的中心，也是收集蕴藏中国各地儿歌与民歌的摇篮；作为现代新文化运动中北京大学的学术出版刊物，每期销售千份，传播速度快，影响广泛。①

截至 1925 年，《歌谣周刊》共出版发行了 98 期（含增刊 1 期），发表 2226 首歌谣。《歌谣周刊》第 84 期中，傅振伦将儿歌分为两类：一是按歌式分为母歌、母歌唱与儿听者；二是按歌性及类用分为事务歌（抒情歌、叙事歌）、生活歌、儿童教育歌、滑稽歌和游戏歌等。《歌谣周刊》第 15 期中，邵纯熙将歌谣分为民歌和儿歌两类，其中儿歌又分为假作儿歌和自然儿歌两部分，包括情绪类、滑稽类、生活类、叙事类、仪式类、岁事类、景物类等，情绪类再按"七情"，细分为喜、怒、哀、惧、爱、恶、欲七类。②此外，褚东郊在《中国儿歌的研究》中，将儿歌的功能分为催眠止哭、娱乐游戏、练习发音和增加知识；钟敬文在《儿童游戏的歌谣》一文中，将弄儿之歌和游戏歌分为面戏歌、手戏歌、足戏歌、动作歌、抉择歌和效仿人事的游戏歌；谭达先在《民间童谣散论》一书中，分别列举了反映民间生活、反映劳动人民优秀思想品德、反映不公平的社会现象和反对阶级压迫等内容的童谣。

闽南童谣按照童谣的性质、内容和艺术特点，可以分为摇篮歌、岁时歌、游戏歌、生活歌、童话歌、时政歌、猜谜歌、颠倒歌、连锁歌、问答歌。

一、摇篮歌

摇篮歌是长辈哄婴幼儿入睡或者止哭吟咏的歌谣。摇篮歌是孩童对童谣认识的"母歌"，是最早接触的文学样式，也是童谣中最古老的一种样式。摇篮曲中包含长辈对下一代最美好、最温暖的感情和期望。

《唔唔噯》是流行于闽南地区的童谣，体现了长辈的育儿经验与满满的爱。"一冥大一寸""一冥大一尺"是母亲美好愿望的表达，期望孩子快快长大：

《唔唔噯》（漳州）

唔唔噯，

唔唔困，

一冥大一寸；

---

① 《歌谣周刊》：中国民歌的摇篮. http://www.chinanews.com/cul/2011/05-19/3053543.shtml.

② 陈耕，周长楫编著. 闽南童谣纵横谈. 鹭江出版社，2008：8.

婴仔婴仔惜，
一冥大一尺。
摇囝日落山，
抱囝金金看。
囝是我心肝，
惊汝受风寒。
共是一样囝，
袂有两心肝。
查甫也着痛，
查某也着成。
痛囝像黄金，
成囝有责任。
饲遘恁嫁娶，
爸母则放心。

唔唔噯：哄婴孩睡觉时哼吟的声音。困：睡觉。一冥：一夜。惜：疼爱。摇囝：哄孩子，带孩子。日落山：太阳落山。金金看：一直看着，形容对孩子非常疼爱，百看不厌。惊：担心。汝：你。受风寒：着凉。共：同样。两心肝：二心。袂有两心肝：不偏心。痛囝：疼爱孩子。成囝：抚养孩子长大成人。爸母：父母。则：才会。释义：唔唔噯，唔唔困，一夜长大一寸；孩子孩子被疼爱，一夜长大一尺。摇着孩子的时候太阳就要落山了。抱着孩子不厌其烦地看着，孩子是我的心肝宝贝，担心你着凉。男孩女孩都一样，不会偏心眼。女孩男孩一样疼爱和培养。疼爱孩子，因为孩子好比金子一样珍贵，父母有责任抚养孩子长大成人。抚养到孩子都成家，父母才会放下心。

二、岁时歌

岁时歌也称时令歌，是用简洁的语言引导孩童初步认识自然现象、季节更替、时间变化的一种童谣形式。

《正月寒死猪》是一首由闽南民间月历习俗谚语组成的童谣：

《正月寒死猪》（台湾）
正月寒死猪，
二月寒死牛，

> 三月寒死胖风龟，
> 四月芒种雨，
> 五月无焦涂，
> 六月火烧埔，
> 七月半鸭怀知死，
> 八月中秋人团圆，
> 九月九滥日，
> 十月日生翼，
> 十一月冬节上长暝，
> 十二月初三乌龟精。

　　寒：冻。胖风龟：天冷穿得很少，冻得直打哆嗦，形容要风度不要温度的爱美人士（闽南话俗语：爱水怀惊流鼻水）。焦：干涸。涂：土。埔：大地。滥日：白天短夜晚长。上长暝：最长的夜晚。乌龟精：阴天。据说农历十二月初三这一天如果下雨，那么接下来的整个十二月将会一直是不好的天气。释义：正月冻死猪，二月冻死牛，三月冻死爱美人，四月芒种爱下雨，五月没有干涸的土地，六月火烧大地，七月鸭子不知将被做成普度供品，八月中秋团圆节，九月昼短夜长了，十月太阳就像长了翅膀很快就消失了，昼更短夜更长了，十一月冬至是一年中昼最短夜最长的一天，十二月初三如果下雨，接下来的整个月将会一直是不好的天气。

　　《冬节》是一首有关冬至民间习俗及气候特点的童谣：

> 《冬节》（台湾）
> 冬节算来是冬天，
> 家家户户人搓圆。
> 冬节那佇月头，
> 欲寒佇年兜。
> 冬节那佇月中，
> 无雪亦无霜。
> 冬节那佇月尾，
> 欲寒正二月。

　　冬节：冬至。那：如果。佇：出现。年兜：年底。释义：冬至算起来是在寒冷的冬天，这天家家户户都要包汤圆。冬至如果出现在农历的月初，那么寒冷的天气会出现在农历的年底。冬至如果出现在农历的月中，那么这一年将不会下雪也不会下霜。冬至如果出现在农历的月尾，那么寒冷的天气会出现在农历二月。这是祖先流传下来的经验，经由童谣而流传至今。

三、游戏歌

游戏歌是儿童在游戏中伴唱的儿歌，儿歌内容与游戏动作一致，有一定的情节，活泼有趣。

有关"掩呼鸡"游戏的童谣，闽南各地都有，版本也不少，孩子在快乐的游戏中成长，游戏是他们童年时光中不能缺少的部分：

《掩呼鸡》（厦门）
掩呼鸡，
走鲐离，
一要掠，
一要觑。
咪咪咪，
来找你，
找若有，
金交椅，
找若无，
大脚穚。
找的找，
觑的觑，
走过来，
缉过去，
掠着替身真趣味。

掩呼鸡：一种儿童游戏，即蒙着眼睛抓人，被抓着的人继续蒙着眼睛抓人，以此类推。掠：抓。觑：躲藏。咪咪咪：模仿鸡鸣声。找若有：如果找得到人。找若无：如果找不到人。大脚穚：被脚踢，形容受惩罚。缉：追捕。释义：掩呼鸡，跑不掉，一边抓一边躲。咪咪咪，来找你，找到你，坐交椅，找不到，惩罚你。找的找，躲的躲，跑过来，抓过去，抓到替身真有趣。

《搵孤鸡》是泉州儿童玩捉迷藏游戏时念的一首童谣，游戏中一个小朋友要蒙

着眼睛当小白鸡:

《揾孤鸡》（泉州）

揾孤鸡,

觇伊密,

白鸡仔,

去撵贼。

撵若有,

做新妇,

撵若无,

做乞食婆。

揾孤鸡:被捉到的鸡。揾:触摸。觇:躲藏。伊:他,这里为助词。撵:找。乞食婆:乞丐。释义:被抓到的鸡,赶紧躲起来,小白鸡,去找窃贼了。要是有找到,就可以做新娘子被款待好,要是没找到,只能像个乞丐没人理。

四、生活歌

生活歌用儿童的眼光、儿童的口吻来看待成人的世界,儿童在吟唱时可以从中受到教育和启发。

《一两三》是一首孩子叙述家人一天的忙碌生活的童谣:

《一两三》（漳州）

一两三,

阿姊去洗衫;

四五六,

阿兄去磨墨;

七八九,

阿爸撵戽斗。

洗衫:洗衣服。撵:拿,举。戽斗:灌田汲水用的旧式农具。释义:一二三,姐姐去洗衣;四五六,哥哥去磨墨;七八九,爸爸拿农具。

《一二三》是一首描写小朋友上学情景的童谣:

《一二三》（台湾）

一二三，

穿新衫；

四五六，

册爱读；

七八九，

嗐嗵吼，

欢欢喜喜来学校。

新衫：新衣。册：书。嗐嗵吼：不要哭。释义：一二三，穿新衣；四五六，爱读书；七八九，不要哭，欢欢喜喜去学校。

《拜一遰礼拜日》是一首记录普通人家一周的日常生活的童谣：

《拜一遰礼拜日》（漳州）

拜一，

阿爸去做稼；

拜二，

阿母上菜市；

拜三，

阿妈曝豆干；

拜四，

阿公去看戏；

拜五，

阿姑厝普度；

拜六，

阿叔学做木；

礼拜日，

一家伙仔困甲直直直。

拜：礼拜，星期。做稼：下地干农活。曝豆干：晒豆腐。阿姑厝：姑姑家。学做木：学做木匠活。困甲直直直：睡得很深，形容周日可以放松，睡到自然醒。释义：周一，爸爸去干活；周二，母亲去买菜；周三，奶奶晒豆腐；周四，爷爷去看戏；周五，姑姑家普度；周六，叔叔做木匠；周日，全家睡到自然醒。

五、童话歌

童话歌是根据儿童的心理特点，虚构幻想而作，间接反映生活、表现情感的儿歌。

《乌猫甲乌狗》采用拟人的手法描写了黑猫、黑狗谈婚论嫁，媒人白猫说媒的趣事，生动风趣：

《乌猫甲乌狗》（厦门）
乌猫穿裙无穿裤，
乌狗穿裤裤拖涂。
要悬乌猫去散步，
脚骨酸痛坐草埔。
乌狗要娶乌猫某，
就请白猫做媒人。
要是无定来相送，
若无乌猫嫁别人。

乌：黑色。甲：和，与。无：没有。涂：土。悬：带领。草埔：草地。某：妻子。定：聘礼，提亲礼金。若无：要不然的话。释义：黑猫穿裙子没穿裤子，黑狗穿裤子，裤子太长拖地上。黑狗要带着黑猫去散步，脚骨酸痛坐草地。黑狗要娶黑猫为妻，就请白猫做媒人。聘礼要及时送，要不然黑猫嫁别人。

六、时政歌

时政歌是指记录某些特定历史事件或反映某种特定时代特定事物的歌谣。

《石井郑国姓》是一首描写郑成功在闽南反清复明的时政童谣：

《石井郑国姓》（漳州）
石井郑国姓，
安海去招兵，
四界收樵草，
招招来抗清。

石井：南安市的一个地名，郑成功祖籍。安海：晋江市一个地名。四界：四处。收樵草：收柴草。招招：大力召集。释义：石井的郑成功，到安海招士兵，到处收樵草，召集人马抗击清朝。

七、猜谜歌

猜谜歌，也称谜谣，是以歌谣的形式提供谜面，引导儿童猜测谜底的童谣。猜谜歌的特点是抓住事物的形体、性能等方面的特征，通过丰富的想象和联想，采用比喻、拟人、夸张等修辞手法对谜底予以形象描绘，语言生动，节奏明快，念起来顺口悦耳，可以锻炼儿童的思考能力，并对培养儿童的观察和分析能力有着重要的作用。

《一点一划长》是一首猜谜童谣，每句五字，规整明快：

《一点一划长》（厦门）

一点一划长，

嘴在正中央。

生囝怀成物，

耳仔尺外长。

囝：儿女。怀成物：不成材。耳仔：耳朵。尺外长：一尺多长。释义：一点一划长，嘴在正中央。儿女不成材，耳朵一尺长。谜底：郭。

八、颠倒歌

颠倒歌指的是故意罗列不可能的事情，或把特性相反的物象组合在一起，或故意将施事者和受事者颠倒着说出来而创造出来的歌谣，以显示其颠倒的理趣，从而获得怪诞、离奇、警策的文学效果。①

《密婆》是一首把施事者当作受害者的"反语"童谣，奇幻怪诞，新鲜滑稽：

《密婆》（漳州）

密婆，

密婆，

带囝带孙来迌迌：

---

① 张嘉星. 漳州方言童谣选释. 语文出版社, 2006: 329.

鲇鮐头在路顶趄，

老鼠拖猫上竹篙，

鸡仔半日咬鹈鹟。

密婆：蝙蝠。迌迌：玩耍。鲇鮐：七星鳢，分布于台湾、闽西南一带的淡水鱼。在路顶趄：在路上玩。鹈鹟：鹰的一种。释义：蝙蝠，蝙蝠，带着儿孙来玩耍，鲇鮐头在路上玩，老鼠拖着猫到竹篙上，小鸡衔着老鹰半天的时间。

九、连锁歌

连锁歌也称为连珠体童谣，是以顶真复沓的方式为结构的歌谣，即上一句的句尾字或词作为下一句的开头字或词，字、词包括同音与谐音。连锁歌的主要特点是随韵结合，义不相符；内容符合儿童的思维方式；韵律节奏流畅，别有一番情趣。

《乌啊乌》是一首连锁歌，流传在台湾南部旗津地区：

《乌啊乌》（台湾）

乌啊乌，

渡船倚沙埔。

沙埔冷，

秤换戤。

戤无花，

肚鲍换刺瓜。

刺瓜金籽，

我拍你，

你呣肯。

荔枝换福眼，

福眼剥开全全肉。

鸡拍鸭，

鸭肉精精精。

小弟拍阿兄，

阿兄无本事。

师仔拍师父，

师父手骨激短短。

老戏拍嘉礼，

嘉礼穿长靴。

百姓拍老爹，

鲈鳗拍乞食。

乌：黑色。倚：靠。沙埔：沙滩。戥：称贵重物品的小秤。花：秤花，即秤杆上标示重量的点数。肚匏：圆圆的葫芦瓜。刺瓜：黄瓜。金籽：熟透了的瓜。拍：打。唔肯：不肯。福眼：福建产的龙眼。全全肉：果肉丰实饱满。精：瘦肉。师仔：徒弟。手骨：手臂。老戏：传统戏曲，这里指其戏班和演员。嘉礼：木偶，这里指木偶戏班和演员。老爹：老爷，这里指的是官爷。鲈鳗：一种鱼的名称，这里比喻不务正业的人。乞食：乞丐。释义：乌啊乌，船靠岸，沙滩上冷，秤换成没有标示重量刻的小秤。葫芦瓜换黄瓜，黄瓜熟透了，我拍打黄瓜给你看，你不肯换。荔枝换成龙眼，龙眼又甜肉又多。拍拍鸡鸭，鸭肉很精到。弟弟与哥哥嬉闹打架，哥哥打不赢。徒弟与师父过招，师父手短反应慢。戏班演木偶戏，木偶穿着长靴子。百姓痛恨官爷，流氓乱打乞丐。

《草蜊公，穿红鞋》也是一首连锁歌，以承接词语转换不同的事情，有趣活泼：

《草蜊公，穿红鞋》（泉州）

草蜊公，

穿红鞋。

一脚拖，

一脚躘。

躘到宫仔口，

挂着一只虎狮狗。

虎狮狗，

忝忝吠，

贼仔偷揭碓。

碓要舂，

贼仔偷揭宫。

宫要起，

贼仔偷揭椅。

椅要坐，

贼仔偷攑被。

被要盖，

贼仔偷掠鸭。

鸭要唠，
贼仔偷揭刀。
刀要截，
贼仔偷揭笠。
笠要戴，
掠贼仔来割鼻。

草蜊公：蚱蜢。踵：因脚伤或者脚疾无法正常走路，用脚板挨着地拖着走。宫仔口：庙宇门口。拄着：遇上，遇到。虎狮狗：一种狗的名称。态态吠：一直乱叫。贼仔：小偷，盗贼。揭：拿走。碓：石臼。舂：舂米。起：盖，建。攑：拿。掠：抓。唠：用嘴去咬东西。截：切东西。释义：蚱蜢穿着红鞋子，一脚拖着走，一脚贴着地。走到庙宇口，遇到一只虎狮狗。虎狮狗，一直叫，小偷偷石臼，石臼要舂米，小偷偷庙宇，庙宇在建造，小偷偷交椅，交椅要来坐，小偷偷棉被，棉被要来盖，小偷偷抓鸭，鸭子嘎嘎叫，小偷偷拿刀，刀要切东西，小偷偷斗笠，斗笠要来戴，抓住贼人来割下他们的鼻子。

十、问答歌

问答歌也叫盘歌、对歌，闽南话称为对答歌。问答歌是通过提问的方式，即一问一答或连问连答的方式，启发儿童思考，引起儿童关注，表现童谣内容的一种艺术形式。

《草蜢仔公》是一首问答歌，用一问一答的方式，并采用顶真、重复等修辞手法展开，情节紧凑，环环相扣：

《草蜢仔公》（台湾）
草蜢仔公，
穿红裙。
要倒去？
要等船。
船倒去？
船弄破。
船片倒去？
船片烧灰。
灰倒去？

灰卖银。

银倒去？

银娶某。

某倒去？

某生孙。

孙倒去？

孙顾鸭。

鸭倒去？

鸭生卵。

卵倒去？

卵请客。

客倒去？

客去放尿。

尿倒去？

尿沃菜。

菜倒去？

菜开花。

花倒去？

花结子。

子倒去？

子碶油。

油倒去？

油点火。

火倒去？

火互老公仔嗑嗑熄。

老公仔倒去？

老公仔死在香蕉脚。

用甚物垃？

用破猪槽垃。

用甚物勘？

用破米箩勘。

甚物人拜？

老囝婿。

甚物人哀？

老同姒。

草蜢仔公：蝗虫一类的昆虫。倒去：哪里去，去哪里。银：钱。某：妻子。顾：照看。卵：蛋。沃：浇灌。碨油：榨油。互：被。老公仔：老头。嗌：吹。甚物：什么。坮：埋葬。囝婿：女婿。哀：哭泣。同姒：妯娌。释义：草蜢穿红裙，要到哪里去？要等船。船哪里去？船撞破船片散落。船片散落到哪里？船片烧成灰。灰到哪里去？灰卖了换成钱。钱去哪？钱拿去娶老婆。老婆哪里去？老婆生孩子去。孙子哪里去，孙子照看鸭子去。鸭子哪里去？鸭子去生蛋。蛋到哪里去？蛋煮了请客人。客人哪里去？客人去解手。粪便哪去了，都去地里浇菜当肥料了。菜哪去了？菜开花了。花哪去了？花结籽了。籽哪去了？籽榨油了。油哪去了？油点灯。灯火哪去了？火被老头吹灭了。老头哪去了？老头死在香蕉树旁。用什么埋葬？埋在破猪槽。用什么盖？用破米箩盖。谁去祭拜？老头的老女婿。谁在哭泣？老头的老妯娌。

第五节　闽南童谣的民俗事象

民俗是指一个民族或一个社会群体在长期的共同生产实践和社会生活中逐渐形成并世代相传的一种较为稳定的文化事象。它既是一个民族（地域）固有的传统文化的特质所在，又是这个民族（地域）创造、发展其文化环境的根基。[1]俗话说，一方水土养一方人。不同地方有着不同的自然环境与地理条件，会约定俗成地形成不同的区域民俗文化。闽台民俗事象与闽南地方文化息息相关，同时与传统农业、渔业的生产习俗相关联，从生产、生活中引申出民间信仰与生命寄托，并以传统世俗节日为精神依托，是闽台劳动人民在长期的生产和生活实践中逐步积累起来的文化财富。闽南童谣作为一种民间文艺形式，流传年代久远，创作源于民间，具有浓厚的地方特色，是一种非物质文化的民俗事象，它涉及人们的日常生活，反映出闽台地区多样的礼仪、独特的民间信仰、多彩的岁时节俗和灿烂的饮食文化。

《月令歌》记录了闽南地区每个月的时令特点和传统民俗节日。这首童谣的月令词"几月几"有的特指某一节日，有的是利用数字的重复来增强韵律感与节奏感，如"六月六，阿兄做田互日曝"句句末字"六"与"曝"押同韵【ak】：

---

① 郑蕙苢. 温州童谣研究. 浙江大学出版社，2011：124.

《月令歌》（漳州）
正月正，
炖猪肉，
请阿兄。
二月二，
阿兄牵小弟。
三月三，
水缸无水咱来担。
四月四，
人搬戏。
五月五，
龙船渡。
六月六，
阿兄做田互日曝。
七月七，
桃苞乌，
龙眼必。
八月八，
拔豆藤，
拾豆屑。
九月九，
公差放甲漫天吼。
十月十，
尖仔米饭胀遘反白目。
十一月，
磨圆仔秅，
搓红圆。
十二月，
欢欢喜喜来过年。

阿兄：哥哥。小弟：弟弟。无：没有。担：挑。搬戏：演戏。龙船渡：赛龙舟。做田：种田。互：被。日：太阳。曝：晒。桃苞：桃金娘，一种灌木，夏天结紫色野果。乌：黑色。必：裂开。拾：捡。豆屑：豆荚。公差：风筝。甲：得。吼：呼呼响。尖仔米：晚稻米，米粒形状尖细。反白目：翻白眼。圆仔秅：用米浆做的汤圆。红圆：红色的汤圆。释义：正月正炖猪肉，请哥哥。二月春暖花开，哥哥带弟弟去游玩。三月闹春旱，兄弟俩去挑水。四月佛祖生日搭台演大戏。五月端午赛龙舟。六月哥哥烈日种田很辛苦。七月普度桃苊甜，龙眼熟。八月扯豆藤，捡豆荚。九月秋高气爽，筝哨满天响。十月收得晚稻米，好吃到吃撑翻白眼。十一月磨米做冬至圆。十二月欢欢喜喜过大年。

两首《正月正》童谣反映了农家每月的耕作活动，以一年四季景物的变换及民俗节日来展现百姓日常的生产生活：

《正月正（一）》（台湾）
正月正，
请子婿入大厅。
二月二，
刣猪公谢土地。
三月三，
桃仔李仔阵头担。
四月四，
桃仔来，
李仔去。
五月五，
龙船古，
水里渡。
六月六，
踏水车，
拍碌碡。
七月七，
龙眼乌，
柘榴必。
八月八，
搞豆藤，
挽豆荚。
九月九，
风筝满天哮。
十月十，
冬瓜糖霜落饯盒。
十一月，
人焚火。

十二月，

人炊粿。

子婿：女婿。刽猪公：宰杀公猪。碌碡：石头做成形似圆柱体的一种农具。
乌：黑色。必：裂开。释义：正月宴请女婿欢乐团圆。二月杀公猪拜土地公。三、
四月之交，桃李芬芳。五月端午赛龙舟。六月踏水车，整土地。七、八月龙眼、
石榴，以及各种豆类相继成熟，满屋瓜果香。九月秋高气爽，是放风筝的好季节。
十月年关将近，冬瓜糖等蜜饯上市了。十一月天气渐寒，家家户户生火取暖。十
二月开始蒸年糕，准备过新年。

《正月正（二）》（台湾）

正月正，

在佚陶，

听见博局声，

二月二，

老土地，

三月三，

桃仔李仔双头担。

四月四，

桃仔来，

李仔去。

五月五，

西瓜排居满车路。

六月六，

头家落田拍碌碡。

七月七，

龙眼乌，

柘榴必。

八月八，

牵豆藤，

挽豆荚。

九月九，

风筝满天哮。

十月十，

人收冬，

> 头家倩长工。
> 十一月，
> 年兜边，
> 家家户户人搓丸。
> 十二月，
> 换新衫，
> 来过年。

佚陶：游玩。博局：赌博。头家：地主。落田：下田地。倩：宴请。年兜边：年关在即。搓丸：搓汤圆。与闽南地区一样，在台湾，每年最重要的节日是农历新年，从初一到十五，家家户户都要准备祭神拜佛、拜访亲友、宴请女婿、入寺烧香祈福或者郊外踏青等活动。释义：正月大家在游玩，牌局声声入耳。二月初二是土地公诞辰，民众尤其是经商者会拥进土地公庙祭拜土地公，祈佑生意兴隆，财源广进。三、四月之交，桃李芬芳。五月初五过端午。六月是收割稻田、整理土地的季节，也是最繁忙的季节，农民忙不过来，有时连地主都得去田地帮忙。七、八月龙眼、石榴，以及各种豆类相继成熟，满屋瓜果香。九月秋高气爽，是放风筝的好季节。十月农田收获完毕，地主宴请雇工。十一月年关在即，又逢冬至，搓汤圆祭祖祈求事事圆满。十二月准备新衣好过年。

一、春节

春节是中华民族的传统佳节，闽台地区的春节习俗自中原传播并沿袭至今。春节节事活动丰富，主要表现在正月初一和十五。"闽俗最重元日，黎明各盛服，飨祀毕，序拜称觞，祝尊者寿，然后出拜亲族邻里，往返更谒，尽节假乃止。"[①]春节期间，人们相互走亲访友，以"辛盘"款待宾客，长辈给晚辈压岁钱图吉利。

《过新年》介绍了闽南地区农历新年初一到十二的活动，每天都有各种各样的民俗活动，热闹非凡：

> 《过新年》（泉州）
> 初一涨，
> 初二涨，
> 初三老鼠冣新娘，

---

① 黄仲昭纂. 八闽通志（上）. 福建人民出版社，2017：55.

初四人迎香，
初五隔开，
初六舀肥，
初七人生日，
初八五谷生，
初九天公生，
初十地妈生，
十一请囝婿，
十二食糜配芥菜。

涨：肚子胀，过年吃得很饱。娶：娶。迎香：接神祈福。隔开：春节假期到今天结束，一切恢复正常，撤去供神的春饭和年馃，清洁屋子。舀肥：积肥备耕。人生日：众人的生日。五谷生：管五谷的神仙的生日。天公生：玉皇大帝生日。囝婿：女婿。糜：粥。芥菜：咸菜。释义：初一菜肴丰盛吃到撑，初二请女婿肚饱饱，初三睡到饱，不扰老鼠娶新娘，初四接神祈福，初五祭财神，初六积肥备耕，初七众人生，初八谷神节，初九拜天公，初十拜土地，十一请女婿，十二回归平日稀粥配咸菜。

《新正歌》描写了闽南地区春节期间的民俗活动：

《新正歌》（漳州）
初一早，
初二早，
初三困遘饱。
初四尪落地，
初五戒归，
初六沃肥。
初七七元，
初八完全，
初九天公生，
初十地公冥。
十一食福，
十二弄叮咚，
十三关帝人迎尪，
十四人堆山，
十五元宵做月半，

十六花灯从人看。
十七散灯棚，
十八人讨债。
十九炊粿，
二十塍底续戏尾。

新正：春节。困：睡。遘：到。尪：神，这里指灶王爷。尪落地：民俗"迎神"活动，迎接灶王爷从天庭归来。戒归：解除年俗的陈规。沃肥：施肥。七元：初七过的"人生日"，这一天要吃面，寓意长寿。完全：过年期间积攒下来的农活到此要完成。天公生：玉皇大帝生日。地公冥：土地爷生日。食福：漳州地区的民俗，这一天要置办好丰盛美味的饭菜来享用。弄叮咚：弹着三弦挨户讨钱的卖唱人（早期指的是盲人）。关帝：民间信仰，拜"关羽"为神，称关帝或关帝爷。人迎尪：大年十三，关帝爷生日，民间举行迎神赛艺的民俗活动。人堆山：形容人山人海，这里指元宵节前夕，人们上街看花灯买花灯的热闹场面。做月半：元宵节的灯节活动。从人看：随着别人去赏花灯。散灯棚：撤下花灯、灯棚和灯架，即元宵节结束。人讨债：债主上门。民间认为春节期间是不能讨债的，要到农历元月十八才可以开始。炊粿：蒸年糕。塍底：田间。续：做完。续戏尾：继续表演那些春节期间没有演完的大戏。释义：初一初二起得早，初三睡到饱，初四迎灶神，初五解除年俗戒律，初六施肥，初七"人生日"，吃面会长寿，初八农活要做完，初九玉皇大帝生日，要"敬天公"，初十是土地爷生日，十一享用丰盛的美食，十二卖唱的人开始挨家讨钱，十三关帝爷生日，"迎神赛艺"好热闹，十四街上人山人海，十五元宵节灯节活动，十六继续赏灯游玩，十七元宵结束，拆收花灯，十八方可讨债，十九蒸年糕，二十春节尾声，演完大戏。

过新年是闽南人一年中最重要的节日，正月初一，即子正之时（零点）一到，家家户户燃放爆竹，爆竹声声迎来了新年的黎明，开门迎春纳祥，俗称"开正"。人们在家中厅堂设案，摆上三牲、果合、清茶、金楮等供品，燃三炷清香，点上红烛，恭拜"天公"，敬祀祖先，这种祭祀会一直持续到大年初四。《初一早》说的便是闽南人过新年的情景：

《初一早》（厦门）
初一早，
初二早，
初三无啥巧，

初四神落天，
初五过开，
初六壅肥，
初七七元，
初八完全，
初九天公生，
初十地公暝，
十一请囝婿，
十二返来拜，
十三吃潘糜仔配芥菜，
十四相公生，
十五上元暝，
十六看大烛，
十七倒灯棚，
十八无半钱。

壅肥：施肥。无半钱：没钱。释义：初一初二起得早，初三没有什么事情，初四迎灶神，初五解除年俗戒律，初六施肥，初七"人生日"，吃面会长寿，初八农活要做完，初九玉皇大帝生日，要"敬天公"，初十是土地爷生日，十一宴请女婿，十二女儿回娘家，十三喝粥配咸菜，十四相公爷田都元帅生日，十五元宵节，十六赏花灯，十七拆收花灯，十八钱都花完，没钱了。

正月初一早上穿上新衣，走亲访友，互道"恭喜""新年好"，俗称"贺正"。登门拜年的客人要奉茶和茶配，如糖果、蜜饯等来热情招待宾客。

正月初二请女婿。这一天清早，女儿、女婿一家穿着盛装，带着礼物来岳父岳母家拜年，其礼数之重与为岳父祝寿差不多。岳父岳母盛情款待，岳父同众儿子及女婿一桌，岳母同众女儿及儿媳一桌，众多表兄弟姐妹围成一桌或多桌，热热闹闹地吃着团圆饭，合家欢笑美无边。

正月初三不串门，在家睡到饱。民间传说初三是老鼠娶亲的日子，为了不打扰老鼠的好事，初二人们便早早地上床睡觉。借用"老鼠娶亲"起兴，实则是因为人们从除夕到初二过节中积累下的劳累，正好借初三不能串门的风俗好好休整。闽南地区初三这天人们大都是在户外活动，不会贸然去别人家串门拜年，怕不吉利。

正月初四是闽南地区传统风俗中的"接神日"。民间传说每年除夕前，天庭要召开年终盛典，各路神仙都要去参加并向玉皇大帝汇报工作情况，一直到正月初四，神仙才会回到人间述职。"晏送神，早接神。"大年初四清晨，家家点香迎灶神，三牲果合、金香烛炮，斟酒祭献，鸣炮烧金，要把神早早接回，以祈求诸神保佑全家在新的一年里平安吉祥。而在古代，人们通过长期的观察发现，正月初四恰逢早春时节，常常会下雨，由此，闽南地区还有"接神雨"的说法。

正月初四子夜，备好祭牲、糕果、香烛等物，鸣锣击鼓焚香礼拜，虔诚恭敬财神。初五俗传是财神诞辰，为争利市，故先于初四接之，名曰"抢路头"，又称"接财神"。民间传说财神即五路神，指东西南北中，意为出门五路，皆可得财。清代顾禄《清嘉录》云："五日为路头神诞辰，金锣爆竹，牲醴毕陈，以争先为利市，必早起迎之，谓之接路头……予谓今之路头是五祀中之行神，所谓五路，当是东西南北中耳。"[1]接财神的供品要有羊头与鲤鱼，供羊头有"吉祥"之意，而鲤鱼的"鱼"与"余"谐音，年年有余，讨个吉利。每到过年，人们都在正月初五零时零分，打开大门和窗户，燃香放爆点烟花，恭迎财神。祭拜过后，大家还要喝路头酒一直喝到天亮，人们希望财神爷能把财运带来家里，在新的一年里发财致富。

正月初七是众人的生日，俗称"人生日""七元"。初七的清早，家庭主妇便要为全家老小煮一锅美味可口的面线，放入春节期间早已准备的肉丸子、炸排骨、鱼丸、香菇、虾米等佐料。在闽南的晋江地区还会再在面线中加入几块甜煎粿。因传统风俗"一鸡一鸭，吃到一百（岁）"，备好线面以后，主妇又得准备一些煮熟剥壳的鸡蛋和鸭蛋，每人两个。

正月初八是谷神节，亦称谷日节。据说，如果这一天天气晴朗，这一年必是稻谷丰收；如果这一天是阴雨天，则这一年必要歉收，意如北方的"瑞雪兆丰年"。谷日节实际上蕴涵着古人对农业的重视及对粮食的珍惜。古诗《谷日题春》曰："新春逢谷日，喜见艳阳天。积雪融甘水，熏风醒沃田。农夫犁杖抚，童子马缰牵。汗洒粮仓满，敲诗赋盛年。"在闽南一带，"谷神节"的活动不如大年初九的活动热闹，因为家家户户在忙着准备初九"敬天公"祭拜的贡品。

正月初九天公生，玉皇大帝生日，也即天诞日。这一天将会举行闽南春节期间最热闹的祭拜活动——敬天公。从子时起，家家户户燃放鞭炮，厅堂点燃红烛灯，曰"天公灯"，祈求今年风调雨顺、五谷丰登。在大厅的天井口用两条长凳架起一个八仙桌，桌上靠后摆上一道纸糊的高大"天公庙"，座前摆上三牲，分别是主牲大猪头，五斤大猪脚，鸡、鱼或鱿鱼干、目鱼干等边牲，将三牲放在一个大长方形木盘或圆形大瓷盘中，并于当日清早摆好酒瓶、酒杯。吉时点上一对大红烛，点香之后全家祭拜与许愿，叩谢玉皇大帝保庇平安顺舒的浩荡天恩。

---

① 顾禄撰. 清嘉录. 王迈校点. 江苏古籍出版社，1999：21-22.

正月初十地妈生，即大地母亲生日，这一天要准备丰盛的菜肴来敬拜大地母亲，感谢其养育之恩。

正月十五元宵节，又称上元节。古代以正月十五为上元，七月十五为中元，十月十五为下元，合称三元。据道家的说法，上元乃三官大帝之一的上元天官赐福之日，居三元之首，需往三官庙行香。亦称"上元小年兜"，十分隆重。正月十五那天要吃上元丸（古称浮元子，亦称元宵丸，是元宵节的应节食品，此食俗始于宋代，取其圆形，寓有全家人团圆、吉利、美满之意）和润饼菜。在闽南的泉州地区，元宵节热闹非凡，这里的元宵丸闻名遐迩，其制法独特，是将炒熟的花生仁去膜捣末，加上白糖、芝麻、蜜冬瓜、金橘泥，拌以焗葱白的熟猪油、香蕉油（香料），捏成丸馅，沾湿后置于盛有干糯米粉的盘中，反复数次滚转而成，煮熟后食之香甜而不腻嘴。是日以元宵丸汤供祀祖先、神明，谓之祭春，并作家人早餐。上元节当夜有孝敬神祇之俗，全家坐在一起吃润饼菜，寓意团圆美满。

在闽南地区，正月十五的活动是闹花灯、猜谜语、攻炮城、踩街等，其中闹花灯，亦称灯节，即元宵节前夕，人们在自家或店铺门口悬挂花灯或大红灯，家家张灯，户户结彩，烘托喜庆气氛。生男孩之家，将制作或购买的花灯挂到寺庙和宗祠，以示"添丁"。闹花灯是唐代士族南下带到闽南地区的习俗，至南宋，更有"天下上元灯烛之盛，无逾闽中"的盛况，历经元、明、清和民国，闹花灯活动长久不衰。

明代何乔远的《闽书》云："上元，有灯球，燃灯……仁王诸大刹，皆挂灯球、莲花灯、百花灯、琉璃屏，及列置盆燎；又为纸偶人，作缘竿、履索、飞龙、舞狮之像，纵士民观赏。街头如画火山红，酒面生鳞锦障风。佳客醉醒春色里。新状歌舞月明中。"[①]描写的就是闽南泉州地区上元节时张灯结彩，百姓赏灯游玩、欢乐过节的场景。

早些时候物质匮乏，百姓只有在过节时才能吃到比较丰盛的食物，《年节》描写的是孩童对过节的期盼：

《年节》（台湾）
中秋时，
月娘圆。
想月饼，
过三更，

---

① 何乔远编撰. 闽书（第1册）. 厦门大学历史系古籍整理研究室《闽书》校点组，厦门大学古籍整理研究所《闽书》校点组校点. 福建人民出版社，1994：949.

一年想了阁过一年。

二九暝，

好时机，

炒青菜，

参肉丝，

这顿暗饭，

才有肉伲鱼。

暝：夜晚。暗饭：晚饭。伲：和。释义：中秋时节月亮圆，想吃月饼，可惜过了三更，过了一年都没有吃到。除夕夜，好日子，终于吃到炒青菜、掺肉丝了，只有除夕宴，才有肉和鱼。

两首《初一早》童谣来自台湾不同地区，前一首来自台湾南部的凤山，后一首来自台湾中部的彰化：

《初一早（一）》（台湾）

初一早，

初二早，

初三无可巧，

初四顿顿饱，

初五隔开，

初六挹肥，

初七七完，

初八完全，

初九天公日，

初十有食喰，

十一概概，

十二溜屎。

挹肥：施肥。七完：七元，众人的生日。完全：过年期间攒下的农活要完成。溜屎：拉肚子。释义：初一初二起得早，初三没有什么事情，初四顿顿饱，初五解除年俗戒律，初六施肥，初七"人生日"，吃面会长寿，初八农活要做完，初九玉皇大帝生日，要"敬天公"，初十有丰盛的美食，十一也丰盛，十二吃多了拉肚子。

《初一早（二）》（台湾）

初一早，

初二早，

初三困够饱，

初四接神，

初五隔开，

初六挹肥，

初七七完，

初八完全，

初九天公生日，

初十食喰，

十一请子婿，

十二查某子转来食泔糜仔配芥菜，

十三关老爷生，

十四月光，

十五元宵冥。

困：睡觉。子婿：女婿。查某子：女儿。转来：回来。泔糜仔：稀饭。冥：夜晚。释义：初一初二起得早，初三睡到饱，初四迎灶神，初五解除年俗戒律，初六施肥，初七"人生日"，吃面会长寿，初八农活要做完，初九玉皇大帝生日，要"敬天公"，初十享用丰盛的美食，十一宴请女婿，十二女儿回来，喝粥配咸菜，十三关帝爷生日，十四月亮很亮，十五元宵节灯节。

这两首台湾童谣与上文提到的闽南童谣《过新年》（泉州）和《新正歌》（漳州）相比有许多相似甚至相同之处，由此可以看出，闽台民俗文化源流关系具体表现为生活习俗闽台两地因同根而相承，生命礼俗因同种而相近，岁时节庆习俗因同文而相习。同时，透过闽台两地的民俗文化事象，我们可以对台湾的历史文化有更为深入的了解。

二、端午节

端午节，农历五月初五，是流行于中国及汉字文化圈诸国的传统文化节日，源于自然天象崇拜，由上古时的"祭龙"演变而来。古时民间认为端午是"飞龙在天"的黄道吉日，由此，龙文化便随着赛龙舟活动传承延续至今，贯穿于端午节的历史中。端午节是中国首个入选世界非物质文化遗产的节日，2009 年 9 月被联合国教育、科学及文化组织正式批准列入《人类非物质文化遗产代表作名录》。

闽南童谣《扒龙船》，广泛流传于闽南厦门、漳州、泉州地区：

> 《扒龙船》（闽南）
> 五月五，
> 扒龙船，
> 大人孩子哗哗滚。
> 海面一排四只船，
> 岸上人马一大群。
> 比赛开始啡仔蓋，
> 桨起桨落水花喷。
> 拍锣拍鼓做后盾，
> 满头面汗争冠军。

扒：划。龙船：一种狭长的船，船身绘着龙纹，船头船尾雕刻成龙头龙尾的形状。哗哗滚：闹哄哄，形容赛龙舟场面很热闹。啡仔：哨子。蓋：吹。水花喷：龙船划动溅起水花。拍：敲，打。面汗：汗流满面。形容奋力拼搏。释义：五月五，划龙船，大人孩子闹哄哄。一排四艘龙船在等候，岸上的观众人山人海。哨子声响比赛开始，划桨溅起层层水花。敲锣打鼓呐喊助威，满头大汗力争第一。

三、七夕节

七夕节，农历七月初七，又称乞巧节、女儿节，是中国民间的传统节日。闽南七月初七敬拜"七娘妈"，民间传说七月初七是天上七仙女的生日，七仙女也称"七娘妈"，她们被看成是善良吉祥的化身，能庇佑孩子健康成长。闽南人过台湾，或下南洋，抑或是在异国他邦经商、谋生，大都多年未归，在家的妇女只好把所有的希望都寄托在孩子身上。所以，七夕这一相思传情的节日便演变成了对保佑孩子的"七娘妈"的祈福节日。

《七月七》描写了母亲在七夕节对孩子的祈福：

> 《七月七》（台湾）
> 七月七，
> 七娘妈生，
> 牛郎织女要相见。

包庇阮，

好针黹，

嫁好翁，

努趁钱。

别日若好额，

则来答谢天，

答谢三棚戏。

七娘妈生：七娘妈生日。包庇：保佑。针黹：针线活。趁钱：赚钱。别日：来日。好额：富裕。则：再。三棚戏：三台戏。释义：七月七，七娘妈生日。牛郎织女来相会，保佑我们，练好针线活，嫁个好夫婿，多赚钱。有朝一日富裕了，再来拜祭答谢，还要答谢三台戏。

四、中元节

中元节，农历七月十五，民间俗称"七月半""鬼节"，是中国传统的祭祖大节。中元节佛教称"盂兰盆节"，这一天大多寺观都有僧尼道法诵经做敬，普度众生。闽台农历七月，人们不办各种喜庆之事，如婚嫁、祝寿、乔迁等。

闽台地区的人们在农历七月都要轮流做普度，敬祭亡魂。《普度来》描写了人们普度活动的情景：

《普度来》（台湾）

普度来，

欲做戏哦，

吩咐三，

吩咐四哦，

吩咐亲家亲母仔来看戏哦，

对竹脚，

厚竹刺，

对溪边，

惊跋死，

对大路吧，

嫌费气哦，

那无，

都拢莫去哦。

普度：闽台地区七月祭祖习俗。做戏：请戏班演戏。对：沿着。厚：多。惊：害怕。跋：摔倒。费气：麻烦。那无：不然的话。拢：都。释义：普度来，要演戏，盯三嘱四别忘记，交代亲家公和亲家母，十五要过来看戏，可是亲家说，沿着竹林有很多竹刺，沿着溪边，害怕摔倒。沿着大路，太远费力很麻烦。不然的话都不要去了。

五、中秋节

中秋节，农历九月十五，又称月娘节、祭月节、仲秋节，源于上古天象崇拜，普于汉，定于唐，盛于宋。在闽南地区，中秋节有"拜月娘""祭祀土地公""蒸番薯芋""鸭母拖车""偷菜偷葱""听香""中秋博饼"等民间习俗。中秋月圆时，闽南妇女会在家里点香供奉柚子、龙眼、月饼等拜月娘，祈盼月娘保平安。

龙眼又称桂圆，供奉桂圆有"蟾宫折桂"的寓意。"蒸番薯芋"是古时泉州人的中秋食品，番薯也称地瓜，金黄色，芋头为白色，闽台寓意"包金包银"。中秋节这天，闽南漳州的一些村庙会请戏班搭台演戏来祭祀土地公，把"寿金""土地公银"挂在田头地尾来祭祀土地神。

"鸭母拖车"是闽南地区中秋节时孩童玩的一种游戏，此游戏是把用瓷土做成的母鸭装上轮子，然后在鸭肚子里装满木炭，点燃木炭后鸭屁股会冒出火星，孩子拉着鸭子开心地玩耍。

闽南泉州地区有句俗谚语"偷葱嫁好夫，偷菜配好婿"的说法。民间传说未婚少女如果在中秋夜晚偷得别人家菜地里的菜，将来就能遇到如意郎君。

八月十五，听香吃芋。"听香"是闽南人中秋夜到庙宇向神明焚香祷告，然后手捧香炉到人群喧哗的地方听到的第一句入耳的话语，以此来表达对美好生活的向往。

"中秋博饼"是厦门特有的民俗活动，用6粒骰子投掷组合，模仿古时科举制度来决定参赛者的奖品及数量。其中，状元1个，对堂（榜眼）2个，三红（探花）4个，四进（进士）8个，二举（举人）16个，一秀（秀才）32个。《中秋博饼》描写了中秋节人们博饼过节的热闹景象：

《中秋博饼》（厦门）
中秋月圆像明镜，
耀甲四界光映映。

家家户户博月饼，
骰仔掴甲大细声。
阿公博着状元饼，
博了分互逐个食。
逐个那食那多谢，
祝伊出运大好额。

博饼：中秋节时一种习俗，即将6个骰子掷到碗里，根据6个骰子所呈现的点数，依据博饼规则领取相对应的月饼或物品。耀：照耀。甲：得。四界：到处，处处。光映映：亮堂堂。骰仔：骰子。掴：抛，掷。大细声：大小声。互：给。逐个：每个人。那：一边……一边。食：吃。多谢：谢谢。伊：他。出运：好运。大好额：发财。释义：中秋月圆像明镜，照得四周亮堂堂。家家户户博月饼，骰子掷得大小声。爷爷博到大状元，状元饼分大家吃。大家边吃谢谢，祝福爷爷好运旺财。

六、冬至

"天时人事日相催，冬至阳生春又来。"冬至又称冬节、亚岁，是一年的岁末时节，也是中国传统的祭祖节日，古代民间有"冬至大如年"的说法。北方冬至吃饺子，而对闽南人来说，冬至与清明节、中元节、除夕一样，是四大祭祖节日。在闽南及台湾地区，过冬至要祭天奉祖，家人团圆，当地传统的饮食习俗是吃汤圆，汤圆可以有花生、芝麻等多种馅，也可以不包馅和红糖一起煮，汤圆寓意一年到头顺顺利利，团圆美满。

《冬节圆》描写了冬至这天人们忙着包各种汤圆祈福日子幸福圆满的场景：

《冬节圆》（台湾）
冬节圆，
搓圆圆，
有红圆，
有白圆。
冬节圆，
甜甜甜，
白的平安大趁钱，
红的合家大团圆，
逐个欢喜等过年。

　　圆：汤圆。搓圆圆：用手搓糯米搓成圆圆的形状。大趁钱：赚很多钱。逐个：全家。释义：冬至到，搓汤圆，有红色的汤圆，白色的汤圆。冬至圆，吃得甜，吃了白汤圆，平安赚大钱，吃了红汤圆，全家大团圆，欢喜等着过大年。

　　闽南地区在冬至还有"做鸡母狗仔"的习俗，《冬至》就描写了这样的习俗。在做汤圆的时候用糯米捏成动物、银锭、银宝等样式，象征着多子多福、六畜兴旺、吉祥有财气：

《冬至》（泉州）

咱厝人，

冬至时，

碨米绞粞搓红丸。

搓糖粿，

无稀奇，

捏猪捏狗捏金鱼。

做鸡仔，

鸡袂啼，

落水要捞举笊篱。

囝仔人，

勾勾缠，

想吃你得敢赤钳。

野答工，

逗支持，

阿母挲啊一半暝。

敬祖先，

望新年，

保庇平安趁大钱。

　　咱厝：我们家。碨米：浸泡好的糯米拿到有石臼的地方去磨成粉浆。绞粞搓红丸：将糯米粉浆揉捏成圆形长条，用手掌将圆坯搓成球形，还拌上红粉，做成红、白颜色的小汤丸。古人便以汤圆的外形象征"阳"，表示阳气渐生，春天要到来。鸡袂啼：鸡要叫，这里指做的鸡像在鸣叫的样子。笊篱：一种器具。野：很。答工：费力，费工夫。逗支持：大家都支持，这里指的是过节做汤圆很辛苦，但是一家人都相互帮忙。阿母挲啊一半暝：妈妈忙到了半夜。释义：我们家的人，冬至的时候，要碨米搓汤圆。做汤圆不稀奇，做成各种小动物才有趣。做的小鸡虽不叫，拿着笊篱捞出锅来极美味。小朋友总缠着妈妈，想要吃汤圆，汤圆煮好了，想吃要赶紧去拿。做汤圆很费工夫，大家都相互帮助，妈妈忙到了半夜。红圆做好要祭拜先祖，希冀新的一年，保佑全家平平安安，财源滚滚来。

第二章

闽南童谣过台湾

　　大陆汉人从唐宋时期开始渡往台湾，明末逐渐进入移民高潮，清朝政府统治台湾之后移民达到鼎盛时期。①这时期的移民主要来自闽、粤两省，其中福建省南部（主要是泉州、漳州）的移民占绝大多数（70%～80%），且主要是普通劳动者，因此闽南文化，尤其是闽南地区的民间文化对台湾有着深刻影响②，他们带到台湾湾的闽南童谣被称为福佬系民歌童谣类。

　　康熙六十年（1721）五月一日，台湾养鸭的农民朱一贵发动起义，攻陷台南后很快就控制了台湾全岛，建元永和，部将拥朱一贵为"中山王"，百姓称他为"鸭母王"。当年六月清军入台，掌权仅50多天的朱氏王朝瓦解，这是清代台湾首次大规模的反清起义，史称"朱一贵事件"。当时台湾流行一首童谣《鸭母王朱一贵》，体现了百姓对朱一贵王朝的嘲讽：

> 《鸭母王朱一贵》（台湾）
> 头戴明朝帽，
> 身穿清朝衣，
> 五月歌永和，
> 六月还康熙。

　　释义：朱一贵戴着明朝的帽子，穿着清朝的戏服，五月建元永和，六月就把台湾还给了康熙。朱一贵控制台湾后大封将官，没有朝服便以戏服代替，因衣冠不整引发了许多笑话。这首童谣和孩童的生活无关，是大人嘲讽朱氏王朝，写给孩子吟念的政治童谣。

　　早期从闽南流传到台湾的童谣最常见的有《天乌乌》《月光光》《火金姑》等，其中，《天乌乌》版本最多，闽南版本是以海龙王娶妻为主题，台湾版本是以鲫鱼娶妻为主题，开头几句如出一辙。此外，出现了描写台湾特色物产的童谣，如《祈祷》："祈祷！祈祷！一尾虱目仔鱼③，互猫咬去无块讨。"再如，《阿艺官》："阿艺官，真正美。蛤仔兰④，厚雨水。雨水真正济，大崎尾出毛蟹。毛蟹爬入去，罗东山菱芷。菱芷真正红，三貂岭出掠人。掠去赊过手，八芝兰出扫帚。扫帚要扫地，台北出杂细。杂细摇玲珑，枋寮出司公。司公要读经，新竹城出牛乳。牛乳真好食，大坪林出木屐。木屐好拖土，街尾出烘炉。"

---

① 杨彦杰. 台湾历史与文化. 海峡文艺出版社，1995：6.

② 杨彦杰. 闽南移民与闽台区域文化. 福建论坛（人文社会科学版），2003，（1）：85-90.

③ 台湾的特产，用其煮成汤或粥，是台湾地区流行的小吃。

④ 早期对台湾宜兰地区的称呼。

第一节　历史与发展

台湾位于中国东南沿海的大陆架上，远古时期，台湾与大陆连为一体，后因地壳运动，相连的部分沉入海中，而形成了台湾海峡，与福建隔海相望。台湾先后被荷兰人占据 38 年（1624—1662），西班牙局部占据 16 年（1626—1642），明郑统治 21 年（1662—1683），清政府统治 212 年（1683—1895）。中日甲午战争中国战败后，清朝与日本签订了《马关条约》，将台湾割让给日本。1895—1945 年，台湾被日本殖民统治了 50 年，在此期间，为了强化对台湾的统治，日本侵略者在台湾大部分地区实行同化的殖民政策，为了达到完全占有台湾的目的，日本侵略者对台湾的人口、土地、地形地貌、物产、水利等进行了深入的调查，暴露了日本殖民者贪婪的思想，以及想从台湾掠走丰富宝贵资源的野心。1901 年，日本在台湾成立了"临时台湾旧惯调查会"，将偶尔收集的台湾歌谣刊登在《台湾旧惯纪事》杂志上；1917 年，日本人平泽丁东的《台湾的歌谣》收录台湾童谣、俗谣 200多首，是台湾第一部收录台湾歌谣的文集；1921 年，日本人片冈严的《台湾风俗志》收录台湾童话、童诗、童谣、谜语等诸多类别，其中对台湾的民间歌谣及故事有大量且完整的记录；1928 年，日本人伊能嘉矩的《台湾文化志》也收录了一些台湾歌谣。

20 世纪 20 年代，台湾儿童文学作品大量涌现，其中以童谣作品居多，童谣的创作成了一种风潮，成人、孩童都加入了创作行列。台湾的报纸杂志如《台湾日日新报》《台湾教育》《第一教育》等连续刊登了这些童谣作品。20 世纪 20年代台湾儿童文学的童谣创作分为两个阶段，第一阶段是 1920—1925 年，以《台湾教育》为主刊登了上百首童谣作品，其中台湾作家陈湘耀和庄传沛的作品最多；第二阶段是 1926—1930 年，以《台湾日日新报》为主刊登了儿童创作的童谣。此外，有一些台湾文人开始收集民间文学，从民间文学中寻找传统。例如，1924 年，周定山辑录了 152 首歌谣，完成了《乡土文艺初稿》；1926 年，张淑子收集了俚语、童谣及谜语，出版了《教化三味集》。受新文化思潮的影响，1931 年，台湾彰化县作家黄周主张台湾儿童应该唱自己的儿歌，而不应该学习日本的儿歌。同年，作家廖汉臣创作了闽南方言童谣《春天到》，但因当时日本的统治政策不允许台湾儿童学唱台湾儿歌，只能学唱日本儿歌，因此没能顺利传唱下来。

《春天到》
春天到，
百花开，
红蔷薇，
白茉莉，
这边几盏，
那边几枝，
开的真齐，
真正美。

1935 年，台湾新文学之父赖和写给女儿阿玉一首闽南方言童谣《呆团仔》，童谣中赖和以父亲的口吻，带着怜惜的语气责怪女儿阿玉贪玩忘记了照顾弟弟。

《呆团仔》（节选）
呆团仔，
不是物，
一日食饱溜溜去，
袂晓看顾恁小弟，
只管自己去游戏，
呆团仔，
人不是不痛你。

呆团仔：傻孩子，作者对女儿的爱称。不是物：不受教。溜溜去：到处逛荡，这里指到处跑都看不到人。不痛你：不疼爱你。意思是再这样，大人就不疼爱你了。

在台湾新文学运动中，李献璋在 1936 年出版的《台湾民间文学集》中收录了采集于台湾各地的童谣，以闽南童谣居多，还有少数民族童谣和客家童谣等。

1945 年，中国收复台湾，当时的台湾缺粮、通货膨胀、失业人口多、治安恶化、百姓生活困苦，该时期台湾童谣几乎没有更新与创作。1952 年，台湾教育会创刊的《新选歌谣》刊登了吕泉生于 1945 年创作的闽南方言童谣《摇婴仔歌》；1954 年，《新选歌谣》刊登了吕泉生于 1949 年创作的闽南方言童谣《落大雨》。因当时台湾当局推行汉语，不允许民众说闽南话和少数民族方言，因此这两首童谣都没能被推广，几乎也被人们遗忘了。闽南方言童谣渐渐远离了孩童的日常生活，汉语童谣取而代之，只有孩童参加国际活动的时候才被允许以外国的音乐旋律配上闽南语歌词的童谣，如《一只牛》《红龟粿》《排骨仔队》等。《一只牛》原是马来西亚儿歌，用闽南语演唱；《红龟粿》是当时孩童喜欢的歌曲，词曲作者未知，歌词是闽南方言；《排骨仔队》原是日本电影《青春鼓手》主题曲歌词，该歌词取材于传统念谣，改编作者未知。①

《一只牛》
一只牛欲卖五千元，
五千元要买一只牛。

《红龟粿》
隔壁的阿伯仔六十一岁，
送我一块红龟仔粿，
想欲明仔早起囤落去炊，
哦！老鼠仔爱吃，
老鼠仔爱吃粿，
三更半暝，
表决通过，
决定欲来偷吃红龟仔粿，
透早起来寻无红龟仔粿，
给老鼠仔吃到剩半剉，
老鼠仔实在真歹理会，
哦！老鼠仔爱吃，
老鼠仔爱吃粿，
三更半暝彼呢骜寻，
偷吃我的红龟仔粿。

《排骨仔队》
阮就是排骨仔队，
你嘛是排骨仔队，
胸坎仔若楼梯，
腹肚若水柜，

① 施福珍. 台湾囝仔歌一百年. 晨星出版有限公司，2003：81.

> 双枝手，
> 金刚锤，
> 两枝脚，
> 草螟仔腿，
> 人人叫阮是排骨仔队。

1964 年，台湾施福珍创作的《粘仔胶》《羞羞羞》《秀才》等闽南方言童谣，也因时局政策影响无法在学校推行与流传。这样的状况直至 1987 年才出现了变化，台湾当局放开限制，允许学校使用闽南语，台湾当地文化开始复苏。21 世纪，台湾将闽南语教学正式列入台湾义务教育的教材中，台湾闽南方言童谣创作步入了繁荣发展的时代。

第二节　日据时期的影响

1895—1945 年，因受日本殖民统治的影响，台湾地区闽南方言童谣的发展受到了很大的限制。

日本在占据台湾时期对其实行同化的殖民掠夺统治，采取改变台湾语言、教育、风俗、宗教及文化传统等政治手段，颠覆台湾文化，对百姓实行思想改造。例如，1917 年，平泽丁东的《台湾的歌谣》收录台湾童谣、俗谣 200 多首；1921 年，片冈严的《台湾风俗志》收录台湾童话、童诗、童谣、谜语等诸多类别，其中对台湾的民间歌谣及故事有大量且完整的记录；1928 年，伊能嘉矩的《台湾文化志》也收录了一些台湾歌谣；等等。这些民间文学的出版，并不是用来传承文化的，而是统治者为了能够更深入地了解并统治台湾，甚至有些歌谣经日本人篡改，试图以改写台湾历史、扭曲民情来改变台湾人民的认知，并夸大殖民统治的功绩。日本对台的各种同化政策给台湾百姓带来了巨大的伤害，在日据初期就发生过多次反日斗争事件。

语言是文化传播的媒介，日本殖民者在台湾一开始就把传播日语当作首要任务，加强对台湾教育的同化进程，他们利用控制学校之便，在课堂上强制进行日语教学，严厉打击汉语的地位，禁止私塾用汉语授课，试图让日语成为台湾同胞的第一语言。1897—1917 年，日本在台湾开设了许多学校，这些学校主要教授日语、日本儿歌和日本民谣。1941—1945 年，日本人禁止台湾同胞在公共场合使用台湾百姓的方言，并禁止出版汉语的刊物。尽管日本在台湾实行了残酷的殖民统治，但台湾同胞始终有意抵制日语，多数台湾同胞只懂闽南话和客家话，而那些掌握日语的台湾同胞也只用日语来对付日本人，他们在家中仍然使用闽南话交流。因此，在日据时期流传了一些反映当时日本人的残酷统治，以及台湾百姓生活疾苦的闽南方言童谣《油炸粿》《出日落雨》《大人》《一只鸟仔》《一只水蛙》等。

《油炸粿》
油炸粿杏仁茶，
见着警察磕磕爬，
碗公弄破四五个，
警察掠去警察衙，
叫阮双脚踦齐齐，
哎唷喂！大人啊！
阮后摆不敢卖，
阮后摆不敢卖。

油炸粿：油条。磕磕爬：连爬带跑。碗公：锅碗。警察：这里指的是日本警察。阮：我。踦齐齐：两脚站整齐。后摆：以后。释义：卖油条杏仁茶的小贩见到日本警察后到处逃跑，把做生意的锅碗摔破了四五个，最后还是被日本警察逮去警察局，小贩受不了牢狱之苦而痛苦求饶，说自己以后再也不敢卖了。

《出日落雨》反映了日本殖民统治初期，台湾百姓讽刺穿红裤、戴红帽的日本宪兵：

《出日落雨》
出日落雨，
刣猪秉猪肚，
尪仔穿红裤，
乞食走无路，
走去竹脚边给狗哺。

秉：翻。尪仔：这里指日本宪兵。乞食：乞丐。释义：边下雨边出太阳，杀猪洗猪肚，日本宪兵穿着红裤子，吓得乞丐无路走，只好待在竹脚边，被日本宪兵带着的大狼狗吼叫。

《大人》反映了日本殖民统治初期,台湾百姓因不满日本警察的野蛮统治,用儿歌来揭露他们的丑恶嘴脸及贪婪行径,可见台湾百姓天天生活在担惊受怕的日子里:

《大人》

大人比虎较大只,

嘴开亲像大尿勺,

若有物件到宿舍,

较大代志拢不掠。

大人:指日本警察。物件:贿赂品。代志:事情。拢:都。不掠:不会被抓。释义:日本警察就像老虎那样凶猛,嘴巴大得像大勺子,如果贿赂警察,再大的事情也不会被抓进牢狱。

《一只鸟仔》说出了台湾百姓的心声,暗示家园被侵占,又无力反抗的心酸:

《一只鸟仔》

一只鸟仔哮救救,

哮到三更一半暝,

寻无巢,

嘿着什么人,

给阮弄破这个巢,

乎阮掠着不放伊干休。

哮救救:啾啾叫。三更一半暝:三更半夜。乎阮:让我。掠:抓。不放伊干休:绝不会轻易放过。释义:一只鸟儿啾啾叫,一直叫到三更半夜,也没有找到它的鸟巢,是什么人弄破了鸟儿的巢,让我抓到绝不会轻易放过。

《一只水蛙》反映了台湾百姓生活苦闷,渴望被解救的内心呼唤:

《一只水蛙》

一只水蛙跋落深古井,

举头一看天圆圆,

等待落雨井水淀,

才有咱的出头天。

水蛙：青蛙。跋：掉。落雨：下雨。淀：满。出头天：这里指脱身的那天。
释义：一只青蛙掉落深井里，成了井底之蛙，只能看着井口那般圆圆的天空，等
着下雨的雨水将井填满，才能有脱身的那一天。

《内地留学生》描述了日据时期台湾同胞嘲笑日本留学生不像是来读书的，倒
是像来学习打造铁钉的，他们把理发师看作医生，把厕所看作房间，把监狱看作
撞球间：

《内地留学生》

内地留学生，

过来台湾打铁钉，

步兵看做学生，

剃头的看做医生，

屎礐仔看做房间，

牢仔内看做撞球间。

内地：日据时期的日本。内地留学生：指在台湾的日本留学生。打铁钉：打
造铁钉。剃头的：理发师。屎礐：厕所。牢仔内：监狱，牢房。释义：日本留学
生，来到台湾打铁钉，把步兵看作学生，把理发师看作医生，把厕所看作房间，
把牢狱看作撞球间。

由于受到日本童谣运动的影响，在被日本殖民统治时期的台湾儿童接受
的都是日本教育，学习日语及日本童谣。民间文学是民间语言、文化的重要
载体，也是一切文学的源头。1931 年，彰化作家黄周以"醒民"为笔名，在
《台湾新民报》发表了一篇题为《整理歌谣的一个建议》的文章，对台湾儿童
中流传日本童谣表示担忧，呼吁台湾儿童应该唱自己的儿歌，并公开征集台湾
民间歌谣。1936 年，李献璋的《台湾民间文学集》是台湾新文学运动中的重要
成果，该书分为歌谣与故事两部分，歌谣是对台湾人民的生活写照以及孩童游
戏玩耍时的吟唱，如闽南方言童谣《摇子歌》《数字歌》《月光光》《水蛙仔干》
《白鸽鸶》《蚱蜢公》《火金姑》《天乌乌》《龙眼干》《臭头的》《游戏歌》等。
除了民间流传的童谣，20 世纪 30 年代，新文学作家创作出了不少闽南方言
童谣（表 2-1）。1939—1946 年，台湾歌谣一直被禁唱，此期间台湾闽南方言童
谣几乎无法发展。①

---

① 施福珍. 台湾囝仔歌一百年. 晨星出版有限公司，2003：70.

表 2-1　20 世纪 30 年代出版的台湾闽南方言童谣作品

名称	作者	发表刊物及对应页码	发表时间
《歌谣零拾》	SM 生、张我军	《台湾新民报》345 号，第 18 页	1931-01-01
《童谣》（彰化）	黄酸	《台湾新民报》349 号，第 10 页	1931-01-31
《火金姑》《蚱蜢公》	郭秋生	《南音》1 卷 2 号，第 30 页	1932-01-17
《雷公惧鸣》《人插花》《一个一得坐》	郭秋生	《南音》1 卷 3 号，第 10 页	1932-02-01
《猫的》《抉米糕》	郭秋生	《南音》1 卷 4 号，第 17 页	1932-02-22
《天乌乌》《初一场》《也日出》	郭秋生	《南音》1 卷 5 号，第 10 页	1932-03-14
《白鸰鸶》（上）	郭秋生	《南音》1 卷 6 号，第 16 页	1932-04-02
《白鸰鸶》（中）、《摆脚摆摇摇》、《天乌乌》	郭秋生	《南音》1 卷 9、10 号合刊，第 37 页	1932-07-25
《月娘光》	蔡培火	《第一线（台湾民间故事特辑）》，第 105 页	1935-01-06
《老公仔》	文澜（廖汉臣）	《第一线（台湾民间故事特辑）》，第 105 页	1935-01-06
《儿歌 5 首》	谢万安	《台湾文艺》2 卷 2 号，第 119 页	1935-02-01
《呆囝仔》	甫三（赖和）	《台湾文艺》2 卷 2 号，第 123 页	1935-02-01
《拜月娘》	Y 生（杨守愚）	《台湾文艺》2 卷 2 号，第 124 页	1935-02-01
《海水浴》	漂舟（黄耀麟）	《台湾新文学》1 卷 5 号，第 86 页	1936-06-05
《黑暗路》	漂舟（黄耀麟）	《台湾新文学》1 卷 6 号，第 95 页	1936-07-07

资料来源：邱玲婉. 台湾儿童文学与新文学运动关系研究. 台北教育大学台湾文化研究所，2012：57-61

　　下面列举三首表 2-1 中较为典型的童谣，它们分别是赖和的《呆囝仔》、杨守愚的《拜月娘》和黄耀麟的《海水浴》。

　　赖和的《呆囝仔》虽有责怪女儿不听话之意，但同时也流露出父亲对其的疼爱之情，希望她能改正毛病，而不是挨打后才去改正：

《呆囝仔》

呆囝仔，

不是物，

一日食饱溜溜去，

袂晓看顾恁小弟，

只管自己去游戏，

呆囝仔，
人不是不痛你。
呆囝仔，
不是物。
一日当当要讨钱，
三顿不食使癖片，
四秀担来担担拑，
呆囝仔，
人是无爱碟。
呆囝仔，
不是物，
爱穿好衫着较美，
袂晓保惜顾清气，
染到涂粉满满是，
呆囝仔，
会食竹仔枝。
呆囝仔，
不是物，
无啥无事哭啼啼，
哄骗不煞人想气，
要叫不敢就较迟，
呆囝仔，
无拍不改。

杨守愚的《拜月娘》是一首描绘孩童祈求月娘保佑兄长事业顺顺利利、姐姐女工好手艺、自己聪明会读书的童谣：

《拜月娘》
中秋冥，
月团圆。
拜月娘，
排果子。
拜月娘，
拜卜父母添福气。
拜月娘，

拜卜阿兄大赚钱。
月娘啊，保庇，
保庇我勿呆痴。
中秋冥，
月团圆。
拜月娘，
排果子。
拜月娘，
拜卜阿姊贤针指。
拜月娘，
拜卜后胎招小弟。
月娘阿，保庇，
保庇我贤读书。
中秋冥，
月团圆。
拜月娘，
排果子。
拜月娘，
拜卜过日摆欢喜。
拜月娘，
拜卜一家团团圆。
月娘阿，保庇，
保庇我会成器。

日据时期，台湾的游泳场所就是海水浴场，台湾学校教学内容之一是要求学生会游泳。黄耀麟的《海水浴》描述了当时人们在海水浴场游泳的体验：

《海水浴》
礼拜日，
天气好。
海水浴场好迌迌。
泅的泅，
倒的倒。
海水起白波，
海墘水浊浊。

泅过来，

泅过去，

深的所在有插旗。

真危险，

爱张弛。

泅得亲像鱼，

看着真欢喜。

海风凉，

日头炎。

海水食着真正咸。

挖海砂，

来曝盐，

日头亲像针，

曝得身会粘。

　　日据时期的台湾闽南方言童谣是在抗拒殖民者带来的外来文化基础上发展起来的，台湾知识分子意识到当地文化的重要性，开始寻找民间文化的源头，于20世纪30年代兴起了台湾新文学运动（包括民间歌谣采集运动）。

　　由上可知，无论是收集的童谣还是创作的童谣，均能反映出社会的生活形态，它们是生活的镜像，是童年的呼唤。

第三节　念谣与唱谣

　　20世纪60年代，被称为"台湾童谣园丁"的施福珍积极发展台湾童谣的创作和教育工作，希望孩子唱着属于台湾这块土地的儿歌，并能永远地传承下去。施福珍将在台湾流传的、无论是传统的还是后期创作的闽南语儿歌，均称为"台湾囝仔歌"，并将台湾囝仔歌分为念谣与唱谣两种。[1]其中，念谣是传统的或新创作的、只有语言旋律没有音乐曲调的徒歌式吟念；唱谣是在念谣的基础上谱曲，即带有音乐旋律的歌谣。"台湾的学者已不刻意区分童谣与儿歌两者之不同，可以说儿歌就是童谣，童谣也是儿歌，诚如施福珍老师的说法，称

---

① 施福珍. 台湾囝仔歌一百年. 晨星出版有限公司，2003：19.

为'台湾囝仔歌'。"①

一、念谣

在台湾囝仔歌中经常可以看到很多俚语、俗语等体现当地特色的念谣词句，它们有的反映当时的生活情景，有的教授孩童为人处世的道理，有的成为孩童嬉戏的游戏歌和绕口令。台湾的囝仔歌几乎都有押韵，歌词诙谐，生动有趣，深受孩童的喜爱。念谣分为传统念谣和创作念谣，传统念谣一般是流传下来的歌谣，可能是个体抑或群体创作的；创作念谣是从1931年廖汉臣创作的《春天到》开始的，由于历史政治因素，很长时间里台湾闽南方言被禁止使用，不过被禁止不代表消失，虽然创作的作品无法在社会上广泛流传，但至1987年，囝仔歌的创作又逐步发展起来。

念谣依照内容可分为生活类、人物类、游戏类、民俗类、动物类、气候类、育儿类。

1. 生活类

《咕咕咕》是一首描写邻里间相互帮助、渡过难关的囝仔歌，同时教育孩童要懂得互助友爱：

《咕咕咕》
咕咕咕，
田螺炒豆腐，
恁厝无米煮，
阮厝也阁有。

恁厝：你家。阮厝：我家。阁有：都有。释义：咕咕咕，田螺炒豆腐，你家没米，我家有米（可以借给你）。

《透风落雨》是一首五字句的囝仔歌，每两句押韵：

《透风落雨》
透风兼落雨，
刣猪扳猪肚，

---

① 康原编. 台湾童谣园丁——施福珍囝仔歌研究. 晨星出版有限公司，2009：38.

猪肚扳轮转，

火荚换火管，

火管好喷风，

老婆打老公，

老公走去死，

老婆偷枭米。

落雨：下雨。刮：杀。扳：翻。枭米：卖米。释义：刮风又下雨，杀猪翻猪肚，猪肚轮番洗，火荚换火管，火管好吹风，老婆打老公，老公喊着要去死，老婆偷米拿去卖。

《烧酒》《阿婆》两首童谣诙谐幽默，《烧酒》描写卖酒的人不会喝酒，《阿婆》描写孩童对老婆婆的嘲弄嬉笑：

《烧酒》

烧酒我咧卖，

饮酒我上会，

见饮无几嘴，

未饮我先醉。

咧卖：在卖。上会：擅长。无几嘴：没有几口。释义：烧酒我在卖，喝酒我最会，还没有喝上几口，我就已经喝醉了。

《阿婆》

阿婆来这坐，

吃饭配田螺，

田螺咸督督，

阿婆生子大头额。

阿婆：老婆婆。咸督督：非常咸。释义：阿婆来这坐，吃饭配田螺，田螺非常咸，阿婆生了一个傻儿子。

2. 人物类

《好子儿》是一首教育儿童要做一个好孩子的团仔歌：

《好子儿》
大鸡公，
咯咯啼，
做人的子儿着早起。
举扫帚，
扫扫地。
提桌布，
拭桌椅。
进学堂，
勤读书。
敬老尊贤好教示，
老爸老母上欢喜，
延年益寿吃百二。

鸡公：公鸡。好教示：好教育。释义：大公鸡，早起啼，当孩子的要早起。拿扫帚，扫扫地。拿桌布，擦桌椅。进学校，勤读书。尊敬长辈与老师，听话好教育，父母很高兴，心情舒畅身体好，可以活到120岁。

《乖新妇》写的是儿媳每天早起做早饭，暗示传统妇女勤劳持家、孝敬父母的美德：

《乖新妇》
鸡若啼，
天就光，
透早起来开厅门，
煎一粒卵，
煮一个汤，
通给大家倌来吃早饭。

新妇：儿媳。光：亮。卵：蛋。大家倌：公公。释义：鸡要鸣，天就亮了，一早起来开大门，煎一个蛋，煮一个汤，做好早饭给公公吃。

《大箍呆》是一首嘲笑一个傻大个做不好事情的团仔歌：

《大箍呆》
大箍呆，
炒韭菜，

烧烧一碗来，
冷冷阮无爱。

　　大箍呆：傻大个。烧烧：热气腾腾。冷冷：菜凉了。阮：我们。无爱：不喜欢。释义：傻大个，炒韭菜，本应是热腾腾的一碗韭菜，可惜不会炒，端上来的菜还是凉的，我们都不喜欢。

　　《大头拈田婴》描写了一位外号叫大头的人做什么事情都不顺利，以及他人对其遭遇的同情：

《大头拈田婴》
一粒星，
二粒星，
大头拈田婴，
田婴飞高高，
大头卖肉丸，
肉丸真歹吃，
大头卖木屐，
木屐真歹穿，
大头真侥幸。

　　大头：一个人的外号。拈：捉。歹吃：不好吃，难吃。侥幸：糟糕，这里叹惋大头做什么事都做不好。释义：一颗星，两颗星，大头抓蜻蜓，蜻蜓飞高高，大头卖肉丸，肉丸不好吃，大头卖木屐，木屐不好穿，大头真糟糕。

　　3. 游戏类

　　《放鸡鸭》是一首描写儿童做游戏的囝仔歌：

《放鸡鸭》
一放鸡，
二放鸭，
三分开，
四相叠，
五搭胸，
六拍手，

七纺纱，

八摸鼻，

九咬耳，

十捡起，

快快乐乐笑眯眯。

放：放养。搭胸：拍打胸膛。咬耳：捂耳朵。释义：拍一下先放鸡，拍两下放鸭子，拍三下先分开，拍四下手相叠，第五下时拍胸膛，第六下时手拍手，第七下时手拉手围成墙，第八下时摸鼻子，第九下时捂耳朵，第十下时捡东西，快快乐乐笑眯眯。

《一枝葱》是一首描写男女配对游戏的囝仔歌：

《一枝葱》

后边一枝葱，

越头看恁怇，

后边一粒鼓，

越头看恁某。

越头：转头。怇：丈夫。某：媳妇。释义：后边一根葱，转头看你丈夫，后边一面鼓，转头看你媳妇。

《壁顶鼓》是一首绕口令囝仔歌，方言绕口令是富有地方特色的文学形式，孩童通过方言绕口令，可以更好地学习方言发音：

《壁顶鼓》

壁顶吊着一粒鼓，

鼓面画着一只虎，

这只虎，

抓破鼓，

提一块布来补，

不知是布补虎，

也是布补鼓。

壁顶：墙壁上。吊：挂。一粒鼓：一面鼓。释义：墙上挂着一面鼓，鼓面画着一只虎，这只老虎抓破鼓，拿一块布来补一补，不知这块布是补老虎还是补这鼓。

4. 民俗类

《回娘家》《普度来》是描写民间节庆的囝仔歌，春节和普度是闽台地区重要的传统民俗节庆，过年要回娘家，普度要祭拜、宴请宾客，体现了亲情的温暖及人们对传统民俗节庆的重视：

《回娘家》
有爸有母初二三，
无爸无母头担担，
有兄有弟初三四，
无兄无弟看人去。

初二三：正月初二初三。头担担：空空如也，无牵挂。初三四：正月初三初四。释义：有父母初二初三回去看望父母，没有父母心里空荡荡，有兄弟初三初四回去看望兄弟，没有兄弟看望其他亲朋好友。

《普度来》
普度来，
欲做戏哦，
吩咐三，
吩咐四哦，
吩咐亲家亲母仔来看戏哦，
对竹脚，
厚竹刺，
对溪边，
惊跋死，
对大路吧，
嫌费气哦，
那无，
都拢莫去哦。

普度：闽台地区七月祭祖习俗。做戏：请戏班演戏。对：沿着。厚：多。惊：害怕。跋：摔倒。费气：麻烦。那无：不然的话。拢：都。释义：普度来，要演戏，叮三嘱四别忘记，交代亲家公和亲家母，十五要过来看戏，可是亲家说，沿着竹林有很多竹刺，沿着溪边，害怕摔倒。沿着大路，太远费力很麻烦。不然的话都不要去了。

土地神是人们普遍崇拜的神祇，土地神崇拜源自古人对土地的崇拜。以前为天子诸侯祭拜的"社稷"中"社"就是土神，"稷"就是谷神。在古文记载中，对土地神的称谓有"后土""土正""社神""社公""土地""土伯"，在台湾多被称为土地公、伯公、福德爷等。《土地公》（施福珍作曲）描写了百姓去拜土地神时许下的愿望：

《土地公》

土地公，

土地伯，

您静静听我说，

土地公，

土地伯，

我今年三十八，

好花来朝枝，

好子来出世，

三献三界字，

乱弹布袋戏，

阉鸡古，

五斤四，

猪羊家甲已饲，

红龟三百二，

刣猪公来谢土地。

土地公：福德正神。在闽南地区，农历每月的初二、十六都要祭拜土地公，以祈土地公保佑平安，祭拜的日子被称为"做牙"。释义：土地公，土地伯，请您静静地听我说，土地公，土地伯，我今年已经三十八岁了，好女儿已经慢慢长大，好儿子也已经出世，我想好好地酬谢，做三献，拜天地水三界的众神，再请布袋戏来演出，阉过的公鸡有五斤四两重，猪羊也是家里自己养的，红龟粿准备三百二十块，还要杀大公猪来感谢土地公。

《七月七》是描写农历七月初七民间祭拜风俗的囝仔歌：

《七月七》
七月初七，
七娘妈生，
牛郎织女要相见。
包庇阮，
好针黹，
嫁好翁，
骜趁钱。
别日若好额，
则来答谢天，
答谢三棚戏。

七娘妈生：七娘妈生日。包庇：保佑。阮：我。针黹：针线活。别日：来日。好额：富裕。则：再。三棚戏：三台戏。释义：七月七，七娘妈生日。牛郎织女来相会，保佑我们，练好针线活，嫁个好夫婿，多赚钱。有朝一日富裕了，再来拜祭答谢，还要答谢三台戏。

《拜佛》是一首描写民间祭拜习俗的团仔歌：

《拜佛》
大家做阵来拜佛，
拜几拜，
拜三拜，
豆干炒韭菜，
韭菜炒腰子，
吃到落嘴齿。

做阵：一起。落嘴齿：掉牙齿，这里形容祭拜的贡品很丰盛。释义：大家一起来拜佛，拜几拜，拜三拜，豆干炒韭菜，韭菜炒猪腰子，丰盛贡品吃得牙齿都快掉了。

5. 动物类

《庵埔蝉》《乌鹙》是以动物起兴，用拟人的表现手法来叙述的团仔歌：

《庵埔蝉》
庵埔蝉，

哮咧咧，
哮欲请人客，
你刣猪，
我宰羊，
打锣打鼓娶新娘，
新娘水当当，
草蜢弄鸡公，
鸡公匹沸跳，
草蜢死翘翘。

庵埔蝉：知了。哮：叫。咧咧：摹声词。哮咧咧：大声叫不停。水当当：很漂亮。草蜢：蝗虫。鸡公：公鸡。匹沸跳：上下乱窜。死翘翘：死了。释义：知了知了，叫咧咧，一直叫是要请客人吧。你杀猪，我宰羊，敲锣打鼓娶新娘。新娘很漂亮，草蜢斗公鸡，公鸡上下乱窜，草蜢被斗死了。

《乌鹙》
乌鹙乌鹙嘎吱救，
水鸡仔肉揾豆油，
豆油豆油捧咧走。
乌鹙乌鹙嘛嘛哮。

乌鹙：鸟类的一种。揾：蘸。豆油：酱油。捧咧走：端着一直走。嘛嘛：摹声词。释义：乌鹙乌鹙乞食叫，煮了蛙肉蘸酱油，怕这乌鹙来偷吃，赶紧端着酱油走，乌鹙在身后一直叫。

《鱼鰡》是描写泥鳅的外形和特征的囝仔歌：

《鱼鰡》
鱼鰡鱼鰡发嘴须，
真势钻阁真势泅，
规身躯，
滑溜溜，
人欲掠，
伊就是赶紧溜。

鱼鰡：泥鳅。势：擅长。钻阁：钻洞。泅：游。规身躯：整个身体。欲：要。

掠：抓。伊：它。释义：泥鳅泥鳅有胡须，很能钻洞很能游，整身光光滑溜溜，人要抓它，它就赶紧溜。

6. 气候类

《风紧来》是一首祈风团仔歌，用对比的手法描述了孩童对风来和去的不同态度：

《风紧来》
风风风紧来，
一铫给你买凤梨。
风风风紧去，
一铫给你买笅芷。

紧：赶紧，赶快。一铫：一个钱，一个钢镚。凤梨：菠萝。笅芷：用咸草做的草袋。释义：天气这么热，风儿风儿赶紧来吧，如果你来了，送给你钱买菠萝。天气这么冷，风儿风儿赶紧走吧，如果你走了，送给你钱买草袋。

《透早落雨》是描写天气的团仔歌：

《透早落雨》
透早落雨到三更，
天公伯仔紧好天。
大人爱赚钱，
团仔人爱过年。

透早：一大早。三更：半夜。天公伯仔：老天爷。紧：赶紧。好天：好天气。团仔人：小孩。释义：一早下雨到半夜，老天爷赶快好天气吧。大人喜欢赚钱，小孩喜欢过年。

7. 育儿类

《摇金子》是一首长辈哄孩子入睡吟唱的团仔歌：

《摇金子》
摇金子，
摇金子，

摇猪脚，

摇大饼，

摇槟榔，

来相请。

金子：女婴。释义：把女婴养大，将来结婚的时候聘礼就有猪脚、礼饼、槟榔等，宴请婚宴办喜事，邀请朋友来相聚。

二、唱谣

团仔歌的唱谣是曲调创作，是从音乐创作包括曲调、曲式、节拍、旋律等多方面，在闽南方言歌词上进行创作谱曲，作品具有适合儿童演唱、歌词内容浅显易懂、人人喜爱等特点。

团仔歌唱谣最早的作品是 1932 年邓雨贤给廖汉臣创作的念谣《春天到》谱曲，此后也有很多作品在传统念谣的基础上配曲成团仔歌，代表作有《乌鹙咬咬救》《白鹭鸶》《鲫仔鱼娶某》《六龟摇篮歌》《摇茗摇》《一只猴跋落沟》《天黑黑》。被誉为"台湾童谣园丁"的施福珍，从 1964 年开始创作团仔歌，在其创作的约300 首团仔歌中，为传统念谣谱曲的有约 150 首，代表作有《卖杂细》《内地留学生》《土地公》《正月正》《普度来》《婴仔摇》《壁顶鼓》《天黑黑》《油炸粿》《放鸡鸭》《冬节》《新年调》等。

乌鹙咬咬救

林福裕　曲

白鹭鸶

林福裕　曲

跌 一 倒，拾 到 一 仙 钱，

白 鹭 鸶，车 畚 箕，车 到 溪 仔 墘，

跌 一 倒，拾 到 一 仙 钱，拾 到 一 仙 钱。

鲫仔鱼娶某

郭芝苑　曲

天 黑 黑，要 落 雨，夯 锄 头，巡 水 路，

巡 着 鲫 仔 鱼，要 娶 某，

鲇 鲢 做 媒 人，土 虱 做 查 某，

龟 担 灯，鳖 打 鼓，水 鸡 扛 轿 大 腹 肚，

田 婴 举 旗 叫 艰 苦。

六龟摇篮歌

刘美莲　曲

摇 啊 摇 啊 摇 啊 摇，摇 到 六 龟 去 挽 茄，

挽 多 少？挽 一 布 袋，Hum.............Hum...........

也 好 食 也 好 卖，也 好 予 婴 仔 做 度 晬。

摇茗摇

简上仁　曲

摇 仔 摇 仔 摇 茗 摇，摇 到 内 山

去 挽 茄，挽 若 多，挽 到 一 饭 篱，

也 好 吃 也 好 卖，也 好 给 婴 仔 做 度 晬。

一只猴跋落沟

简上仁　曲

一 只 猴 真 正 贤，带 一 群 猴 仔

去 沟 仔，一 只 猴 跋 落 沟，

彼 只 猴 返 去 提 钩 仔 来 钩 猴，

一 只 猴 真 正 贤，带 一 群 猴 仔

去 沟 仔，一 只 猴 跋 落 沟，

彼 只 猴 返 去 提 钩 仔 来 钩 猴。

天黑黑

林福裕　曲

卖杂细

施福珍 曲

玲 珑 玲 珑 卖 杂 细,

玲 珑 玲 珑 卖 杂 细,

卖 摇 鼓 的 对 这 过,

看 你 想 要 买 什 货。

内地留学生

施福珍 曲

内 地 留 学 生, 过 来 台 湾 打 铁 钉,

步 兵 看 做 学 生,

剃 头 的 看 做 医 生,

屎 礐 仔 看 做 房 间,

牢 仔 内 看 做 撞 球 间。

土地公

施福珍 曲

土地公，土地伯，您静静听我说，

土地公，土地伯，我今年三十八，

好花来朝枝，好子来出世，

三献三界字，乱弹布袋戏，

阉鸡古，五斤四，猪羊甲已饲，

红龟三百二，刣猪公来谢土地。

正月正

施福珍 曲

正月正，请子婿入大厅。

二月二，刣猪公来谢土地。

三月三，桃仔李仔阵头担。

普度来

施福珍　曲

普度来，　　欲做戏哦，　　吩咐三，

吩咐四哦，　　吩咐亲家亲母仔来看戏哦，

对竹脚，厚竹刺，对溪边，惊跋死，对大路吧，

嫌费气哦，　　那无，　　都拢莫去哦。

婴仔摇

施福珍　曲

婴　仔婴婴　摇，　　摇　到三　板　桥，

大　面　双碗　烧，　红　龟　软　篏　篏，

肉　丸　仔参胡　椒，　猪　脚双　边　刖，

婴　仔婴婴　惜，　　一　暝大一　尺。

壁顶鼓

施福珍　曲

壁顶吊着一粒鼓，　鼓面画着一尺虎，

这只虎 抓破鼓，提一块布来补，

不 知是布补虎，也是布补鼓，

不 知是布补虎，也是布补鼓。

天黑黑

施福珍 曲

天黑黑，欲落雨，夯锄头，巡水路，

巡着一尾 鲫仔鱼，欲娶某。

天黑黑，欲落雨，夯锄头，巡水路，

巡着一尾 鲫仔鱼，欲娶某。

龟担灯，鳖打鼓，水鸡扛轿大腹肚，

田婴夯旗 好大步，好大步。

油炸粿

施福珍 曲

炸油粿 杏仁茶，见着警察磕磕爬，

碗公弄破四五个，警察掠去警察衙，

叫阮双脚跪齐齐，哎唷喂！大人啊！

阮后摆不敢卖，阮后摆不敢卖。

放鸡鸭

施福珍　曲

一放鸡，二放鸭，三分开，四相叠，

五搭胸，六拍手，七纺纱，八摸鼻，

九咬耳，十捡起，快快乐乐笑眯眯。

冬节

施福珍　曲

冬节算来是冬天，家家户户人搓圆。

冬节那佇月头，欲寒佇年兜。

冬节那佇月中，无雪亦无霜。

冬节那佇月尾，欲寒正二月。

新年调

施福珍 曲

初一早，初二巧，

初三睏甲饱，

初四神落降，初五隔开，

初六种莱兼挹肥，

初七七元，初八原全，

初九就是天公生，

正月十五元宵暝，

大家做阵来结灯棚。

第三章

各地闽南童谣的同根同源性

大别、武夷、阿里山，关山重重，隔不断同根之念；淮河、闽江、日月潭，碧水涓涓，流不尽手足之情。中原文化作为华夏文化的重要组成部分，千百年来形成的这种根亲情结，深化下去就是爱故土，爱中华，这种文化上的认同是维系中国人团结一心的最深层次的因素。

第一节　移民文化的影响

人类社会是随着人类不断迁徙、不断开拓生存空间而发展的，人类社会的发展反过来又会促使人类生存空间不断扩大，从而形成了更多的移居群体，主要由闽南人构成的台湾移民社会就是这样的群体。

一、四次移民开垦运动

历史上三次大规模的中原汉人南迁之后，向台湾迁徙一直持续到明清。由于人口增长和经济发展，闽南移民由输入逐渐转变到输出，与闽南一水相隔的台湾岛土地肥沃，物产饶裕，成了移民输出的好去处。据《安平县杂记》记载，台湾人口绝大部分都是汉人，少数民族仅占很小比重，汉人中，"隶漳、泉籍者十分之七八，是曰闽籍；隶嘉庆、潮州籍者十分之二，是曰粤籍；其余隶福建各府及外省籍者，百分中仅一分焉"[①]。也就是说，来台湾的移民中福建闽南籍占 70%～80%，广东籍占 20%。据 1926 年日本殖民者在台湾的调查，台湾的汉族总人数为 3 751 600 人，福建籍为 3 116 400 人，约占总人口数的 83.1%，广东籍为 586 300 人，约占总人口数的 15.6%。这些福建籍中，泉州籍为 1 681 400 人，约占总人口数的 44.8%；漳州籍为 1 319 500 人，约占总人口数的 35.2%；福建其他籍为 115 500 人，只占约 3.1%。[②]明代福建人口迅速增加，地少人多的矛盾突显出来，沿海社会动荡，海盗猖獗，民众的生活物品匮乏，只能靠自己的专长到外地谋生。由此，明末大陆到台湾较大规模的移民开始了，并于明清之际形成了四次大规模的移民开垦运动：一是明朝末年颜思齐、郑芝龙的入台开垦；二是荷兰殖民者占领时期招募闽南人的入台开垦；三是明郑时期对台湾的军事移民；四是施琅带领的清代入台垦荒移民。

---

① 转引自福建省炎黄文化研究会编. 闽台文化研究. 福建人民出版社，1997：21.
② 李秀娥. 台湾的生命礼俗. 远足文化事业股份有限公司，2008：14.

1. 第一次移民开垦运动

明朝末年,海澄县青礁村人颜思齐因打抱不平杀了官宦人家的仆人而被追杀,不得不逃亡日本平户。1624 年,颜思齐结盟在日本的闽南人郑芝龙、陈忠纪等 18 人预谋夺取政权,后被政府发现追捕。颜思齐带领众船队来到台湾,他将跟随的众人分成十寨,并给予银两、耕牛和农具等,开始了台湾最早的大规模拓垦活动。由于垦荒需要大量资金,颜思齐挑选了一批有航海经验的漳、泉人士,用原有的13 艘大船,利用海上交通之便,开展和大陆的海上贸易,以解决资金问题;同时,组织移民进行海上捕鱼和岛上捕猎等活动,发展山海经济,以解决移民生产和生活的物质需要。1625 年,颜思齐病逝后郑芝龙继任统领。1628 年,郑芝龙归顺明朝,而当时的福建因年年旱灾,出现了大量饥民,加上海盗猖獗,社会动荡不安,危机重重,民不聊生,郑芝龙经福建巡抚批准,遂招募大陆饥民前往台湾。这是第一次且经明朝政府批准的有规模、有计划的移民,也是闽南语在台湾的早期传播。

2. 第二次移民开垦运动

1624 年,荷兰人占领台湾,由于重商轻农,粮食供应困难,急于招募大陆居民到台湾来开垦荒地。当时大陆战乱不断,很多人迫于躲避战乱迁往台湾,进而形成了具有一定规模的移民区。

崇祯十七年（1644）,清军入关之际,除了明、清的官方部队外,到处都有土豪、山贼互相争抢,占据城寨,并向百姓搜刮钱粮,宛如军阀,再加上沿海战乱不已,当时的闽南地区出现极度混乱的局面,闽南地区百姓被迫东渡,逃亡台湾的饥民不计其数。这时期台湾汉人数量增长很快,1646 年以前大致为数千人,1648 年增至 2 万人,据说饥荒过后又有 8000 人返回大陆。1650 年已达 1.5 万人,17 世纪 50 年代中期发展到 2 万余人,至荷兰殖民统治末期,在大员附近已形成一个不包括妇孺在内的拥有 2.5 万名壮丁的移民区,估计这时的移民总数至少为 3 万～4 万人。[①]

3. 第三次移民开垦运动

第三次移民开垦运动是明郑时期对台湾的军事移民。顺治十八年（1661）,郑芝龙的儿子郑成功率军三万驱荷复台取得成功,开启郑氏在台湾的统治,改台湾

---

① 转引自杨彦杰. 闽南移民与闽台区域文化. 福建论坛（人文社会科学版）, 2003,（1）: 85-90.

城为安平镇,并以此为政治、经济、军事的中心。开始整肃吏治,处死肆意吞占公共财物的承天府杨戎政和大将伍豪;同时颁布屯田令,分派各镇赴各地开荒,允许各级官吏将士建屋开矿,永为世业;鼓励官兵从事渔业、经商,建造大船通商航行日本与南洋诸岛,令金门、厦门、铜山(今漳州市东山县)、达濠诸镇冲破清廷禁令,与大陆通商。因此,台湾日盛,田畴市肆,不让大陆。康熙元年(1662),清廷下令"迁界",实行海禁,强迫闽、浙、粤沿海居民内迁,"迁界"政策导致海上繁荣的对外贸易及手工业生产受创,沿海百姓颠沛流离,大批百姓逃亡至台湾。明郑时期,郑成功接收了数十万大陆因"迁界"而流离失所到台湾的百姓,令驻厦等地官员迁家于台。到了郑氏末期,台湾汉族人口已经超过 10 万人。①

4. 第四次移民开垦运动

第四次移民开垦运动是施琅带领的清代入台垦荒移民。康熙二十二年(1683),施琅率领清兵 2 万余人、战船 200 艘,于澎湖海域歼灭郑军主力,一举收复台湾,结束了明郑与清的对峙局面,实现了国家的统一,清政府随之开放"迁界"和海禁,准许台南鹿耳门港与厦门港对渡。台湾作为一个隶属福建省管辖的行政单位,1763 年人口已达 666 040 人,1782 年增加到 912 920 人,平均每年增加 1 万多人。1811 年,台湾人口更是高达 1 901 833 人。1782—1811 年,台湾人口以每年 3 万多的递增速度,增加近 99 万人。增加的人口大多数是移民,这些移民将台湾的荒地开垦成良田,直至咸丰年间,整个台湾岛拓垦基本完成。②

闽南方言跟随移民开发的脚步传播到了台湾各地,成为人们日常交流的方言,闽南文化也随着移民的迁移传播到了台湾。可见,作为一种地域文化,闽台文化是中原文化向福建、台湾传播与发展的结果。而闽台文化独特而丰富的内容又是以汉语共同语的主要支系——闽台方言为载体的。③

二、移民文化的迁移扩散

移民是文化传播的载体。迁移扩散是移民社会最常见的一种文化传播方式。闽南和台湾都是以中原南迁的移民为主体构成的社会,中原文化是闽台区域文化的根基。两宋及元、明、清以来,北方的中原地区经历了多次民族大融合,福建却因偏安一隅,原汁原味地保留了中原文化。其文化的传播随同移民一起,经闽

---

① 李如龙, 姚荣松主编. 闽南方言. 福建人民出版社, 2008: 65.

② 陈孔立主编. 台湾历史纲要. 九州图书出版社, 1996: 140.

③ 转引自杨彦杰. 闽南移民与闽台区域文化. 福建论坛(人文社会科学版), 2003, (1): 85-90.

南至台湾，虽然在台湾的社会发展进程中，源自中原的闽南文化经历了不同的发展，但未改变其原有的中原文化本质。"台民皆徙自闽之漳州、泉州，粤之潮州、嘉应州。其起居、服食、祀祭、婚丧，悉本土风，与内地无甚殊异。"①大量闽南移民迁入台湾，不仅推动了台湾社会生产力的发展，也带去了闽南文化，移民社会对迁徙地文化形成的影响，在一定程度上改变了台湾原有的文化生态环境，即随着中原文化的历史嬗变而形成的具有浓郁地方特色的区域文化，主要表现在区域同一、族根同缘、语言同脉、民俗同根、信仰同源、曲艺同流、教育同享等诸多方面。

1. 区域同一

闽台"一衣带水"，具有天然的地缘优势与关系。现代地质学证明，台湾岛原本就是华夏古陆的一部分，通过东山陆桥与福建相连，台湾的山脉与福建的山脉本是一体，由于地壳运动，才多出了一道海峡，形成了隔海相望的地理格局。考古学家发现，闽台两地有非常相似或相同的文物，如台湾刻纹黑陶文化与福建昙石山遗址中上层遗物非常相似，台湾大坌坑文化出土的新石器时代的绳纹粗陶及打磨石器在福建沿海及金门富国墩贝丘遗址中也大量发现。②台湾与闽南这种密切的地缘关系，为远古时代闽台两地文化亲缘的存在与发展提供了可靠的地理依据。

2. 族根同缘

地名文化作为台湾地域独特的文化外衣，在其形成过程中，不同程度地受到祖地文化的影响，具有浓厚的大陆情结与思乡之情。在台湾，有不少冠以大陆故乡的地名，形成冠籍地名（地缘村），如泉州厝、漳州厝、龙岩厝、福州厝等，此外，南投县竹山镇有泉州寮，彰化县伸港乡有泉州社，云林县台西乡有泉州村，彰化县线西乡有泉州里，台北市有泉州街，等等。这种承载着海峡两岸地缘信息的冠籍地名，蕴含移民的思乡之情，他们用家乡的地名来给在移民地新建的居住地命名，他们认为在台湾新开辟的聚落是家乡的延续与扩展，充分而深刻地反映了海峡两岸祖居地与移民地之间的历史上的渊源与流播关系。③在台湾，祖籍闽南的人群被称为"河洛人"或"福佬人"。这些来自闽南同地区的大陆移民以宗族血缘相互集结，形成聚落，并在聚居地名前加上本族姓氏，形成冠姓地名（血缘村）。

① 转引自杨彦杰. 闽南移民与闽台区域文化. 福建论坛（人文社会科学版），2003，（1）：85-90.

② 汤毓贤. 闽台文化对祖国和平统一的促进作用. 福建省社会主义学院学报，2003，（1）：19-22.

③ 曾金霖. 从闽台方言看闽台文化的共同内涵. 福建广播电视大学学报，2004，（6）：59-61.

例如，谢厝寮迄今谢姓仍占半数；三姓寮是陈、黄、吴三姓移民所创建的。这种以姓氏加厝、厝庄、寮、屋等的地名，体现了台湾民众对大陆宗族亲缘的认同。

3. 语言同脉[①]

语言是民族文化的重要载体，不同地方的群体使用不同的方言，在民族迁移过程中，方言也随其传播到新的地方。迁入台湾的闽南人就将闽南方言带到了台湾，并传承下来。受外来文化、环境等因素的影响，闽南方言经过在台湾的发展，形成了所谓的台湾话，二者除了在特殊词汇和语调上有微小差异外，基本没有本质上的区别。实质上，台湾同胞日常说的台湾话就是闽南方言，台湾话与闽南话是一脉相承的。清代，闽南话就已成为台湾的通用语言，清朝派驻台湾的外省官员称闽南语为"土音""鸟语"，意为闽南话较难理解，以致语言交流困难。《海东札记》就曾说道："凡货食物，率土音叫唱，不可晓……《使槎录》云：'郡中鸯舌鸟语，全不可晓。如刘呼澇，陈呼淡，庄呼曾，张呼丢，吴呼袄，黄无音，厄影切，更为难省。'"《台游笔记》曰："土音啁啾，初莫能辩：呼内地人曰'外江郎'、吃烟曰'脚荤'、茶曰'颠'、饭曰'奔'、走路曰'强'、土娼曰'摘毛宫'、玩耍曰'铁拖'。略举数语，其余已可概想。"这些记录下来的语音资料都是闽南话的译写，表明清代闽南语已经在台湾普遍使用。

4. 民俗同根

迁入台湾的闽南移民不仅带去了语言，还带去了原有的风俗习惯与生活方式，如台湾的岁时节庆习俗与闽南几乎相同，包括从除夕"围炉"到初一"开正"；正月初九拜天公；正月十五闹元宵，吃汤圆、赛花灯、猜灯谜（台南一带还有张花灯、竹马戏、彩茎歌伎，好不热闹）；清明祭扫；端午插艾、赛龙舟；农历七月"普度"；七夕乞巧；农历八月十五中秋赏月；重阳登高；霜降进补。在这些岁时节庆中，七月"普度"是闽台地区最盛大的时节，人们希望在此时节普度众生，斋祭超度，驱灾避祸。闽台是移民社会，移民过程很艰难，开垦过程更是千辛万苦，民众用"普度"的方式来祈祷平安无灾。"一年补通通，不如补霜降。"这是闽台地区的一句谚语，指的是闽台百姓对霜降这一节气的重视，也就是北方说的贴秋膘。霜降这天，闽台百姓一般将鸭肉作为进补的食材，所以每到霜降时节，闽台地区的鸭子就会卖得非常火爆，甚至脱销。冬至祭祖做"食祖"，就是用九层糕祭祖的传统形式，表现后人不忘先祖不忘根。此外，闽台婚嫁礼仪也延续古代中原

---

① 转引自杨彦杰. 闽南移民与闽台区域文化. 福建论坛（人文社会科学版），2003，（1）：85-90.

习俗，传承了"三书六礼"的规制，其中"三书"指聘书、礼书和迎书，"六礼"指纳彩、问名、纳吉、纳征、请期、亲迎。闽台各地的提亲、求庚、订婚、送大定、送日子、迎娶等环节，与"六礼"如出一辙。

5. 信仰同源

闽台地区的宗教信仰独具特色，闽南人重神信佛，视先祖与神灵祭拜为重，台湾的许多庙宇都是大陆汉人过去时建造的，如台南附近汉人建的大道公庙及郑芝龙在澎湖建的天后宫。清代，台北居民以泉州三邑（晋江、南安、惠安三县）的人最多，为了求得神的庇护，三县绅商共赴晋江安海乡的龙山寺，恭请观音菩萨分灵来台。据统计，仅从安海龙山寺分到台湾的寺庙就有449座。[①]台湾庙宇神灵有关帝、观音、妈祖、陈靖姑、保生大帝、青山王、郭圣王、开漳圣王、清水祖师、定光佛、土地公等，至1930年，全台各寺庙主神共有175种，寺庙总数3580座，其中排在寺庙数量前十位的主神分别是福德正神、王爷、妈祖、观音、玄天上帝、关圣帝君、三山国王、保生大帝、释迦佛、清水祖师。这十大主神寺庙的总数为2650座，约占全台寺庙总数的74%，其中除了三山国王原为广东客家的地方神之外，其余9位主神均由福建传入。[②]在台湾的田头厝边，随处可以看到人们为了敬奉土地神而建的大小不一的庙宇。台湾民间信仰不论在本质内容还是在外表形式上，都与闽南、粤东一带的民间信仰无异。

6. 曲艺同流

随着移民东渡及民间风俗、信仰的传播，闽南民间戏曲艺术也被带到了台湾。听戏、唱戏与民众生活及神明祭祀等民俗活动密切联系在一起。清初伊始，用闽南方言演唱的梨园戏、歌仔戏、木偶戏、高甲戏、南音等闽南地方戏曲艺术被陆续传入台湾。康熙时期，梨园戏流传到台湾之后，很快就成为台湾最为流行、最受欢迎的剧种之一；源于闽南的锦歌、竹马戏、车鼓戏等与台湾当地民歌小调相融合形成的台湾歌仔戏，在20世纪20年代传入闽南地区漳、厦一带后被称为芗剧，谱以丝竹，别有宫商。南音是我国历史悠久的汉族音乐，是闽南地区的传统音乐，在雍正、乾隆时期传入台湾，因其集华夏古乐之精华，含唐宋曲韵之神妙，很快受到台湾同胞的喜爱，并得以传承、发扬与光大。多年来，在泉州举办的南音节活动中，前来参加的台湾班子不仅数量多，而且演绎中保留的传统内容也多。

---

① 黄耀明. 闽台文化的同质性及其对两岸关系的影响. 现代台湾研究，2012，（5）：63-67.
② 王丽梅. 闽台文化的同质性及其保护、发展. 河北北方学院学报（社会科学版），2009，25（6）：52-54，59.

除了地方戏曲外，"耍猴""吞刀吐火"等各种杂耍也传入台湾，可谓"百戏镗鞳，各以技奏"。

7. 教育同享

1860 年以后，台湾社会结构发生明显转变，由原来的移垦社会转为定居社会。此后岛内人口的增长不再以移民人口为主，而是转为以移入人口的自然增长为主。社会风气也出现了明显变化，社会文明程度提高，宗族制度普遍建立起来。在此背景下两岸文化关系也出现了新的变化，不再是福建文化单方面向台湾传播，闽台之间的文化交流与融合日益增强。这种变化实与封建科举教育的推广有着紧密关系。①

早在明郑时期，咨议参军陈永华就已经在台南建立孔庙，旁置明伦堂督课学子，每三年举行两次科举考试，选育人才。清领台湾后，又在郑氏孔庙的基础上扩建府学，并且在台湾、凤山、诸罗各县设立县学。之后随着土地的不断开发，以及行政区的日渐完善，各种学校的设置明显多了起来。至清朝统治末期，台湾各地已设有学府、县学 13 座，书院 37 座，各种社学、乡学、义塾不计其数。台湾的各级教职人员几乎都来自福建，据清代台湾职官表统计，在清领台湾的 200 余年间，从福建各地前往台湾任府县学教授、教谕、训导的多达 300 余人，其中较多来自晋江、闽县、侯官、福清、安溪、同安各县，其余各州县也都有人前往。②

闽台自古一家，渊源深远。两地一水之隔，地缘相近；同根同源，血缘相亲；语言相通，文缘相承；开发同功，商缘相连；隶属与共，法缘相循。"闽台本是一家亲"，既是血缘的亲，又是文化的亲，体现着闽台地域的不可分割性。闽越文化、中原文化、海洋文化，以及闽南文化、客家文化、朱子文化、妈祖文化等，在闽台两地都有历史渊源和现实影响，两地积淀了深厚的同源文化底蕴。

闽南童谣源于民间，是闽台亲缘的重要纽带之一，具有很强的表现力及特点，透过闽南童谣这扇"窗口"可看到闽南历史文化的"冰山一角"，闽南童谣是闽南文化"小百科"，是地方传统文化重要的有机组成部分。

第二节　闽台地区闽南童谣同根同源

古闽南人主要由因躲避中原战火而迁徙入闽的汉人，以及当地族群融合发展

---

① 杨彦杰. 闽南移民与闽台区域文化. 福建论坛（人文社会科学版），2003，（1）：85-90.
② 杨彦杰. 闽南移民与闽台区域文化. 福建论坛（人文社会科学版），2003，（1）：85-90.

而来。不过无论在哪里，闽南人都对"根祖"有着执念，吟唱童谣总能唤起他们对家乡、对亲人的思念，幸福感油然而生。童谣是闽南人一生无法磨灭的记忆，是其族群的共同认知和精神家园。闽南童谣源于农耕文明，既描绘朴素、自然的社会、风土人情，又充满想象力；既有故事性，又有科学性；既雅致，又通俗；无所不包、无所不能；充分体现出了记载、传播、传承的特性，是一部无形但有声的"闽南百科全书"。闽南童谣内容丰富多彩，有些是伴随游戏趁韵而作，使儿童玩耍更加快乐；有些是使用拗口语句，借以训练儿童的说话能力；有些是母亲育儿时的哼唱，让孩子一生都怀念母亲的温暖；还有些是表现闽南人过台湾或下南洋的历史，记载了两岸人民及华侨多年的艰辛和奋斗。

闽南方言是隋唐中原古音，源自唐代中原光州固始。闽南方言音韵与隋唐韵书《切韵》相同，据史载，从唐代开始便有了童谣《月光光》，唐代福建观察使常衮州曾听到并记录了该童谣，而在客家、江淮一带也有与《月光光》相似的童谣《月光光，秀才郎》。由此可见，该时期，中原移民入闽带来的童谣便是最早的闽南童谣。元明时期泉漳地区流传的《灭元兵》《排甲子》等闽南童谣，至今仍保留在民间。闽南童谣源自中原文化，流行于闽南一带，吸纳古百越文化并流变。到明清时期，闽南童谣随着大批闽南人漂洋过海，移居各地而广为传播，有些闽南童谣与当地少数民族文化相融合，又产生了新一代童谣。

我国童谣的历史悠久，闽南童谣正是在这厚实的传统基础上衍生与发展的，闽南童谣随着闽南人的迁移传入台湾，其在新环境的影响下不断更新发展，台湾的闽南人又创造出了更多的新童谣，使得闽南童谣的宝库更加丰富多彩。台湾的闽南童谣无论是过去的历史遗存，还是今天的新近创作，既是对古代汉语音韵的历史传承，也是对中原语言文化的继承延展，同时记录了闽台儿童口头文学萌生、发展与变迁，展现了闽南方言背景下海峡两岸儿童口头文学的独创和魅力。

一、闽台地区闽南童谣的特点

闽南童谣属于民间艺术范畴，具有浓郁的乡土特色，其浅显易懂的谣词、俚俗押韵的说唱、轻快婉转的旋律能够充分表达闽南方言人群的生活百态，是闽南方言人群生活的有机组成部分。闽南童谣依托闽南方言而存在，谣词大多根据生活口语记录改编，俗谚俚语，朗朗上口，音乐节奏主要在童谣的"韵"上，韵式有一韵到底、隔行同韵等。下面，笔者将列举几首童谣，从它们的相似程度可以看出闽台地区闽南童谣的同根同源性。

1. 《火金姑》

该童谣以火金姑为题材，用拟人手法把萤火虫当作客人邀请到家里来喝茶吃水果，展现了闽南的生活习俗：

《火金姑（一）》（台湾）

火金姑，

来吃茶，

茶烧烧，

配芎蕉，

茶冷冷，

配龙眼，

龙眼干，

开雨伞，

人点灯，

你来看，

看新娘，

呛呛滚，

点胭脂，

抹水粉，

金葱鞋，

凤尾裙。

火金姑：萤火虫，闽南地区又叫火萤。烧烧：烫。芎蕉：香蕉。冷冷：凉。呛呛滚：煮开水的时候，水会越来越滚烫。引申意思为越来越强，越来越好。

《火金姑（二）》（台湾）

火金姑，

来吃茶，

茶烧烧，

配芎蕉，

芎蕉冷冷配龙眼，

龙眼乌子核，

吃菜来拜佛。

吃茶：喝茶。乌：黑色。

《火金姑（一）》（厦门）
火金姑，
十五暝，
请恁姨仔来食茶。
茶米芳，
茶米红，
洪大妗做媒人，
做倒位？
做大房。
大房人刣猪，
二房人刣羊，
拍锣拍鼓娶新娘。

暝：晚上。食茶：喝茶。茶米芳：茶味香。大妗：舅妈。倒位：哪里。刣：杀。

《火金姑（二）》（厦门）
火金姑，
来吃茶；
茶烧烧，
来食芎蕉。
茶冷冷，
配龙眼，
龙眼滑滑，
来食莲拔。
莲拔也未结籽，
食了会落嘴齿。

莲拔：番石榴。落嘴齿：掉牙齿。

《火金姑（三）》（厦门）
火金姑，
来食茶。
茶烧烧，

配芎蕉，
茶冷冷，
配龙眼。
龙眼会开花，
匏仔换冬瓜。
冬瓜好煮汤，
匏仔换粗糠。
粗糠要起火，
老婶婆仔势炊粿。
炊到臭火焦，
险烧着老婶婆仔的金莲脚。

匏仔：葫芦瓜。炊粿：蒸糕。臭火焦：烧焦。

《火金姑（一）》（漳州）
火金姑，
来食茶。
茶烧烧，
配芎蕉；
茶冷冷，
配龙眼。
龙眼会开花，
囝仔换冬瓜；
冬瓜好煮汤，
囝仔换粗糠；
粗糠欲起火，
九婶婆仔紧炊粿，
炊甲臭焦兼着火，
艮神棰佮詈：
死人火，
亡命火，
欲知匀匀仔宽宽仔炊！

艮神：一气之下。棰：用棍子敲打。詈：骂。棰佮詈：边打边骂。欲：假如，
如果。匀匀仔宽宽仔：慢慢地。

《火金姑（二）》（漳州）

火金姑，

来食茶。

茶烧烧，

配芎蕉；

茶冷冷，

配龙眼。

龙眼爱擘肉，

换来食篮仔菝。

篮仔菝，

全全籽，

害阮食乍落喙齿。

擘肉：吃桂圆的方法，剥去壳取肉。篮仔菝：番石榴。落喙齿：掉牙齿。夸张的比喻，这里形容番石榴籽多又小，容易塞牙，就好像牙齿都要掉了的感觉。

由上可以看出，闽南童谣《火金姑》与台湾童谣《火金姑》有很多相似之处，如两地人们有着相同的饮食文化：爱吃香蕉和龙眼，爱喝茶。茶文化是重要的闽南文化之一，是闽台地区人们共同的饮食习惯之一。过去，闽南地区有"抽喇叭烟，听南音乐，泡工夫茶，其乐无穷""早茶一盅，一天威风；午茶一盅，劳动轻松；晚茶一盅，全身疏通；一天三盅，雷打不动"等说法，足见闽南人对饮茶情有独钟。在福建安溪县，流传着"早上喝碗铁观音，不用医生开药方；晚上喝碗铁观音，一天劳累全扫光；三天连喝铁观音，鸡鸭鱼肉也不香"的说法。人们在说到闽南人的热情好客时，总也离不开一个"茶"字，如"闽南人真好客，入门就泡茶"。在闽南一带，有"客来无茶等于失礼"的说法。若有客人到来，主人必会拿出茶叶，泡出一小壶茶说道："泡 dé（即茶），泡 dé。"热情地邀请客人喝上几杯，然后再交谈，俗称"喝上两杯再说"。饮茶也是台湾人民重要的习俗之一，台湾以乌龙茶最为闻名，盛产高山乌龙茶、冻顶乌龙茶。台湾同胞品茶方式与闽南人几乎相同，待客也是以泡茶为礼，同根同源的两岸亲情，造就了两岸人民相同的饮茶文化和习俗。

2. 《天乌乌》

《天乌乌》是闽台地区流传最广的童谣之一，传本也非常多，既有生活类、民俗类、知识类，也有以拟人类。台湾、泉州、漳州、厦门的童话类童谣《天乌乌》

有很多相似之处，虽然物象有所变化，但是说的都是婚庆场景，都是通过动物的特征来比拟人物形象，台湾的《天乌乌》与厦门的最为相似，都是描写鲫鱼娶亲的场景。闽台地区有着长长的海岸线，滨海风光秀丽，渔业发达，饮食也离不开海鲜，百姓对海鲜的熟知给这些民间故事增添了许多海洋的神奇色彩：

《天乌乌》（台湾）
天乌乌，
欲落雨，
夯锄头，
巡水路，
巡着一尾鲫仔鱼，
欲娶某，
鲇鲦做媒人，
土虱做查某，
龟打锣，
鳖打鼓，
毛蟹担灯双目吐，
田婴举旗喊艰苦，
水鸡扛轿大腹肚。

天乌乌：天黑黑。欲：要。鲇鲦：七星鳢，分布于台湾、闽西南一带的淡水鱼。土虱：鲶鱼。查某：新娘。担灯：提着灯。

《天乌乌》（泉州）
天乌乌，
要落雨，
海龙王，
要娶某，
鲇鲦做媒人，
土杀做查某，
龟嗌吹，
鳖拍鼓，
水鸡扛轿目吐吐，
田婴揭旗喝辛苦，
火萤捔灯来耀路。

虾姑担盘勒屎肚，

老鼠沿街拍锣鼓。

为着龙王要聚某，

鱼虾水卒真辛苦。

土杀：鲶鱼。嗌吹：吹喇叭。拍鼓：打鼓。目吐吐：凸着眼睛。揭旗：举旗。喝：叫，喊。火萤：萤火虫。揎灯：提着灯。虾姑：皮皮虾。担盘：装彩礼的用具。勒屎肚：勒紧肚子做事，形容做事很卖力。

《天乌乌（一）》（漳州）

天乌乌，

欲落雨，

阿公仔揭锄头，

巡水路，

巡着一阵鱼仔虾仔欲娶某。

三鳜做新娘，

土杀做公祖。

鱼揭灯，

虾拍鼓，

水鸡扛轿大腹肚，

田婴揭旗喝辛苦，

水堕归阵来耀路。

田婴举旗叫艰苦，

老鼠沿街拍锣鼓。

为着龙王欲聚某，

鱼虾水卒闪无路。

金鱼哙愿做伴娘，

哭甲目晭吐吐。

欲落雨：要下雨。揭：举。三鳜：色彩斑斓的一种淡水鱼，也称七彩鱼。公祖：曾祖父。水堕：萤火虫。归阵：一大群。耀路：把路照亮。水卒：水里小生物。闪无路：无处躲避。哙愿：不愿意。哭甲目晭吐吐：哭得眼睛都凸出来了。这里用拟人的修辞手法，依据不同动物的特征，把它们比拟成不同的人物形象，新娘是七彩鱼，鲶鱼有着长长的胡须是曾祖父，鱼挑着灯，虾敲着鼓，抬轿的是挺着大肚的青蛙，照路的是萤火虫，蜻蜓举着旗，老鼠敲锣鼓，龙王的婚礼想逃也逃不掉，金鱼凸出的眼睛是因为不愿意去当伴娘，把眼睛哭肿了，让人产生了同情。童话般的语言贴近儿童的内心，带来了许多的遐想与快乐。

《天乌乌（二）》说的是鲤鱼娶亲的故事，婚礼出现的"人物"稍有改变，末尾的西北雨、红汤圆更是平添了几分闽南风味，就如西北雨那样，给夏日带来了清新的凉意：

《天乌乌（二）》（漳州）

天乌乌，

欲落雨，

鲤鱼欲娶某，

鳖担灯，

龟拍鼓，

蠓仔嗌哒嘀，

胡蝇举彩旗，

蛤鼓担布袋，

鮕仔做轿甫，

水鸡好唱歌，

花蛤来怎路，

摇摇摆摆上大路，

拄着一阵西北雨，

沃甲衫仔澹糊糊，

食一碗红圆无裨补。

担：挑。拍鼓：敲鼓。蠓：俗称"小咬"。嗌哒嘀：吹喇叭。胡蝇：苍蝇。蛤鼓：青蛙。担布袋：挑麻袋。轿甫：轿夫。怎路：领路，引路。拄着一阵西北雨：遇到了阵雨。西北雨：闽南地区夏天常见的阵雨，来得急走得快。沃：淋雨。澹糊糊：湿答答。指衣服被淋得都湿透了。红圆：红色的汤圆。无裨补：没有益处，毫无裨益。

《天乌乌》（厦门）

天乌乌，

要落雨，

揭锄头，

掘水路，

鲫仔鱼，

要娶某。
龟担灯，
鳖拍鼓。
水鸡扛轿大腹肚，
田婴揭旗叫辛苦。
妈祖气甲无法度，
叫佪一人行一路。

揭：举。娶某：娶新娘。担灯：挑着灯。佪：他们。

3.《人插花》《人插花，你插草》

《人插花》在嘲讽日本人生活习惯的同时也反映出日据时期台湾民众对日本殖民统治者的不满情绪：

《人插花》（台湾）
人插花，
伊插草。
人抱婴，
伊抱狗。
人未嫁，
伊先走。
人坐轿，
伊坐粪斗。
人困眠床，
伊困屎礜仔口。

人：人家，这里指台湾儿童。伊：她，这里指日本女孩。粪斗：畚斗。屎礜仔口：厕所边。

《人插花》（漳州）
人插花，
伊插草。
人抱婴，
伊抱狗。

人哩笑，
伊哩吼。
人未嫁，
伊缀人走。
人坐轿，
伊坐畚斗。
人困红眠床，
伊困屎礜口。

吼：哭。缀：跟别人走了，私奔了。

《人插花》（厦门）
人插花，
你插草。
人抱婴仔，
你抱狗。
人未嫁，
你先走。
人坐轿，
你坐粪斗。

《人插花，你插草》（泉州）
人插花，
你插草。
人刉猪，
你刉狗。
人咧笑，
你咧吼。
人困眠床，
你困踏斗。

咧：在。踏斗：早期床铺的踏垫。
上述四首童谣内容极其相似，因时代环境影响而略有变化。

4. 《点仔胶》《拍马胶》

台湾的《点仔胶》与漳州的《拍马胶》几乎相同：

《点仔胶》（台湾）

点仔胶，

粘着骹，

叫阿爸，

买猪骹。

猪骹箍，

焖烂烂，

枵鬼囝仔流喙澜。

　　点仔胶：沥青。骹：脚。箍：炖。焖烂烂：形容炖得很软嫩。枵鬼囝：贪吃的小孩。流喙澜：流口水。

《拍马胶》（漳州）

拍马胶，

粘着骹，

叫爸买猪骹。

猪骹梏仔焖烂烂，

枵鬼囝仔流喙澜。

　　拍马胶：沥青。台湾把沥青称为"点仔胶"。梏仔：炖的。

5. 《摇金子》《摇金团》

　　台湾童谣《摇金子》与厦门童谣《摇金团》、漳州童谣《摇金团》基本一致，"摇蜜桃"也随着习俗变化成了"摇槟榔"：

《摇金子》（台湾）

摇金子，

摇金子，

摇猪脚，

摇大饼，

摇槟榔，
来相请。

金子：女婴。槟榔：台湾地区盛产的一种可食植物，深受民众喜爱。

《摇金团》（厦门）
摇金团，
摇金团，
摇猪脚，
摇大饼，
摇槟榔，
来相请！

金团：如黄金般宝贵的孩子，这里指女婴。这是一首摇篮曲，女孩子也是心肝宝贝，像金子一样珍贵。

《摇金团》（漳州）
摇啊摇，
摇金团，
摇猪骹，
摇大饼；
摇蜜桃，
来相请。

金团：长辈对儿孙的爱称。团：孩子。蜜桃：甜味的杨桃。

6.《风紧来》《风》

台湾童谣《风紧来》与漳州童谣《风》不仅内容相似，韵律特点也基本相同：

《风紧来》（台湾）
风风风紧来，
一铣给你买凤梨。
风风风紧去，
一铣给你买笅芷。

紧：赶紧，赶快。一铣：一个钱，一个钢镚。凤梨：菠萝。笈芷：用咸草做的草袋。

《风》（漳州）

风来，

风来，

一镭互你买王梨。

风去，

风去，

一镭互你买空气。

风无，

风无，

一镭互你买甜桃，

风晴，

风晴，

一镭互你买大麦。

一镭：一个钢镚。互：给。王梨：菠萝。甜桃：甜的杨桃。风晴：风停。来自儿童的想象，意境甜美，用四种方式对待风的来、去、静、止。

7. 《炒米芳》《一的炒米芳》

《炒米芳》和《一的炒米芳》都是拍手歌，是儿童在做拍手游戏边玩边念唱的童谣，二者的句型、内容极为相似，从一到万，用数字串起了生活事象，使语言简洁紧凑，尽显孩子的玩乐童趣：

《炒米芳》（厦门、台湾）

一的炒米芳，

二的炒咸菜，

三的呛呛滚，

四的炒米粉，

五的五将军，

六的乞食孙，

七的分一半，

八的蹈梁山，

九的九婵婆，
十的弄大锣。
拍你千拍你万，
拍你一千佫一万。

一的：一月。米芳：爆米花。呛呛滚：水烧开沸腾的样子，这里形容闹哄哄。乞食孙：骂人的话。跔：爬。弄：撞击，敲击。佫：加上。

《一的炒米芳》（漳州）
一的炒米芳，
二的炒韭菜，
三的呛呛滚，
四的炒米粉，
五的五将军，
六的好囝孙，
七的煮面线，
八的公家分一半，
九的九婵婆，
十的扛大锣，
拍你千，拍你万，
拍你一千连五项。
你讲敢唔敢？
唔讲拍遭你叫唔敢！

公家分：平均分配。扛：敲，打。一千连五项：数目，1005 下。敢唔敢：敢不敢。叫唔敢：求饶。唔讲拍遭你叫唔敢：不求饶就不饶你。

8. 《土地公》《盐蚣狮》

闽南童谣流传广泛，《土地公》和《盐蚣狮》几乎一致，语义通顺，音律合辙押韵：

《土地公》（厦门、台湾）
土地公，
白目眉。

　　无人请,

　　家己来。

　　土地公:又称福德正神、社神等,是汉族民间信仰之一,也是闽台地区影响
最大的民俗神。

　　　　　　　　《盐蚣狮》(漳州)

　　　　　　　盐蚣狮,

　　　　　　　白目眉,

　　　　　　　无人请,

　　　　　　　家己来。

　　盐蚣狮:一种用盐腌制的小蟹。"盐蚣狮"有的异文"大面师",指厚脸皮的
人。目眉:眉毛。家己:自己。

　　9.《白鹭鸶》《白鹭鸶,头歃歃》

　　台湾童谣《白鹭鸶》与厦门童谣《白鹭鸶》的前半部分相近:

　　　　　　　　《白鹭鸶》(台湾)

　　　　　　　白鹭鸶,

　　　　　　　车畚箕,

　　　　　　　车到沟仔墘。

　　　　　　　跋一倒,

　　　　　　　拾到二鲜钱,

　　　　　　　一鲜俭起来好过年,

　　　　　　　一鲜买饼送大姨。

　　白鹭鸶:白鹭鸟。畚箕:簸箕。沟仔墘:台湾地名。跋一倒:摔一跤。鲜:
鲕,储钱罐。俭:存。释义:白鹭鸟飞呀飞,车载着簸箕到沟仔墘,摔了一跤捡
到两鲕钱,一鲕存起来过年用,一鲕买饼给大姨。

　　　　　　　　《白鹭鸶》(厦门)

　　　　　　　白鹭鸶,

　　　　　　　担粪箕,

担到海仔墘。
跋一倒，
拾一圆，
买面线，
分大姨。
大姨嫌无偌，
掠猫来咒誓。
咒誓无，
投婶婆。
婶婆去做客，
投大伯。
大伯卖红龟，
投姊夫。
姊夫卖粗纸，
投来投去投着我。
害我心肝扑扑弹，
鸡母换鸡僆。
鸡僆跳过枝，
龙眼换荔枝。
荔枝树尾红，
熟的送丈人。
丈人阿咾哥，
丈人阿咾嫂，
阿哥阿嫂嫌啰嗦，
两个相亲去迌迌。

担：挑。粪箕：簸箕。海仔墘：海边。拾一圆：捡到一元钱。嫌无偌：嫌少。掠：抓。咒誓：发誓。投：投诉。婶婆：叔公之妻。红龟：染成红色形如龟壳的糕点，闽南地区的特色食品。姊夫：姐夫。粗纸：卫生纸。扑扑弹：心怦怦跳。鸡母：母鸡。鸡僆：小鸡。树尾：这里意思是由于荔枝外皮是红色的，因此整棵荔枝树看起来都是红色的。阿咾：称赞。相亲：相伴。迌迌：游玩。

《白鹭鸶，头敧敧》描绘的是爷爷奶奶打猎活动，开头看似要猎白鹭，可是笔锋一转又写收成的事情，后面遇到鹦鹉，闽南人没有吃鹦鹉的习惯，鹦鹉是观赏鸟类，因此后两句应该是假想逗趣而非真事：

《白鹭鸶，头欹欹》（漳州）

白鹭鸶，

头欹欹。

婆担盘，

公揭箭。

揭到门骸口，

田地收三斗。

一斗付田租，

两斗互阮姑。

撞着一阵鹦哥鸟，

公仔喝，

婆仔搦，

两人刣刣炒炒互我食。

欹欹：倾斜的样子。揭：拿。门骸口：门口。互阮姑：给姑姑。撞着一阵鹦哥鸟：遇到一群鹦鹉。喝：吆喝，驱赶。搦：抓。刣：杀。互我食：给我吃。

10.《月光光》

据福建地方典籍记载，唐代福建观察使常衮州曾看到民间有人传授《月光光》的童谣，并记下该首童谣："月光光，渡池塘。骑竹马，过洪塘。洪塘水深不得渡，小妹撑船来前路。问郎长，问郎短，问郎一去何时返。"闽台各地童谣都有《月光光》，跟唐代民间流传的《月光光》相比，虽然文字或多或少做了改动，但主题和结构十分相似。由此可见，闽南童谣的历史源远流长：

《月光光（一）》（台湾）

月光光，

秀才郎，

骑白马，

过南塘，

南塘未得过，

掠猫仔来接货，

接货接未著，

举竹篙弄猎鸢，

猎鸢普普飞，

举竹篙弄生锅。

猎鸢：老鹰。

《月光光（二）》（台湾）
月光光，
秀才郎；
骑白马，
过南塘；
南塘未得过，
掠猫来接货，
接未著，
举竹篙，
弄猎鸢，
猎鸢跌落田，
嫁酒瓶；
酒瓶要饮酒，
嫁扫帚；
扫帚要扫地，
嫁给卖杂货；
卖杂货的要摇铃珑，
嫁司公；
司公要读疏，
嫁破布；
破布要补衫，
嫁牛担；
牛担要犁田，
嫁酒瓶。

铃珑：卖杂货的小贩用来招徕顾客的铃鼓。司公：道士。

《月光光（三）》（台湾）
月光光，
老公仔在菜园；
菜园掘松松，

要种葱；

葱无芽，

要种茶；

茶无花，

要种瓜；

瓜无子，

抓老婆仔来打死；

打死在何位？

打死在香蕉脚；

用什么盯？

用破猪槽；

用什么盖？

用破米箩；

啥人跪？

老海瑞；

啥人拜？

老子婿。

掘松松：整地松土。盯：装。

《月光光（四）》（台湾）

月光光，

早早担水落柑园；

柑仔种四欉，

四姊妹仔真成人；

大的嫁福州，

第二的嫁金树；

第三的嫁海岸，

第四的嫁内山；

大的返来金马鞍，

二的返来金桶盘；

第三的返来金交椅，

四的返来气半死；

平平是姊妹，

给我嫁上山，

三当糜煮甲烂烂,
吃菜脯,配盐菜干。

欉:古同"丛"。金树:人名。海岸:滨海地区。内山:深山。此童谣描述四姐妹出嫁后的境遇,其中老四过得最辛苦。

《月光光(五)》(台湾)
月光光,
油点仓,
三岁囝仔,
捧槟榔;
捧到阿公店,
阿公阿妈在钓鱼,
鱼头鱼尾请亲家;
亲家要食鲫鱼仔挖目睭,
亲母要食韭菜淋麻油;
淋到脚也绿,
手也绿;
举大刀,
剖石榴,
石榴开,
乞食蒙棕蓑。

绿:蜷曲状。

《月光光(一)》(厦门)
月光光,
秀才郎,
骑白马,
过南塘,
南塘莫得过,
拿猫儿来载货,
仔莫著磨刀石。

莫:未,不能。

11. 《月娘月光光》

　　闽台《月娘月光光》有很多相似之处，其中台湾童谣《月娘月光光》与厦门童谣《月娘月光光》无论从句式结构还是意思上都非常接近：

《月娘月光光》（台湾）

月娘月光光，

起厝田中央，

田螺做水缸，

色裤做眠床，

脚步做大肠。

　　月娘：月亮。起厝：建宅院。脚步：擦脚巾。

《月娘月光光（一）》（厦门）

月娘月光光，

起厝田中央，

爱食三色糖，

爱困水眠床。

　　厝：闽南的特色建筑。困：睡觉。水：漂亮。眠床：床铺。

《月娘月光光（二）》（厦门）

月娘月光光，

起厝田中央，

骑白马，

过东庄，

东庄娘仔拗起官，

起官吃不饱，

掠来做纱绞，

纱绞不绞纱，

掠来做工叉，

工叉不叉草，

掠来做粪斗，

粪斗不装土，

掠来做葫芦，
葫芦不鸧药，
掠来做刀石，
刀石不磨刀，
掠来做竹篱，
竹篱不晾衫，
掠来做扁担，
扁担不担粟，
掠来做大烛，
大烛点不亮，
掠来做矼落，
矼落钉不转，
掠来做酒俄，
酒俄不激酒，
掠来做朋友，
朋友兄，
朋友弟，
牵兄牵弟做游戏。

掠：抓。粪斗：簸箕。

《月娘月光光（一）》（泉州）
月娘月光光，
老公仔伫菜园，
菜园掘松松，
老公仔欲种葱，
葱无芽，
欲种茶，
茶无花，
欲种瓜，
瓜无子，
老公仔气甲欲死。

伫：在。气甲欲死：气得要死。形容很生气的样子。

《月娘月光光（二）》（泉州）
月娘月光光，
枫亭担乌缸。
乌缸重，
担箸笼。
箸笼轻，
担水升。
水升浮，
去担匏。
匏长长，
担笼床。
笼床要炊粿，
害阮烧甲臭焦兼着火。

水升：舀水工具。匏：匏瓜。阮：我。

《月娘月光光》（漳州）
月娘月光光，
起厝田中央，
骑白马，
过下庄。
下庄娘仔势起宫，
起宫食燴饱，
搦来做纱绞。
纱绞燴绞纱，
搦来做工杈。
工杈燴杈草，
搦来做畚斗。
畚斗燴抔涂，
搦来做葫芦。
葫芦燴敆药，
搦来做刀石。
刀石燴磨刀，
搦来做竹篙。
竹篙燴晾衫，

搦来做本担。
本担赡担粟,
搦来做大烛。
大烛点赡着,
搦来做笺螺。
笺螺拍赡遨,
搦来做酒礉。
酒礉赡激酒,
搦来做朋友。
朋友兄啊朋友弟,
相牵手来做游戏。

起宫:造庙。赡:不会,不能。搦:抓,拿。绞纱:纺纱工具。畚斗:形似带柄簸箕的搓斗。抔涂:把泥土清理在搓斗里。敆:同"合"。本担:扁担。担粟:挑谷子。大烛:大蜡烛。笺螺:陀螺。遨:旋转。酒礉:酿酒器具。激酒:酿酒。

二、闽台地区闽南童谣的发展现状

在"大闽含台"时,"同源"产生,"闽人入台",把闽南文化延展到了台湾,童谣也随之一同传入。入台文化与当地文化相结合,产生了新的变化,童谣虽"同源而不同流",但无不反映了当时的社会人文风貌,成为记载历史的某种"映像",形成了特别的文化价值,其文化魅力在于从简单的、无意识的口耳相传的童谣中,让人们得以管窥万千历史的"斑纹"。

随着闽南地区重现非物质文化遗产意识的逐渐形成,各级政府认识到闽南童谣是地方性文化的"活化石",亟须保护和继承。2001 年出台的《福建省人民政府关于基础教育改革与发展的决定》就曾指出:"注重进行民族的传统的优秀艺术教育,充分利用社会艺术教育资源,推进乡土艺术进校园。经常开展丰富多彩的艺术活动,活跃校园文化生活。各级政府和有关部门应从多方面保证学校艺术教育的必要条件。"[1]2007 年,闽南童谣被列入厦门市市级非物质文化遗产代表性项目名录、福建省省级非物质文化遗产代表性项目名录,同年 6 月,文化部批准设立我国第一个国家级文化生态保护区——闽南文化生态保护实验区,在厦门、漳州、泉州先行开展区域文化生态保护实验工作。2008 年,闽南童谣入选第二批国

---

① 福建省人民政府关于基础教育改革与发展的决定. https://hk.lexiscn.com/law/law-chinese-4-0440E645A. 0000BA27.13E9-T.html[2021-09-13].

家级非物质文化遗产名录。2014 年，福建省人民政府出台了《闽南文化生态保护区总体规划》，对文化生态保护做了全面规划，指出非物质文化遗产保护要贯彻"保护为主、抢救第一、合理利用、传承发展"的方针，"坚持保护文化遗产的真实性和完整性，坚持依法和科学保护，正确处理经济社会发展与文化遗产保护的关系，统筹规划、分类指导、突出重点、分步实施"。①由于各级政府的重视、规划和社会各界的积极参与，闽台区域文化正在被社会重新认识、发掘、搜集、保护、传承，而童谣无疑是简便易行、易于理解接受的文化基点之一。

近年来，闽南地区对于闽南童谣的抢救、保护、传承和研究做出了有力的探索。2008 年，泉州市举办了"闽南童谣合家欢家庭彩铃大赛"，尝试将传统文化与现代技术相融合，取得了良好的社会反响。2009 年，晋江市电视台举办闽南童谣大赛，共有 70 多支代表队参加，此外厦门市还曾举办闽南童谣表演比赛，在校园内推广闽南文化并制定实施"闽南童谣保护五年计划"；同年 6 月，厦门市翔安区闽南童谣文化研究会成立。2010 年，作为重点保护闽南童谣文化的基地和象征的闽南童谣文化活动中心在翔安区开工建设；同年 9 月，厦门市非物质文化遗产保护中心、厦门市教育局联合举办闽南童谣教学、调查与创作讲习班，来自市属各级公办教育机构、青少年宫、文化馆的老师和非物质文化遗产保护干部参加了培训。2011 年，石狮市委市政府为进一步巩固学园闽南文化建设，联合举办了幼儿闽南童谣说唱大赛。2012 年 7 月，厦门市思明区举办了闽南方言与文化小学教师夏令营，近 200 名教师参加；集美区灌口镇、厦门市闽南文化研究会灌口研究组收集闽南童谣、趣话近 200 篇，出版了《闽南童谣趣话》书籍及电子音像制品，其被作为灌口镇各小学的乡土教材。此外，学术界也积极参与闽南童谣的保护工作，如厦门大学周长楫的《厦门方言熟语歌谣》、《闽南童谣纵横谈》（和陈耕共同编著）汇编了童谣百余首；闽南师范大学张嘉星的《漳台闽南方言童谣》收录了漳州地区和台湾地区的闽南童谣百余篇，并附录不同版本、传本和异文；福建师范大学陈泽平的"福建方言熟语歌谣丛书"对闽南地区的熟语、歌谣进行了较为系统的梳理与注释，尤其在方言字的使用上做了严格的甄别；"台湾童谣园丁"施福珍创作了大量童谣，极大地推动了台湾囝仔歌的发展；臧汀生的《台湾闽南语歌谣研究》对闽南语歌谣进行了系统的研究；康原与施福珍的《囝仔歌教唱读本》收集了台湾早期、现代的囝仔歌谣近百首；康原的《台湾童谣园丁——施福珍囝仔歌研究》，对负有盛名的"台湾童谣园丁""童谣囝仔王"施福珍创作的囝仔歌进行了全面、系统的研究。

① 福建省人民政府办公厅关于印发闽南文化生态保护区总体规划的通知. http://gdlawyer.chinalawinfo.com/fulltext_form.aspx?Db=lar&Gid=9e70fcf4af98d454df5db8562cf6ed28bdfb[2021-06-10].

现今的闽南童谣内容十分丰富，有的反映时政（《和顺歌》《改革开放好》），有的涉及民俗节令（《围炉歌》《冬节谣》）、动植物（《蜜蜂花仔肚》《十二个月果子歌》）、日常生活（《摇啊摇》《蚵仔煎》）、娱乐游戏（《拍手歌》《拍干辘》）、谜谣猜答（《一个葫芦七个空》《一点一横长》）等。其表现方式多姿多彩，有念谣、唱谣、戏谣、舞谣和综合表现的形式，具有认知价值、教育价值和文化艺术价值。

对于闽南人来说，闽南童谣是童年的记忆、习俗的传承和游子的乡愁，它不仅是远古流传下来的文化符号，也是活跃校园文化的有效载体，更是沟通两岸同胞和海外侨胞的精神纽带。

如今，闽南童谣不再停留于传统，不再拘泥于舞台，而是渗透到了两岸民众的生活之中，童谣吟唱成为他们自然而然的表达方式，更是撩拨了台湾同胞和海外侨胞灵魂深处最温暖的心弦，时时触动他们回"家"的心念。

第四章

闽南童谣的传承

文化如同"老树"仍需"开新花",闽南童谣只有"深根"于肥沃的地方性文化土壤中,吸收丰富的养分,才能迸发出旺盛的生命活力。闽南童谣不仅需要政府及有关部门对现有成果的保护与传承,更需要不断创作出新的反映时代风貌、社会生活的作品。

1. 政府主导

政府主导在闽南童谣保护与传承过程中起着决定性作用。政府通过政策规划来配置和调动行政及社会资源,主导对闽南童谣开展走访、调查、抢救、收集、整理工作,系统性地形成成果数据库,将非物质文化形式转化为物质性的存在形式,为闽南童谣保护与传承奠定强大坚实的基础。闽南童谣的受众主要是少年儿童,中小学校是教育的主要场所,应该成为传承闽南童谣的重要阵地。在政府的推动和促进下,闽南地区应制订"乡土文化进校园"方案,开发教材、开设课程,调整学校重文化轻人文的培养现状,让儿童教育与地方性文化保育同步进行,达成"双赢"。

现代社会分工日益精细、生活节奏日益加快、生存压力日渐增大,闽南童谣民间创作的土壤渐失,创作日渐匮乏,政府应鼓励高等院校、科研院所、地方团体主动开展调研、采风,创作出题材及形式丰富多样的新时期闽南童谣,支持和保持地方文化形式的存续。闽南童谣的生命力就在于从民间来又回到民间去,日常的社会生活就是它植根的沃土,优秀、经典的闽南童谣也会哺育和滋养社会生活,给社会生活留下一幅历史"映像"。

2. 创新教育理念

教育系统应创新教育理念和形式,融合地区传统文化的内容,不可只进行通识性教育,培养"千篇一律""千人一面"的学生。

首先,就闽南地区来说,在幼教阶段应做好生活教育、常识教育,打好地方性文化素养的基础,教授孩童其年龄层次可以接受、理解和运用的知识。闽南童谣便是一种很好的知识载体,其内容包罗万象,形式活泼生动,朗朗上口,便于记忆,与学前教育高度契合。闽南童谣应融入幼教的课程体系之中,发挥其独特的作用。

其次,义务制教育阶段,课业丰富,学生要全面发展,童谣教学在六年级前可作为除主科外"音体美劳"中的构成部分,也可作为单独的人文素质科,六年级后可作为选修课程,进行兴趣教育。中等教育阶段,学校可将闽南童谣作为地方性文化的课程,将它上升到传承与保护闽南地方文化的高度进行规划实施。

　　最后，应从高等院校自身的社会责任及对当地的历史贡献角度来考虑办学，努力实现提升校地结合的文化融合度和人才培养综合素质。童谣教育需根据专业进行区别，师资方向要将闽南童谣作为地方性文化的重要课程，将它上升到保持民族文化多样性才能保证民族独立性的高度进行规划实施。非师资专业，应从高等院校实施特色而非只进行通识教育、高校自身的社会责任及对当地的历史贡献角度来考虑办学，应从学生就读地为就业地、人文素质普遍不足的角度来考虑教学，努力实现提升校地结合的文化融合度和人才培养能力。通过全系列教育系统的创新，营造一定的社会环境，为闽南童谣甚至闽南文化的传承创造强大的动力"引擎"。教育系统内部还应设置科学的考察、考核机制，考察师生的人文素质，促进学校加大对中华优秀传统文化的教育力度，提升师生的综合素质。

3. 创建数据库

　　运用当代先进、便捷的技术手段建立闽南童谣民间艺术平台成果库，依托平台形成文献刊物实体库、数字数据库，采用文字、图片、音像等多种形式进行详细记录和系统性收集、整理和存档，将这份原为口耳相传、手抄记谱的珍贵遗产以多种形式完整地保存下来，避免"人亡艺绝"的现象发生。此外，还可以将培训、会议、比赛、晚会、征集评奖、夏令营、艺术沙龙等方式，与广播、影视及新兴网络媒体等传播方式结合起来，营造闽南童谣说唱氛围，创造保护传承条件。

4. 开展闽台文化交流

　　组织形式多样、广泛而深入的闽台文化交流活动，会对闽南童谣的保护与传承起到积极作用。重视、加强和发挥闽南童谣先天的文化交流优势，以"走出去、请进来"的方式创新开展闽南童谣的传承与发展工作，可以使两岸之间进行良性互动，如福州市曾举办"海峡歌谣晚会"，来自台湾地区的数十位演员与大陆演员以朗诵、歌舞等多种形式共同演绎了《天乌乌》等在两岸深入人心、脍炙人口的闽南童谣。此外，两岸教育、文化主管部门应打破既有限制，创新性地主动开展闽南童谣传承与保护工作，从中华文化传承角度，科学合理地筹划、部署，最大限度地实现文化认同和共鸣。例如，福建省闽台音乐交流中心、台湾华新文教基金会和厦门市音乐家协会曾联合举办"海峡两岸闽南方言童谣合唱作品评奖音乐会"，开创了两岸闽南童谣合作的新思路。2021 年 12 月举办的第五届海峡两岸（泉州）闽南童谣大赛，台湾、金门的学校代表队"云"参赛，两岸童谣演出隔空同台，共同诠释闽南方言的独特魅力。

5. 发展文化创意产业

近年来，文化产业的快速发展给各类文化、艺术带来了机遇，我们可以借助科技手段，对非物质文化遗产资源进行开发与利用，并将其转化为有效资本，进而推动文化产业的健康持续发展。

无论身处哪个时代，人类社会的发展都离不开社会文化的进步，而文化的进步和发展又离不开文化产业的发展，这就需要人们集思广益，不断进行优化和创新，设计出体现文化特色的创意产品，进而推动整个社会文化创意产业的可持续发展。随着人民群众物质生活条件的日益改善，文化需求逐渐成为人们关注的热点，我们要加强对文物和文化遗产的保护力度，让传统的优秀文化从封闭的状态中走出来，使其更加"接地气"。

闽南文化要想充分发挥自身价值，就必须紧跟时代步伐。在人们对精神文化需求日益旺盛的当下，要积极对闽南文化进行创造性转化，让其焕发新的生机和活力。文化创意产品是文化创意产业的核心和基础，文创产品种类繁多，覆盖范围广，涉及领域多。闽南童谣可以发挥自身价值，与文化创意产品融合发展。

为了大力推动文化创意产业的发展，福建省文化和旅游厅（原文化厅）相关部门积极响应国家号召，制定了一系列支持措施，如厦门市实施"文化强市"战略，于2015年制定了《厦门市建设海峡西岸先进制造业和新兴产业基地产业导向目录（2015版）》；2018年出台了《厦门市进一步促进文化产业发展的补充规定》，此后又制定和出台了多项政策，为当地文化产业的发展提供了强有力的支撑。由此可见，通过一系列文化资源的整合，并将其转化为文化竞争力，可以带动文化创意产业向更长远的方向发展。

中华文化在世界各地广泛传播，闽南方言是世界华人社会中的重要语种，而语言又是文化传播的载体，相信在地球的不同地方，会出现同时吟唱《天乌乌》的情景，或是母亲在哄睡怀中婴儿，或是孩子在牙牙学语。面对闽南童谣的保护与传承，我们不光要收集点点的历史"水滴"，还原当时的情境，还要在寻根溯源的同时把握时代脉络，以精神哺育中华文明并使其开枝散叶。

参 考 文 献

蔡尚伟. 文化产业导论. 复旦大学出版社, 2006.

车锡伦. 明清儿歌搜集和研究概述——古代儿歌研究之二//中国民间文艺研究会上海分会编. 民间文艺集刊(第二集). 上海文艺出版社, 1982.

陈耕, 周长楫编著. 闽南童谣纵横谈. 鹭江出版社, 2008.

陈孔立主编. 台湾历史纲要. 九州图书出版社, 1996.

陈汝东. 当代汉语修辞学. 北京大学出版社, 2004.

陈尚君辑校. 全唐诗补编(上). 中华书局, 1992.

陈桐生译注. 国语. 中华书局, 2013.

陈支平. 福建六大民系. 福建人民出版社, 2000.

杜文澜辑. 古谣谚. 周绍良校点. 中华书局, 1958.

段玉裁撰. 说文解字注. 中华书局, 2013.

福建省地方志编纂委员会编. 福建省志·方言志. 方志出版社, 1998.

福建省炎黄文化研究会编. 闽台文化研究. 福建人民出版社, 1997.

顾禄撰. 清嘉录. 王迈校点. 江苏古籍出版社, 1999.

郭茂倩编. 乐府诗集(第四册). 中华书局, 1979.

郭璞注. 尔雅. 王世伟校点. 上海古籍出版社, 2015.

海德格尔. 在通向语言的途中. 孙周兴译. 商务印书馆, 2004.

何池. 陈元光《龙湖集》校注与研究. 鹭江出版社, 1990.

何绵山. 闽台五缘简论. 河南人民出版社, 2018.

何乔远撰. 闽书(第1册). 厦门大学历史系古籍整理研究室《闽书》校点组, 厦门大学古籍整理研究所《闽书》校点组校点. 福建人民出版社, 1994.

胡阿祥编著. 宋书州郡志汇释. 安徽教育出版社, 2006.

胡太初修, 赵与沐纂. 临汀志. 长汀县地方志编纂委员会整理. 福建人民出版社, 1990.

黄耀明. 闽台文化的同质性及其对两岸关系的影响. 现代台湾研究, 2012, (5): 63-67.

黄云生主编. 儿童文学概论. 上海文艺出版社, 2001.

黄仲昭纂. 八闽通志(上). 福建人民出版社, 2017.

康原编. 台湾童谣园丁——施福珍囝仔歌研究. 晨星出版有限公司, 2009.

蓝雪霏. 闽台闽南语民歌研究. 福建人民出版社, 2003.

雷群明, 王龙娣. 中国古代童谣赏析. 湖南文艺出版社, 1988.

雷群明, 王龙娣著. 中国古代童谣. 盖国梁配图. 上海文艺出版社, 2003.

李乔, 许竟成. 固始与闽台. 河南人民出版社, 2007.

李如龙, 姚荣松主编. 闽南方言. 福建人民出版社, 2008.

李秀娥. 台湾的生命礼俗. 远足文化事业股份有限公司, 2008.

林枫, 范正义. 闽南文化述论. 中国社会科学出版社, 2008.

林国平. 闽台民间信仰源流. 福建人民出版社, 2003.

林国平, 邱季端主编. 福建移民史. 方志出版社, 2005.

林金水主编. 福建对外文化交流史. 福建教育出版社, 1997.

林志渥, 郭朝木, 李永茂, 等. 厦门经济特区建设与海峡两岸关系的发展. 鹭江出版社, 1996.

刘勰著. 文心雕龙注(上). 范文澜注. 人民文学出版社, 1958.

刘勰著. 文心雕龙译注. 陆侃如, 牟世金译注. 齐鲁书社, 1995.

卢美松. 芸窗谈故. 福建美术出版社, 2010.

吕周聚. 被遮蔽的新诗与歌之关系探析. 文学评论, 2014, (3): 33-45.

马重奇. 闽台方言的源流与嬗变. 福建人民出版社, 2002.

缪文远, 罗永莲, 缪伟译注. 战国策(上). 中华书局, 2012.

邱玲婉. 台湾儿童文学与新文学运动关系研究. 台北教育大学台湾文化研究所, 2012.

裘克安. 台湾文化始祖——宁波人沈光文. 宁波大学学报(人文科学版), 1989, (1): 25-29.

阮元校刻. 十三经注疏(上册). 中华书局, 1980.

阮元等撰集. 经籍纂诂(上). 中华书局, 1982.

上海古籍出版社编. 十三经注疏(上). 上海古籍出版社, 1997.

申小龙, 张汝伦主编. 文化的语言视界——中国文化语言学论集. 上海三联书店, 1991.

沈定均修, 吴聊薰增纂. 漳州府志(上册). 陈正统整理. 清光绪三年(1877)芝山书院本.

施福珍. 台湾囝仔歌一百年. 晨星出版有限公司, 2003.

司马迁撰. 史记. 中华书局, 2011.

苏晋仁, 萧炼子校注. 宋书乐志校注. 齐鲁书社, 1982.

汤毓贤. 闽台文化对祖国和平统一的促进作用. 福建省社会主义学院学报, 2003, (1): 19-22.

田况撰. 儒林公议. 张其凡点校. 中华书局, 2017.

王光荣编. 歌谣的多学科研究. 中国书籍出版社, 2012.

王金禾. 鄂东民间童谣研究. 武汉大学出版社, 2000.

王丽梅. 闽台文化的同质性及其保护、发展. 河北北方学院学报(社会科学版), 2009, 25(6): 52-54, 59.

王守仁. 王文成公全书(一). 王晓昕, 赵平略点校. 中华书局, 2015.

王希杰. 汉语修辞学(修订本). 商务印书馆, 2004.

王秀梅译注. 诗经. 中华书局, 2016.

王应麟著. 困学纪闻. 阎若璩, 何焯, 全祖望注. 上海古籍出版社, 2015.

王志艳编著. 寻找郑成功. 延边大学出版社, 2013.

吴平, 邱明一编. 周作人民俗学论集. 上海文艺出版社, 1999.

许慎撰. 说文解字注. 段玉裁注. 上海古籍出版社, 1981.

颜之推. 颜氏家训·音辞. 上海古籍出版社, 1992.

杨伯峻编著. 春秋左传注. 中华书局, 2016.

杨彦杰. 闽台文化关系的形成及其特征. 福建师范大学学报(哲学社会科学版), 1994, (4): 110-116.

杨彦杰. 台湾历史与文化. 海峡文艺出版社, 1995.

杨彦杰. 闽南移民与闽台区域文化. 福建论坛(人文社会科学版), 2003, (1): 85-90.

姚际恒. 诗经通论. 顾颉刚标点. 中华书局, 1958.

余冠英选注. 乐府诗选. 人民文学出版社, 1953.

袁珂校注. 山海经校注. 北京联合出版公司, 2013.

乐云主编. 唐诗三百首鉴赏辞典. 崇文书局, 2016.

曾曰瑛修, 李绂纂. 汀州府志. 王光明, 陈立点校. 方志出版社, 2004.

张嘉星. 漳州方言童谣选释. 语文出版社, 2006.

张嘉星编著. 漳台闽南方言童谣. 厦门大学出版社, 2011.

张梦倩. 中国传统童谣研究. 山西教育出版社, 2012.

赵景深, 车锡伦, 何志康编. 古代儿歌资料. 少年儿童出版社, 1963.

政协长汀县委文史编辑室. 长汀县志（第一册）. 政协长汀县委文史编辑室（重排本）, 1983.

郑旭旦编辑. 天籁集. 上海悲增标点. 中原书局, 1929.

郑玄注, 贾公彦疏. 周礼注疏（中）. 彭林整理. 上海古籍出版社, 2010.

郑蕙苡. 温州童谣研究. 浙江大学出版社, 2011.

钟敬文主编. 民间文学概论. 上海文艺出版社, 1980.

钟敬文主编. 民俗学概论. 上海文艺出版社, 1998.

钟嵘著. 诗品集注. 曹旭集注. 上海古籍出版社, 1994.

周绍良主编. 全唐文新编. 第 1 部. 第 3 册（总第 3 册）. 吉林文史出版社, 2000.

朱介凡编. 中国儿歌. 台湾纯文学出版社, 1977.

朱乔森编. 朱自清全集（第六卷）. 江苏教育出版社, 1990.

朱熹集注. 诗集传. 上海古籍出版社, 1958.

古代童谣示例

一、春秋战国

《卜偃引童谣》(《左传·僖公五年》)
　　龙尾伏辰。
　　均服振振。
　　取虢之旗。
　　鹑之贲贲。
　　天策炖炖。
　　火中成军。
　　虢公其奔。

《周宣王时童谣》(《国语》)
　　檿弧箕服,
　　实亡周国。

《康衢童谣》(《列子》)
　　立我蒸民,
　　莫匪尔极。
　　不识不知,
　　顺帝之则。

二、秦汉

《孔子述洞庭童谣》(《河图纬》)
　　吴王出游观震湖。
　　龙威丈人名隐居。
　　北上包山入灵墟。
　　乃造洞庭窃禹书。
　　天帝大文不可舒。
　　此文长传六百初。
　　今强取出丧国庐。

《晋国儿谣》(《史记·晋世家》)
　　恭太子更葬矣,

　　后十四年,
　　晋亦不昌,
　　昌乃在兄。

《颍川儿歌》(《史记·灌夫传》)
　　颍水清,
　　灌氏宁;
　　颍水浊,
　　灌氏族。

《赵王迁时童谣》(《风俗通义·皇霸》)
　　赵为号,
　　秦为笑。
　　以为不信,
　　视地上生毛。

《元帝时童谣》(《汉书·五行志》)
　　井水溢,
　　灭灶烟。
　　灌玉堂,
　　流金门。

《成帝时燕燕童谣》(《汉书·五行志》)
　　燕,燕,尾涎涎。
　　张公子,时相见。
　　木门仓琅根。
　　燕飞来,
　　啄皇孙。
　　皇孙死,
　　燕啄矢。

《成帝时童谣》(《汉书·五行志》)
　　邪径败良田,
　　馋口乱善人。

桂树华不实，
黄爵巢其颠。
故为人所羡，
今为人所怜。

《汝南鸿陂童谣》（《汉书·翟方进传》）
坏陂谁？
翟子威。
饭我豆食羹芋魁。
"反乎覆，
陂当复。"
谁云者？
两黄鹄。

《汉末童谣》（《水经注·渐江水》）
天子当兴东南三余之间。

《孺子歌》（《文子》）
混混之水浊，
可以濯吾足乎；
泠泠之水清，
可以濯吾缨乎。

三、魏晋南北朝

《萍实童谣》（《孔子家语·致思》）
楚王渡江得萍实，
大如斗。
赤如日，
剖而食之甜如蜜。

《商羊童谣》（《孔子家语·辩政》）
天将大雨，
商羊鼓舞。

《秦始皇时长水县童谣》（《搜神记》）
城门有血，
城当陷没为湖。

《汉初小儿歌》（《真诰》）
著青裙，
入天门。
揖金母，
拜木公。

《汉末洛中童谣》（《述异记》）
虽有千黄金，
无如我斗粟。
斗粟自可饱，
千金何所直！

《蜀中童谣》（《后汉书·公孙述传》）
黄牛白腹。
五铢当复。

《弘农童谣》（《后汉书》）
君不我忧，
人何以休？
不行界署，
焉知人处？

《会稽童谣》（《后汉书·张霸传》）
弃我戟，
捐我矛。
盗贼尽，
吏皆休。

《献帝初幽州童谣》（《后汉书·公孙
瓒传》）
燕南垂，

赵北际。
中央不合大如砺，
唯有此中可避世。

《更始时南阳童谣》(《后汉书·五行志》)
谐不谐，
在赤眉。
得不得，
在河北。

《王莽末天水童谣》(《后汉书·五行志》)
出吴门，
望缇群。
见一蹇人，
言"欲上天"。
令天可上，
地上安得民？

《顺帝末京都童谣》(《后汉书·五行志》)
直如弦，
死道边！
曲如钩，
反封侯！

《桓帝初天下童谣》(《后汉书·五行志》)
小麦青青大麦枯，
谁当获者妇与姑，
丈人何在西击胡。
吏买马，
君具车，
请为诸君鼓咙胡。

《桓帝初京都童谣》(《后汉书·五行志》)
城上乌，
尾毕逋，

一年生九雏。
公为吏，
子为徒；
一徒死，
百乘车。
车班班，
入河间，
河间诧女工数钱。
以钱为室金作堂，
石上慊慊春黄粱。
梁下有悬鼓，
我欲击之丞卿怒。

《又桓帝初京都童谣》(《后汉书·五行志》)
游平卖印自有平，
不辟贤豪及大姓。

《桓帝末京都童谣》(《后汉书·五行志》)
茅田一顷中有井，
四方纤纤不可整。
嚼复嚼，
今年尚可后年铙。

《又桓帝末京都童谣》(《后汉书·五行志》)
白盖小车何延延，
河间来合谐。

《灵帝末京都童谣》(《后汉书·五行志》)
侯非侯，
王非王，
千乘万骑上北芒。

《献帝初京师都童谣》(《后汉书·五
　　　行志》)
　　千里草。
　　何青青;
　　十日卜,
　　不得生!

《建安初荆州童谣》(《后汉书·五行志》)
　　八九年间始欲衰,
　　至十三年无子遗。

《吴中童谣》(《三国志·吴书》)
　　黄金车,
　　班兰耳。
　　阊阖门,
　　出天子。

《陆凯引童谣》(《三国志·吴书》)
　　宁饮建业水,
　　不食武昌鱼。
　　宁还建业死,
　　不止武昌居。

《寿春童谣》(《三国志·吴书》)
　　吴天子当上。

《公安童谣》(《三国志·吴书》)
　　白鼍鸣,
　　龟背平。
　　南郡城中可长生,
　　守死不去义无成。

《桓玄篡位时小儿歌》(《齐谐记》)
　　芒笼茵,
　　绳缚腹。

车无轴,
倚孤木。

《惠帝即位时儿童谣》(《襄阳耆旧记》)
　　丙亡没地,
　　哀哉秋兰。
　　归刑街邮,
　　终为人叹。

《会稽童为徐弘歌》(《会稽典录》)
　　徐圣通,
　　政无双。
　　平刑罚,
　　奸宄空。

《元康之年蜀中童谣(二则)》《华阳
　　　国志》
　　郫城坚,
　　盎底穿。
　　郫城细,
　　子李特细。
　　巴郡葛,
　　当下美。

《晋惠帝时洛阳童谣》(《晋书》佚文)
　　邺中女子莫千妖,
　　前至三月抱胡腰。

《王敦将灭时童谣》(《晋书》佚文)
　　鬣韭鬣韭,
　　断杨柳。
　　河东小子,
　　令我与子。

《襄国童谣》(《晋书》佚文)
　　古在左，
　　月在右。
　　让去言，
　　或入口。

《晋吴中童谣》(《宋书·五行志》)
　　宁食下湖荇，
　　不食上湖莼。
　　庾吴没命丧，
　　复杀王领军。

《臧质引童谣》(《宋书·臧质传》)
　　虏马饮江水，
　　佛俚死卯年。

《魏童谣》(《宋书·臧质传》)
　　辒车北来如穿雉，
　　不意虏马引江水。
　　虏主北归石济死，
　　虏欲渡江天不徙。

《吴黄龙中童谣》(《南齐书·乐志》)
　　行白者，
　　君追汝，
　　句骊马。

《宋泰使中童谣》(《南齐书·祥瑞志》)
　　东城出天子。

《宋元徽中童谣》(《南齐书·五行志》)
　　襄阳白铜蹄，
　　郎杀荆州儿。

《宋元徽末卜彬述童谣》(《南齐
　　　　书·高帝纪》)
　　可怜可念尸著服，
　　孝子不在日代哭，
　　列管暂鸣死灭族。

《永明中虏中童谣》(《南齐书·五行志》)
　　黑水流北，
　　赤火入齐。

《永元元年童谣》(《南齐书·五行志》)
　　洋洋千里流，
　　流晏东城头。
　　乌马乌皮裤，
　　三更相告诉。
　　脚跛不得起，
　　误杀老姥子。

《永元中童谣》(《南齐书·五行志》)
　　野猪虽嘀嘀，
　　马子空间渠。
　　不知龙与虎，
　　饮食江南墟。
　　七九六十三，
　　广莫人无余。
　　乌集传舍头，
　　今汝得宽休。
　　但看三八后，
　　摧折景阳楼。

《洛中童谣二则》(《魏书·尔朱彦伯传》)
　　三月末，
　　四月初。
　　扬灰簸土觅真珠。
　　头去项，

脚根齐。
驱上树，不须梯。

《蜀童谣二则》（《魏书·李势传》）
江桥头，
阙下市，
成都北门十八子。
有客有客，
来侵门陌，
其气欲索。

《张俊时童谣》（《魏书·张天锡传》）
刘新妇籭米，
石新妇炊羖羠。
荡涤籭张儿，
张儿食之口正披。

《元康三年蜀中童谣二则》（《华阳国志》）
郫城坚。
盎底穿。
郫城细。
子李特细。
巴郡葛。
当下美。

四、隋唐

《愍帝末童谣》（《晋书·愍帝纪》）
天子何在豆田中。

《太安之际童谣》（《晋书·元帝纪》）
五马浮渡江，
一马化为龙。

《景初初童谣》（《晋书·五行志》）
阿公阿公驾马车，
不意阿公东渡河，
阿公来还当奈何？

《吴天纪中童谣》（《晋书·五行志》）
阿童复阿童，
衔刀游渡江。
不畏岸上兽，
但畏水中龙。

《吴永安中南郡儿语》（《晋书·五行志》）
三公锄，
司马如。

《平吴后江南童谣三则》（《晋书·五行志》）
局缩肉，
数横目，
中国当败吴当复。
宫门柱，
且当杇。
吴当复，
在三十年后。
鸡鸣不拊翼，
吴复不用力。

《永熙中童谣》（《晋书·五行志》）
二月末，
三月初，
桑生裴雷柳叶舒。
荆笔杨板行诏书，
宫中大马几作驴。

《元康中京洛童谣二则》(《晋书·五
　　行志》)
南风起,
吹白沙。
遥望鲁国何嵯峨,
千岁髑髅生齿牙,

《又元康中童谣》(《晋书·五行志》)
屠苏鄣日覆两耳,
当见瞎儿作天子。

《赵王伦既篡时洛中童谣》(《晋
　　书·五行志》)
兽从北来鼻头汗,
龙从南来登城看,
水从西来河灌灌。

《太安中童谣》(《晋书·五行志》)
五马浮渡江,
一马化为龙。

《司马越还络时童谣二则》(《晋
　　书·五行志》)
络中大鼠长尺二,
若不早去大狗至。
元超兄弟大落度,
上桑打椹为苟作。

《愍帝初童谣》(《晋书·五行志》)
天子何在?
——豆田中。

《太宁初童谣》(《晋书·五行志》)
恻恻力力,
放马山侧。

大马死,
小马饿。
高山崩,
石自破。

《成帝末童谣》(《晋书·五行志》)
磕磕何隆隆,
驾车入梓宫。

《隆和初童谣二则》(《晋书·五行志》)
升平不满斗,
隆和那得久?
桓公入石头,
陛下徒跣走。

又
虽复改兴宁,
亦复无聊生。

《太和末童谣》(《晋书·五行志》)
犁牛耕御路,
白门种小麦。

《殷仲堪在荆州时童谣》(《晋书·五
　　行志》)
芒笼目,
绳缚腹,
殷当败,
桓当复。

《荆州童谣》(《晋书·五行志》)
芒笼日,
绳缚腹。
殷当败,
桓当复。

《桓玄既篡时童谣》(《晋书·五行志》)
草生及马腹,
乌啄桓玄目。

《安帝义熙初童谣》(《晋书·五行志》)
官家养芦化成荻,
芦生不止自成积。

《苻坚初童谣》(《晋书·五行志》)
阿坚连牵三十年,
后若欲败时,
当在江湖边。

《桓玄时童谣》(《晋书·桓玄传》)
长干巷,
巷长干。
今年杀郎君,
后年斩诸桓。

《王琛引童谣》(《晋书·石苞传》)
宫中大马几作驴,
大石压之不得舒。

《王浚时童谣》(《晋书·王浚传》)
幽州城门似藏户,
中有伏尸王彭祖。

《义熙中童谣》(《开元占经》)
长有扫帚枢作把,
扫除洛中迎琅琊。

《张敬儿自造童谣》(《南史·张敬儿传》)
天子在何处?
宅在赤谷口。
天子是阿谁?

非猪如是狗。

《永明中魏地童谣》(《南史·齐武帝纪》)
赤火南流丧南国。

《梁武帝时童谣》(《南史·鄱阳王范传》)
莫匆匆,
且宽公。
谁当作天子?
草覆车边已。

《梁武帝时童谣》(《南史·鄱阳王范传》)
莫匆匆,
且宽公。
谁当作天子,
草覆车边己。

《侯景时的阤乌童谣》(《南史·侯景传》)
的阤乌,
拂朱雀,
还与吴。

《江陵童谣》(《南史·侯景传》)
苦竹町,
市南有好井。
荆州军,
杀侯景。

《江北童谣》(《南史·陈武帝纪》)
石头捣两裆,
捣青复捣黄。

《永明中魏地童谣》(《南史·陈武帝纪》)
赤火南流丧南国。

《梁时童谣》(《南史·陈武帝纪》)
虏万夫,
入五湖,
城南酒家使虏奴。

《梁末童谣》(《南史·陈本纪赞》)
可怜巴马子,
一日行千里。
不见马上郎,
但见黄尘起。
黄尘污人衣,
皂英相料理。

《梁武帝在雍镇时童谣》(《隋书·音
乐志》)
襄阳白铜蹄,
反缚扬州儿。

《陈初童谣》(《隋书·五行志》)
黄班青骢马,
发自寿阳涘。
来时冬气末,
去日春风始。

《齐神武时邺中童谣》(《隋书·五行志》)
可怜青雀子,
飞入邺城里。
作窠犹未成,
举头失乡里。
寄书与妇母,
好看新妇子。

《齐武平元年童谣》(《隋书·五行志》)
狐截尾,
你欲除我我除你。

《齐武平二年童谣》(《隋书·五行志》)
和士开,
七月三十日,
将你向南台。

《又齐武平二年童谣》(《隋书·五行志》)
七月刈禾伤早,
九月吃糕正好。
十月洗荡饭瓮。
十一月出却赵老。

《齐武平末邺中童谣》(《隋书·五行志》)
金作扫帚玉作把,
净扫殿屋迎西家。

《周初童谣》(《隋书·五行志》)
白杨树头金鸡鸣,
只有阿舅无外甥。

《大业中童谣》(《隋书·五行志》)
桃李子,
鸿鹄绕阳山,
宛转花林里。
莫浪语,
谁道许?

《王足引北方童谣》(《梁书·康绚传》)
荆山为上格,
浮山为下格。
潼沱为激沟,
并灌钜野泽。

《洛阳童谣》(《梁书·陈庆之传》)
名师大将莫自牢,
千兵万马避白袍。

《普通中童谣》(《梁书·侯景传》)

青丝白马寿阳来。

《魏孝明帝时洛下谣言》(《北齐书·神武纪》)

铜拔打铁拔,

元家世将末。

《魏静帝时童谣》(《北齐书·神武纪》)

可怜青雀子,

飞来邺城里。

羽翮垂欲成,

化作鹦鹉子。

《魏武定末童谣》(《北齐书·文襄纪》)

百尺高张竿摧折,

水底燃灯灯灭。

《武成时童谣》(《北齐书·神武娄后传》)

九龙母死不作孝。

《后主时童谣》(《北齐书·后主穆后传》)

黄花势欲落,

清觞满杯酌。

《孝昭时童谣》(《北齐书·元海传》)

中兴寺内白凫翁,

四方侧听声雍雍,

道人闻之夜打钟。

《北齐童谣》(《北齐书·徐之才传》)

周里跂求伽,

豹祠嫁石婆。

斩冢作媒人,

唯得一量紫绁靴。

《齐废帝时童谣》(《北齐书·杨愔传》)

羊,羊,吃野草,

不吃野草远我道,

不远打尔脑。

《后主时童谣》(《北齐书·后主穆后传》)

黄花势欲落,

清觞满杯酌。

《齐天保间童谣》(《北史·齐文宣帝纪》)

马子入石室,

三千六百日。

《西魏时童谣》(《史通·言语篇》)

玃玃头团圞,

河中狗子破尔苑。

《魏宣武孝明间童谣》(《史通·言语篇》)

狐非狐,

貉非貉,

樵犁狗子㖔断索。

《隋末江东童谣》(《长短经》)

江水保泠泠,

杨柳何青青;

人今正好乐,

已复戍彭城。

五、五代后晋

《杨伴儿童谣》(《旧唐书·音乐志》)

杨婆儿,

共戏来。

《窦建德军中谣》(《旧唐书·窦建德传》)
　　豆入牛口，
　　势不得久。

《高昌童谣》(《旧唐书·西戎传》)
　　高昌兵马如霜雪，
　　汉家兵马如日月；
　　日月照霜雪，
　　回手自消灭。

《元和小儿谣》(《旧唐书·五行志》)
　　打麦打麦，
　　三三三，
　　舞了也。

《开皇初太原童谣》(《大唐创业起居注》)
　　法律存，
　　道德在，
　　白旗天子出东海。

六、宋

《徐温李升相江南时童谣》(《五代史补》)
　　东海鲤鱼飞上天。

《马希广时长沙童谣》(《五代史补》)
　　湖南城郭好长街，
　　竟栽柳树不栽槐。
　　百姓奔窜无一事，
　　只是捶芒织草鞋。

《马希崇时长沙童谣》(《五代史补》)
　　鞭打马，
　　走不暇。

《潞州童谣》(《新唐书·五行志》)
　　羊头山北作朝堂。

《安禄山未反时童谣》(《新唐书·五行志》)
　　燕，燕，飞上天，
　　天上女儿铺白毡，
　　毡上有千钱。

《朱泚未败前童谣》(《新唐书·五行志》)
　　一只箸，
　　两头朱。
　　五六月，
　　化为蛆。

《咸通七年童谣》(《新唐书·五行志》)
　　草青青，
　　被严霜。
　　鹊始复，
　　看颠狂。

《咸通十四年成都童谣》(《新唐书·五行志》)
　　咸通癸巳，
　　出无所之。
　　蛇去马来，
　　道路稍开。
　　头无片瓦，
　　地有残灰。

《乾符六年童谣》(《新唐书·五行志》)
　　八月无霜塞草青，
　　将军骑马出空城。
　　汉家天子西巡狩，
　　犹向江东更索兵。

《中和初童谣》(《新唐书·五行志》)
　　黄巢走，
　　泰山东，
　　死在翁家翁。

《永淳中童谣》(《新唐书·五行志》)
　　新禾不入箱，
　　新麦不入场。
　　迫及八九月，
　　狗吠空垣墙。

《神龙后童谣》(《新唐书·五行志》)
　　可怜安乐寺，
　　了了树头悬。

《天宝末京师童谣》(《新唐书·五行志》)
　　义髻抛河里，
　　黄裙逐水流。

《王衍在蜀时童谣》(《青箱杂记》)
　　我有一帖药，
　　其名曰阿魏。
　　卖与十八子。

《光启中福建童谣》(《青箱杂记》)
　　潮水来，
　　山岩没。
　　潮水去，
　　矢口出。

《长沙羊马童谣》(《青箱杂记》)
　　三羊五马，
　　马子离群，
　　羊子无舍。

《周邦彦述汴都童子歌》(《事文类聚》)
　　孰为我已？
　　孰孰我载？
　　茫茫九有，
　　莫知其界。

《绍兴三年平江童谣》(《鸡肋编》)
　　地上白毛生，
　　老少一齐行。

《梁武帝时雉山童谣》(《吴兴志》)
　　鸟山出天子。

《武义中童谣》(《钓矶立谈》)
　　江北杨花作雪飞，
　　江南李树玉团枝。
　　李花结子可怜在，
　　不似杨花没了期。

《天堆童谣》(《舆地纪胜》)
　　天雷飞石头，
　　一夜成汀州。
　　五十年内兴公侯。

七、元

《刘銀末年广南童谣》(《宋史·五行志》)
　　羊头二四，
　　白天雨至。

《马氏将乱时湘中童谣》(《宋史·湖
南周氏世家》)
　　马去不用鞭，
　　咬牙过今年。

《南宋末京师童谣》(《钱塘遗事》)
　　龙在泽,
　　飞不得。
　　万里路,
　　行不得。
　　幼而黄,
　　医不得。

《辽土河童谣》(《辽史·太祖淳钦皇
　　后传》)
　　青牛妪,
　　曾避路。

《泰和八年童谣》(《金史·五行志》)
　　易水流,
　　汴水流,
　　百年易过又休休。
　　两家都好住,
　　前后总成留。

《贞祐元年卫州童谣》(《金史·五行志》)
　　团恋冬,
　　劈半年。
　　寒食节,
　　没人烟。

《兴定中童谣》(《金史·五行志》)
　　青山转,
　　转山青;
　　耽误尽,
　　少年人。

《贞祐元年卫州童谣》(《金史·五行志》)
　　团栾冬,
　　劈半年。

　　寒食节,
　　没人烟。

《世祖时童谣》(《金史·本纪第一世祖》)
　　欲生则附于跋黑,
　　欲死则附于劾里钵、
　　颇剌淑。

八、明

《至正二十八年彰德路童谣》(《元
　　史·五行志》)
　　塔儿黑,
　　北人作主南人客;
　　塔儿红,
　　朱衣人作主人公。

《至元五年八月京师童谣》(《元
　　史·五行志》)
　　白雁望南飞,
　　马札望北跳。

《至正五年淮楚间童谣》(《元史·五
　　行志》)
　　富汉莫起楼,
　　穷汉莫起屋。
　　但看羊儿头,
　　便是吴家国。

《至正十五年京师童谣》(《元史·五
　　行志》)
　　一阵黄风一阵沙,
　　千里万里无人家。
　　回头雪消不堪看,
　　三眼和尚弄瞎马。

《金末庚午岁童谣》(《元史·郭宝玉传》)
　　摇摇罟罟至，
　　河南拜阅氏。

《杨慎引童子歌谣释绿竹》(《升庵经说》)
　　鸡冠花，
　　绿蓐草。

《吴夫差时童谣》(《古今风谣》)
　　梧宫秋，
　　吴王愁。

《魏黄初童谣》(《古今风谣》)
　　青槐夹道多尘埃，
　　龙楼凤阁望崔嵬。
　　清风细雨杂香来，
　　土上出金火照台。

《陈留童谣》(《古今风谣》)
　　父母何在？
　　在我庭，
　　化我鸱枭哺所生。

《魏曹爽执政时童谣》(《古今风谣》)
　　曹爽之势热如汤，
　　太傅父子冷如浆，
　　李丰兄弟如游光。
　　何、邓、丁，
　　乱京城。

《吴黄龙中童谣》(《古今风谣》)
　　行白渚，
　　君追汝，
　　句骊马。

《吴孙亮初童谣》(《古今风谣》)
　　吁，汝恪，
　　何若若，
　　芦苇单衣篾钩络。
　　于何相求？
　　——杨子阁。

《晋泰始中童谣》(《古今风谣》)
　　贾裴王，
　　乱纪纲。
　　王裴贾，
　　济天下。

《邺城童子谣》(《古今风谣》)
　　邺城中，
　　暮尘起。
　　探黑丸，
　　斫文吏。
　　棘为鞭，
　　虎为马。
　　团团走，
　　邺城下。
　　切玉剑，
　　射日弓。
　　献何人？
　　奉相公。
　　扶毂来，
　　关右儿。
　　香扫涂，
　　相公归。

《正隆童谣》(《古今风谣》)
　　正军三匹马，
　　签军两只鞋。
　　郎主向南去，

赵老送灯台。

《明昌童谣》(《古今风谣》)
东欲行，
西欲飞。
中间一路亦垂垂，
吾醉不醉知不知？

《至正中燕京童谣三首》
(《古今风谣》)
阴凉阴凉过河去，
日头日头过山来。

《元末湖湘中童谣》(《古今风谣》)
不怕水中鱼，
只怕岸上猪。
猪过水，
见糠止。

《元景州童谣》(《古今风谣》)
皇舅墓门闭，
运粮向北去；
皇舅墓门开，
运粮向南来。

《狸斑童谣》(《古今风谣》)
脚驴斑斑，
脚躐南山。
南山北斗，
养活家狗。
家狗磨面，
三十弓箭。
上马琵琶，
下马琵琶。
驴蹄马蹄，

缩了一只。
《李后主时江南童谣》(《古今风谣》)
索得娘来忘却家，
后园桃李不生花。
猪儿狗儿多死尽，
养得猫儿患赤瘕。

《宋真宗时童谣》(《古今风谣》)
欲得天下宁，
须拔眼中钉；
欲得天下好，
无如召寇老。

《姑苏伍子胥祠童谣》(《麈余》)
若要伍公坐，
须待二兄来。

《都城小儿祈雨歌》(《帝京景物略》)
风来了，
雨来了，
禾场背了谷来了。

九、清

《桓玄时童谣二则》(《古今风谣拾遗》)
当有十一口，
当为兵所伤。
木亘北北度，
走入浩浩乡。
金刀既已刻，
娓娓金城中。

《慕容熙时童谣》(《古今风谣拾遗》)
一束藁，
两头然，

秃头小儿来灭燕。

《蒋横遭祸时童谣》（《全唐文》）

　　君用谗慝，
　　忠烈是殛。
　　鬼怨神怒，
　　妖气充塞。

《杨慎引蜀童谣释鴃》（《古谣谚》）

　　阳雀叫。
　　鹈鴃央。

《民间为章惇蔡京蔡卞谣》（《古谣谚》）

　　二蔡、二惇，
　　必定沙门；
　　籍没家财，
　　禁锢子孙。
　　大惇、小惇，
　　入地无门；
　　大蔡、小蔡，
　　还他命债。

《方国珍未乱时台州童谣》（《续弘简录》）

　　杨屿青，
　　出海精。

《沈荀蔚引童谣》（《蜀难叙略》）

　　生于燕子岭，
　　死在凤凰山。

《洪武癸丑童谣》（《二申野录》）

　　胡胖长。
　　官人不商量。
　　做官没盘缠。

《燕王未起兵时童谣》（《二申野录》）

　　烟，烟，
　　北风吹上天。
　　团团旋，
　　窠里乱。
　　北风来，
　　吹便散。

《正统己巳童谣》（《二申野录》）

　　牛儿呵莽着，
　　黄花地里倘着。
　　你也忙，
　　我也忙。
　　伸出角来七尺长。
　　清俊小后生，
　　青布衫，白直身。
　　好个人，
　　屈死在鹞儿岭。

《正德丙寅北京童谣》（《二申野录》）

　　马倒不用喂，
　　鼓破不用张。

《正德己巳川蜀童谣》（《二申野录》）

　　强贼放火，
　　官军抢火；
　　贼来梳我，
　　军来篦我。

《嘉靖初童谣》（《二申野录》）

　　嘉靖二年半，
　　秋黍磨成面；
　　东街咽瞪眼，
　　西街吃磨扇。
　　姐夫若要吃白面，

只待明年七月半。

《洪武间蒲圻童谣》(《明诗综》)
斗谷三升米,
说与陈文礼。

《嘉靖中童谣》(《明诗综》)
卖枪缨,
人上城。
茄头下,
人走马。

《南京童谣》(《明诗综》)
一匹马,
走天下。
骑马谁?
大耳儿。

《正统二年京师小儿歌》(《明史·五行志》)
雨帝雨帝,
城隍土地。
雨若大来,
还我土地。

《万历末童谣》(《明史·五行志》)
邺台复邺台,

曹操再出来。

《李岩造童谣》(《明史·李自成传》)
迎闯王,
不纳粮。
吃他娘,
穿他娘,
开了大门迎闯王,
闯王来时不纳粮。

《要离高童谣》(《坚瓠集》)
要离高出城,
天下动刀兵。

《万历癸未镇江铁塔童谣》(《北固山志》)
风吹铁宝塔,
水淹京口闸。

《万历某科童谣》(《池北偶谈》)
崔木一旦挑上,
天差我送羊角。

《崇祯时京师童谣》(《明季北略》)
崇皇帝,
温阁老,
崇祯皇帝遭温了。

本附录资料中,除《孔子述洞庭童谣》来源于杜文澜撰的《古谣谚·卷一》(www.360doc.com/content/18/0704/15/26561818_767662940.shtml)外,其他均来源于雷群明、王龙娣著,盖国梁配图的《中国古代童谣》(上海文艺出版社2003年版)。

附录二

传统童谣示例

一、厦门闽南童谣

《月娘月光光（一）》

月娘月光光，
起厝田中央，
爱食三色糖，
爱困水眠床。

《月娘月光光（二）》

月娘月光光，
起厝田中央，
骑白马，
过东庄，
东庄娘仔拗起官，
起官吃不饱，
掠来做纱绞，
纱绞不绞纱，
掠来做工叉，
工叉不叉草，
掠来做粪斗，
粪斗不装土，
掠来做葫芦，
葫芦不鸽药，
掠来做刀石，
刀石不磨刀，
掠来做竹篙，
竹篙不晾衫，
掠来做扁担，
扁担不担粟，
掠来做大烛，
大烛点不亮，
掠来做矼落，
矼落钉不转，
掠来做酒俄，
酒俄不激酒，

掠来做朋友，
朋友兄，
朋友弟，
牵兄牵弟做游戏。

《蜜蜂花仔肚》

一二三四五，
蜜蜂花仔肚。
一节黄一节乌，
飞来飞去四五路，
千只万只同一户。
一二三四五，
蜜蜂花仔肚。
采花粉造蜜库，
飞来飞去四五路，
怀惊危险怀惊苦。

《涂蚓》

涂蚓涂蚓巴囡沙，
南风月光爱唱歌。
欢喜田园松化化，
番薯草菜碰碰大。

《胡蝇爱食甜》

胡蝇爱食甜，
爱鼻臭臊味。
见物滥嘇舐，
细菌满尽是。
规身无清气，
害人传染病。
人人拢讨厌，
紧来拍伊死。

《十二生相》

老鼠偷米钻粟橱，

牛牻犁田真否命。
虎仔落山尽腹拼，
兔仔望月走出埕。
金龙卷水雨落成，
蛇趖涂脚入树林。
羊仔温驯得人疼，
马仔有力会拖车。
老猴跖树盘山岭，
鸡叫五更来出声。
狗跟主任后面行，
猪母食饱蝹涂坪。

《无影歌》
有云甲无影，
灯心搵油托破鼎。
椅仔无脚家己行，
青盲开车去县城。
乌龟赛跑第一名，
老鼠甲猫结亲情。
隐疴欢喜向天行，
跛脚踢球逐摆赢。
脚踏车，倒退行，
伸手春倒一座城。

《占椅仔》
踅来踅去踅圆圈，
逐个占椅来找亲。
占若会着顾本身，
坐在椅仔脚手轻。
占若硷着退出阵，
咛通相争输咛认。
踅来踅去踅圆圈，
逐个占椅抢斗紧。

《囝仔弄破鼓》
囝仔弄破鼓，
拿布来补鼓。
破鼓用布补，
用布补破鼓。
咛知是鼓补布，
抑是布补鼓。
用布会补裤，
用布硷补鼓，
补甲头眩目珠吐，
补来补去补无路。

《土地公》
土地公，
白目眉。
无人请，
家己来。

《阿不倒》
阿不倒，
忝交交，
无人拍，
家己吼。
人插花，
你插草，
人伸脚，
你伸头。
人刣猪，
你刣狗，
人咧笑，
你咧哭。
人咧行，
你咧走，
人戴帽子，
你戴粪斗。

《田婴飞》
田婴飞,
捻你尾。
田中央,
钓嘉礼。
嘉礼长,
嘉礼短。
嘉礼尻川一葩尾。
人点灯,
你点火。
人缚粽,
你炊粿。

《果子歌》
梅仔枇杷水蜜桃,
柑橘龙眼红荔枝。
檨仔弓蕉甲杨桃,
莲雾葡萄压倒枝。
杨梅王梨篮仔佛,
柚仔红柿甘蔗甜。
橄榄油柑万寿匏,
石榴李梨好滋味。
野有真多讲袂了,
闽南果子满尽是。

《灶鸡仔》
灶鸡仔,
脚跷跷。
觑壁空,
嗌洞箫。
腹肚枵,
跳入灶。
满带趖,
满带抄。
无人来,

四界跳。
见着人,
惊见笑。
紧紧走甲扑扑跳,
跳入壁空嗌洞箫。

《大食神》
大食神,
孝男面。
见着食,
冲头阵。
做工课,
行后面。
借人钱,
好笑神。
讨伊钱,
叫怀应。
讨人厌,
得人欶。
怀改变,
人看轻。
要改变,
着趁紧。

《多黎咪》
多黎咪,
老猴食咖啡。
咪黎多,
老猴戴碗帽。

《天顶一粒星》
天顶一粒星,
雨落两爿边。
"上"字掠倒吊,
"人"字倥脚翘。

《天顶一块铜》
天顶一块铜，
落来揼着人。
　人要走，
　揼着狗。
　狗要吠，
　揼着碓。
　碓要舂，
　揼着宫。
　宫要起，
　揼着椅。
　椅要坐，
　揼着被。
　被要盖，
　揼着鸭。
　鸭要刣，
揼着阿公仔的大肚脐。

《六月天，七月火》
　六月天，
　七月火。
　西北雨，
　一阵过。
顶坵田涂焦涸涸，
下坵田涂澹漉漉。

《摸怀着》
　送仔送，
　送仔送，
送你曲食烧肉粽。
　摸大街，
　走小巷，
　揭拐仔，
　托骨缝。
　摸仔摸，

　摸若着，
赏你一领大甲席。
　摸仔摸，
　摸怀着，
罚你鼻人臭脚液。

《狗蚁扛蜈蚣》
狗蚁搬家禈出动，
挨挨阵阵无闲工。
半路拄着大蜈蚣，
狗蚁哪会甘愿放。
逐个和齐斗相共，
拼死拼活扛蜈蚣。
　有的捣目珠，
　有的挽嘴须，
　有的咬腹肚，
　有的揪脚手。
咬甲蜈蚣哀哀抽，
无死吗着现夭寿。

《手朒歌》
　一朒一块粿，
　两朒走脚皮。
　三朒无米煮，
　四朒无饭炊。
　五朒有钱拿，
　六朒有轿坐。
　七朒会捣壁，
　八朒做乞食。
　九朒九安安，
　十朒会做官。

《一暝大一寸》
　摇啊摇，
　摇啊摇，

困摇篮，
坐椅轿。
外公嗳，
外妈惜，
亲像水珠在芋箬。
摇啊摇，
困啊困，
婴仔一瞑大一寸。
摇啊摇，
惜啊惜，
婴仔一日大一尺。

《田蛤仔》
田蛤仔，
四支脚。
吐目嘴仔阔，
舌长腹肚大。
爬岭跳水沟，
泅水踮田岸。
专食蠓虫田老鼠，
咱着保护怀通掠。

《献沙包》
献沙包，
念新歌。
我开头，
你来续。
一放鸡，
二放鸭，
三分开，
四合倚，
五拍胸，
六搭肩，
七搓手，
八弄球。

九摸鼻，
十揪耳。

《透大风》
落大雨，
透大风，
乌天暗地瞋雷公。
怀通沃雨树脚行，
则燴去互雷公损。
落大雨，
透大风，
乌天暗地瞋雷公。
门口积水行燴通，
煅在厝里第一爽。

《龙眼干》
龙眼干，
正月半，
人点灯，
你来看。
看甚物？
看新娘。
新娘悬抑下，
娶某拜老爸。
老爸无穿袄，
娶某拜兄嫂。
兄嫂无穿裙，
娶某拜龙船。
龙船噗噗飞，
娶某拜茶锅，
茶锅峇峇滚。
肉炒笋，
笋某查某鬼仔捻去食。
食乜代？
食要做月里。

月里生甚物？
生家鳖，
抱来抱去救馐活。
一斗米，
一斗粟，
就甲活活活。

《白鹭鸶》
白鹭鸶，
担粪箕，
担到海仔墘。
跋一倒，
拾一圆，
买面线，
分大姨。
大姨嫌无偌，
掠猫来咒誓。
咒誓无，
投婶婆。
婶婆去做客，
投大伯。
大伯卖红龟，
投姊夫。
姊夫卖粗纸，
投来投去投着我。
害我心肝扑扑弹，
鸡母换鸡佳。
鸡佳跳过枝，
龙眼换荔枝。
荔枝树尾红，
熟的送丈人。
丈人阿咾哥，
丈人阿咾嫂，
阿哥阿嫂嫌啰嗦，
两个相焦去迌迌。

《初一早》
初一早，
初二早，
初三无啥巧，
初四神落天，
初五过开，
初六壅肥，
初七七元，
初八完全，
初九天公生，
初十地公暝，
十一请团婿，
十二返来拜，
十三吃溏糜仔配芥菜，
十四相公生，
十五上元暝，
十六看大烛，
十七倒灯棚，
十八无半钱。

《火金姑（一）》
火金姑，
十五暝，
请恁姨仔来食茶。
茶米芳，
茶米红，
洪大妗做媒人，
做倒位？
做大房。
大房人刣猪，
二房人刣羊，
拍锣拍鼓娶新娘。

《火金姑（二）》
火金姑，

来吃茶;
茶烧烧,
来食芎蕉;
茶冷冷,
配龙眼,
龙眼滑滑,
来食莲拔。
莲拔也未结籽,
食了会落嘴齿。

《火金姑（三）》
火金姑,
来食茶。
茶烧烧,
配芎蕉,
茶冷冷,
配龙眼。
龙眼会开花,
铇仔换冬瓜。
冬瓜好煮汤,
铇仔换粗糠。
粗糠要起火,
老婶婆仔势炊粿。
炊到臭火焦,
险烧着老婶婆仔的金莲脚。

《天乌乌》
天乌乌,
要落雨,
揭锄头,
掘水路,
鲫仔鱼,
要娶某。
龟担灯,
鳖拍鼓。

水鸡扛轿大腹肚,
田婴揭旗叫辛苦。
妈祖气甲无法度,
叫佀一人行一路。

《人插花》
人插花,
你插草。
人抱婴仔,
你抱狗。
人未嫁,
你先走。
人坐轿,
你坐粪斗。

《摇金囝》
摇金囝,
摇金囝,
摇猪脚,
摇大饼,
摇槟榔,
来相请!

《炒米芳》
一的炒米芳,
二的炒咸菜,
三的呛呛滚,
四的炒米粉,
五的五将军,
六的乞食孙,
七的分一半,
八的踞梁山,
九的九婶婆,
十的弄大锣。
拍你千拍你万,

拍你一千佫一万。

《月光光（一）》
　月光光，
　秀才郎，
　骑白马，
　过南塘，
　南塘莫得过，
　拿猫儿来载货，
　仔莫著磨刀石。

《月光光（二）》
　月娘月光光，
　起厝田中央，
　骑白马，
　过东庄，
东庄娘仔拗起官，
　起官吃不饱，
　掠来做纱绞，
　纱绞不绞纱，
　掠来做工叉，
　工叉不叉草，
　掠来做粪斗，
　粪斗不装土，
　掠来做葫芦，
　葫芦不鸽药，
　掠来做刀石，
　刀石不磨刀，
　掠来做竹篙，
　竹篙不晾衫，
　掠来做扁担，
　扁担不担粟，
　掠来做大烛，
　大烛点不亮，
　掠来做矼落，

矼落钉不转，
掠来做酒俄，
酒俄不激酒，
掠来做朋友，
　朋友兄，
　朋友弟，
牵兄牵弟做游戏。

《一个人姓傅》
　一个人姓傅，
　手拿一匹布。
　行到双叉路，
　走去找当铺。
　当钱一千五，
　买了一担醋。
　担到山路边，
　看见一只兔。
　赶紧放落醋，
　开步去追兔。
　敧结来褪裤，
　兔仔包入裤。
　兔嘴咬破裤，
　裤破窜出兔。
　追兔无顾醋，
　醋担觇着兔，
　掠兔拍倒醋。
　要穿脚无裤，
　要担也无醋。
　无钱通买布，
　气死即个傅。

《一个倥欹兄》
　一个倥欹兄，
　互某拍生惊。
　正月初一日，

半暝去拜正。
裤穿长短脚，
上路坦横行。
人看真爱笑，
耳腔假无听，
丈姆一看见，
气甲给做声。
食蚶无剥壳，
食肉惊食精。
酒咻一下醉，
顶厅颠下厅。
佳哉丈姆厝，
免得众人惊。

《阮阿舅》
阮阿舅，
真本事。
势饲猪，
势饲牛，
势种菜，
势种匏。
无上三年久，
趁甲一大注。
年头起大厝，
年尾娶新妇。

《乌颅头》
乌颅头，
扩橄榄，
十二岁，
做安妈。
安妈长，
安妈短，
捣着匏仔去炊粿。

《丈姆厝，好迌迌》
拍铁哥，
敲铜锣，
丈姆厝，
好迌迌。
揭交椅，
挽仙桃。
仙桃枝，
换荔枝。
荔枝树尾红，
呼狗咬丈人。
丈人走去觇，
龟咬鳖。
鳖伸头，
龟咬猴。
猴一跳，
跋落深坑死翘翘。

《囝仔尻川三斗火》
一个囝仔尻川三斗火，
三个囝仔尻川炊床粿。
也会用来烧包仔，
也会用来煮饮糜。

《拍日本》
滚，滚，滚，
逐个起来拍日本。
伊占咱所在，
伊抢咱钱银，
伊创咱百姓，
怀互咱生存。
滚，滚，滚，
逐个起来拍日本。
有的拍前锋，
有的拍后盾。

刀揭好，
铳比准，
逐个和齐拍日本。
将伊日本兵，
指甲变灰粉。

《中秋博饼》
中秋月圆像明镜，
耀甲四界光映映。
家家户户博月饼，
骰仔捆甲大细声。
阿公博着状元饼，
博了分互逐个食。
逐个那食那多谢，
祝伊出运大好额。

《掩呼鸡》
掩呼鸡，
走狯离，
一要掠，
一要觇。
咪咪咪，
来找你，
找若有，
金交椅，
找若无，
大脚檵。
找的找，
觇的觇，
走过来，
缉过去，
掠着替身真趣味。

《乌猫甲乌狗》
乌猫穿裙无穿裤，

乌狗穿裤裤拖涂。
要炁乌猫去散步，
脚骨酸痛坐草埔。
乌狗要娶乌猫某，
就请白猫做媒人。
要是无定来相送，
若无乌猫嫁别人。

《一点一划长》
一点一划长，
嘴在正中央。
生囝怀成物，
耳仔尺外长。

二、漳州闽南童谣

《年兜来到到》
年兜来到到，
淋蚶炒涂豆，
烧灯猴，
放大炮，
甘蔗倚门后，
红柑排桌头。
家倌讨茶瓯，
细囝讨红包，
阿妈讨花头。

《红虾》
红虾红丢丢，
央公欲食爱捻鬃，
姆妈欲食搵豆油，
阿爹食虾配烧酒，
我食红虾暧目睭。

《羊仔囝》
羊仔囝，
咩咩吼，
牵伊去食草，
行到老叔公的门脚口，
拄着一只狗，
狗仔吠吠吼，
羊仔着惊赶紧走，
害我捉敆着，
跋乍车畚斗。

《补雨伞》
戥秤仔，
补雨伞，
人点灯，
咱来看。
看着两个查某囝仔，
平高佮平大，
有钱来去娶，
无钱莫遣祸。

《展雨伞》
牛屎菇，
展雨伞。
汝点灯，
阮来看。
看恁新娘囝婿，
平悬又平大，
一股演小生，
一股演小旦，
两人有缘结成伴。

《拍马胶》
拍马胶，
粘着骹，

叫爸买猪骹。
猪骹桔仔煴烂烂，
枵鬼囝仔流喙澜。

《雨哩来》
雨哩来，
鸟仔哩相刣；
雨哩滴，
鸟仔哩拍铁；
雨哩落，
鸟仔罔佚佗。

《一支竹仔水里浮》
一支竹仔水里浮，
阿兄叫我去牵牛。
大只细只我敆牵，
阿兄叫我去搦蛏。
大只细只我敆搦，
阿兄叫我穿木屐。
大双细双我敆穿，
阿兄有钱叫我用，
阿嫂无钱哭侥幸。

《目睭花》
目睭花，
匏仔看金瓜；
目睭醪，
粉鸟看密婆。

《一月炒韭葱》
一月炒韭葱，
二月炒韭菜，
三月呛呛滚，
四月炒米粉，
五月五家私，

六月点熏支，
七月七里里，
八月鸡仔偷啄米，
九月九奴才，
十月搦去垱，
十一月偷扛轿，
十二月泄屎屎。

《点油点灯灯》
点油点灯灯，
英雄好汉去做兵。
点油点凿凿，
歹囝仔浪荡去做贼。

《阿舍囝》
阿舍囝，
戴奋笪，
偷搦鸡，
讲无影。

《探外公》
日头出来红咚咚，
竹马上路一阵风，
你骑竹马搭落去？
来去铜山探外公。

《膨风师》
膨风师，
嘴仔裂狮狮，
有耳有鼻有肚脐，
问着敢若真厉害，
讲话亲像做谜猜。
逐家哩拍拼，
伊仑边仔在。
风乍吹，

跋落水，
摔乍变做死囝仔崽。

《公妈惜大孙》
自古人议论，
公妈惜大孙。
大孙嘴尖手也尖，
生做无人嫌，
嘴尖会读册，
手尖会写字，
乖孙有志气，
日后会做官，
会趁钱钱。

《火金星》
火金星，
十五暝，
请恁舅阿来吃茶。
茶烧烧，
要买蕉。
蕉不瓣，
要买书。
书不读，
要买墨。
墨不磨，
要买米箩。
米箩不担，
要买尖担。
尖担不拿，
要买木屐。
木屐不穿，
要买鸡鸽。
鸡鸽不饲，
要买裤。
裤不扒，

要买纱，
纱不纺，
要买破脚桶。

《一两三》
一两三，
阿姊去洗衫；
四五六，
阿兄去磨墨；
七八九，
阿爸捔戽斗。

《火金姑（一）》
火金姑，
来食茶。
茶烧烧，
配芎蕉；
茶冷冷，
配龙眼。
龙眼会开花，
团仔换冬瓜；
冬瓜好煮汤，
团仔换粗糠；
粗糠欲起火，
九婶婆仔紧炊粿，
炊甲臭焦兼着火，
艮神棰俗詈：
死人火，
亡命火，
欲知匀匀仔宽宽仔炊！

《火金姑（二）》
火金姑，
来食茶。
茶烧烧，

配芎蕉；
茶冷冷，
配龙眼。
龙眼爱擘肉，
换来食篮仔菝。
篮仔菝，
全全籽，
害阮食乍落喙齿。

《天乌乌（一）》
天乌乌，
欲落雨，
阿公仔揭锄头，
巡水路，
巡着一阵鱼仔虾仔欲娶某。
三鲚做新娘，
土杀做公祖。
鱼揭灯，
虾拍鼓，
水鸡扛轿大腹肚，
田婴揭旗喝辛苦，
水堕归阵来耀路。
田婴举旗叫艰苦，
老鼠沿街拍锣鼓。
为着龙王欲聚某，
鱼虾水卒闪无路。
金鱼绘愿做伴娘，
哭甲目睭吐吐吐。

《天乌乌（二）》
天乌乌，
欲落雨，
鲤鱼欲娶某，
鳖担灯，
龟拍鼓，

蟧仔嗌哒嘀，
胡蝇举彩旗，
蛤鼓担布袋，
鲉仔做轿甫，
水鸡好唱歌，
花蛤来炁路，
摇摇摆摆上大路，
拄着一阵西北雨，
沃甲衫仔澹糊糊，
食一碗红圆无裨补。

《人插花》
人插花，
伊插草。
人抱婴，
伊抱狗。
人哩笑，
伊哩吼。
人未嫁，
伊缀人走。
人坐轿，
伊坐畚斗。
人困红眠床，
伊困屎礐口。

《摇金团》
摇啊摇，
摇金团，
摇猪骹，
摇大饼；
摇蜜桃，
来相请。

《风》
风来，

风来，
一镭互你买王梨。
风去，
风去，
一镭互你买空气。
风无，
风无，
一镭互你买甜桃，
风晴，
风晴，
一镭互你买大麦。

《一的炒米芳》
一的炒米芳，
二的炒韭菜，
三的呛呛滚，
四的炒米粉，
五的五将军，
六的好囝孙，
七的煮面线，
八的公家分一半，
九的九婶婆，
十的扛大锣，
拍你千，拍你万，
拍你一千连五项。
你讲敢唔敢？
唔讲拍遘你叫唔敢！

《盐蚣狮》
盐蚣狮，
白目眉，
无人请，
家己来。

《白鹭鸶，头欹欹》
　　白鹭鸶，
　　头欹欹。
　　婆担盘，
　　公揭箭。
揭到门骸口，
田地收三斗。
一斗付田租，
两斗互阮姑。
撞着一阵鹦哥鸟，
　　公仔喝，
　　婆仔搦，
两人刨刨炒炒互我食。

《月娘月光光》
　　月娘月光光，
　　起厝田中央，
　　骑白马，
　　过下庄。
下庄娘仔势起宫，
　　起宫食赡饱，
　　搦来做纱绞。
　　纱绞赡绞纱，
　　搦来做工杈。
　　工杈赡杈草，
　　搦来做畚斗。
　　畚斗赡抔涂，
　　搦来做葫芦。
　　葫芦赡豉药，
　　搦来做刀石。
　　刀石赡磨刀，
　　搦来做竹篙。
　　竹篙赡晾衫，
　　搦来做本担。
　　本担赡担粟，

　　搦来做大烛。
　　大烛点赡着，
　　搦来做笈螺。
　　笈螺拍赡遨，
　　搦来做酒碱。
　　酒碱赡激酒，
　　搦来做朋友。
　　朋友兄啊朋友弟，
　　相牵手来做游戏。

《磨豆浆，做豆腐》
　　磨豆浆，
　　做豆腐，
　　挓去送姊夫。
　　姊夫无仁厝，
　　挓去送阿舅。
　　阿舅去饲牛，
　　挓去送姨母。
　　姨母食豆腐，
　　呵咾做了好功夫，
　　回送三粒葫芦匏。

《摇啊摇》
　　摇啊摇，
　　摇啊摇，
　　摇遘外妈桥。
　　外公笑，
　　外妈惜，
　　亲像水珠困芋箬。
　　婴啼婴哭婴唱歌，
　　无啼无吼赡长大。
　　摇啊摇，
　　困啊困，
　　一暝大一寸。
　　摇啊摇，

惜啊惜，
一日大一尺。

《先生无在馆》
先生无在馆，
学生搬海反。
先生无在学，
学生四界趖。

《囝仔栽》
囝仔栽，
你着乖，
膨膨大，
大汉会是状元才。

《龙眼鸡，跋落涂》
龙眼鸡，
跋落涂，
阿姊育阿奴。
阿奴你莫哭，
阿伯担盐拍耳钩，
阿姆经布落箱头，
阿妈饲猪排门楼。

《阿姊教我》
蜜蜂飞来规大拖，
阿姊教我四句歌，
教我客来着接搭，
教我煮饭着淘沙。
蜜蜂飞来规大群，
阿姊教我两句文，
教我客来着客气，
教我煮饭着绪裙。

《月娘妈》
月娘妈，
请你听细腻：
你是兄，
我是弟，
莫揭刀仔割阮耳。

《唔唔瞩》
唔唔瞩，
唔唔困，
一冥大一寸；
婴仔婴仔惜，
一冥大一尺。
摇囝日落山，
抱囝金金看。
囝是我心肝，
惊汝受风寒。
共是一样囝，
赡有两心肝。
查甫也着痛，
查某也着成。
痛囝像黄金，
成囝有责任。
饲遭恁嫁娶，
爸母则放心。

《拜一遭礼拜日》
拜一，
阿爸去做稽；
拜二，
阿母上菜市；
拜三，
阿妈曝豆干；
拜四，
阿公去看戏；

拜五，
阿姑厝普渡；
拜六，
阿叔学做木；
礼拜日，
一家伙仔困甲直直直。

《石井郑国姓》
石井郑国姓，
安海去招兵，
四界收樵草，
招招来抗清。

《密婆》
密婆，
密婆，
带囝带孙来迌迌：
鲇鲑头在路顶趄，
老鼠拖猫上竹篱，
鸡仔半日咬鹅鹑。

《新正歌》
初一早，
初二早，
初三困遘饱。
初四尪落地，
初五戒归，
初六沃肥。
初七七元，
初八完全，
初九天公生，
初十地公冥。
十一食福，
十二弄叮咚，
十三关帝人迎尪，

十四人堆山，
十五元宵做月半，
十六花灯从人看。
十七散灯棚，
十八人讨债。
十九炊粿，
二十塍底续戏尾。

《月令歌》
正月正，
炖猪肉，
请阿兄。
二月二，
阿兄牵小弟。
三月三，
水缸无水咱来担。
四月四，
人搬戏。
五月五，
龙船渡。
六月六，
阿兄做田互日曝。
七月七，
桃芭乌，
龙眼必。
八月八，
拔豆藤，
拾豆屑。
九月九，
公差放甲漫天吼。
十月十，
尖仔米饭胀遘反白目。
十一月，
磨圆仔粞，
搓红圆。

十二月，
欢欢喜喜来过年。

三、泉州闽南童谣

《叫你开门你开窗》
叫你开门你开窗，
叫你买菜你买葱，
叫你行西你走东，
叫你焘某你嫁翁，
叫你揭椅你揭枋，
叫你开窟你填空，
叫你掼篮你掼笼，
叫你掠鱼你掠虫，
叫你揭扇你揭火熥，
叫你引火你挖灶空。

《天乌乌》
天乌乌，
要落雨，
海龙王，
要娶某，
鲇鮘做媒人，
土杀做查某，
龟嗌吹，
鳖拍鼓，
水鸡扛轿目吐吐，
田婴揭旗喝辛苦，
火萤揹灯来耀路。
虾姑担盘勒屎肚，
老鼠沿街拍锣鼓。
为着龙王要娶某，
鱼虾水卒真辛苦。

《人插花，你插草》
人插花，
你插草。
人刣猪，
你刣狗。
人咧笑，
你咧吼。
人困眠床，
你困踏斗。

《月娘月光光（一）》
月娘月光光，
老公仔伫菜园，
菜园掘松松，
老公仔欲种葱，
葱无芽，
欲种茶，
茶无花，
欲种瓜，
瓜无子，
老公仔气甲欲死。

《月娘月光光》（二）
月娘月光光，
枫亭担乌缸。
乌缸重，
担箸笼。
箸笼轻，
担水升。
水升浮，
去担匏。
匏长长，
担笼床。
笼床要炊馃，
害阮烧甲臭焦兼着火。

《势捭家，嘭嘭富》
　　挨豆干，
　　挨豆腐。
　　饲大猪，
　　起大厝。
　　虬佫俭，
　　建家具。
阿姑阿姨阿咾我，
　　势捭家，
　　嘭嘭富。

《挨豆干，挨豆腐》
　　挨豆干，
　　挨豆腐。
　　请亲家，
　　弄破厝。
　　请亲姆，
　　起大厝。
　　大厝起花园，
　　爱食三色糖，
　　爱困新眠床。
　　新蠓罩，
　　断蠓吼。
　　新棉被，
　　断家蚤。
　　新枕头，
　　断油垢。
　　新尿盆，
　　抛辗斗。
　　新夜壶，
　　呛呛吼。

《雨仔微微来》
雨仔微微来，
引公去城里。

引妈去拾螺，
怀知来抑未？
未来是去赤土屿，
　　赤土屿，
　　乌狗咬肥猪。
　　肥猪牵去刣，
　　关刀对藤牌。
　　藤牌揭来弄，
　　大糕对大粽。
　　大粽拿来食，
　　金龙对加腊。
　　加腊掠来炊，
　　草涂对焦灰。
　　焦灰好抹壁，
　　新娘姑爷炁。

《虱母要嫁翁》
虱母要嫁家蚤翁，
去叫木虱做媒人。
蠓仔听见说怀通，
家蚤听见怫怫跳：
"虽说蠓仔你会飞，
怀值家蚤我势跳。
啥人比我较才调。"
胡蝇看见气咳咳，
就骂蠓仔太不该。
姻缘要结是人代，
何必着你来破坏。

《当当当，补雨伞》
　　当当当，
　　补雨伞，
大家众人围来看。
　　看甚物，
　　看海水。

海水淹上山，
阿同骑马去割菅。
割菅好迌迌，
骑马拜公婆。
公婆面忧忧，
骑马去福州。
福州浮健健，
骑马去拍战。

《雷公岖岖瑱》
雷公岖岖瑱，
鸭仔走落田。
田咧生柳枝，
柳枝生茶瓶。
茶瓶生橄榄，
橄榄双头红。
红的挽来食，
青的送丈人。
丈人阿咾好，
阿兄悉阿嫂。
阿嫂脚咧痛，
嗒入房，
房中央，
一尾虫。
虫呢？
虫互鸡啄去。
鸡呢？
鸡互猫咬去。
猫呢？
猫去跙松树。
松树呢？
松树锉燃火。
火灰呢？
火灰壅番薯。
番薯呢？

番薯饲大猪。
大猪呢？
大猪牵去卖。
卖偌钱？
卖十圆。
十圆十路用，
你免想要拴。

《揾孤鸡》
揾孤鸡，
觑伊密，
白鸡仔，
去揲贼。
揲若有，
做新妇，
揲若无，
做乞食婆。

《草蜅公，穿红鞋》
草蜅公，
穿红鞋。
一脚拖，
一脚躂。
躂到宫仔口，
挂着一只虎狮狗。
虎狮狗，
悉悉吠，
贼仔偷揭碓。
碓要舂，
贼仔偷揭宫。
宫要起，
贼仔偷揭椅。
椅要坐，
贼仔偷攦被。
被要盖，

贼仔偷掠鸭。
鸭要唠，
贼仔偷揭刀。
贼仔偷揭笠。
笠要戴，
掠贼仔来割鼻。

《过新年》
初一涨，
初二涨，
初三老鼠炁新娘，
初四人迎香，
初五隔开，
初六舀肥，
初七人生日，
初八五谷生，
初九天公生，
初十地妈生，
十一请团婿，
十二食糜配芥菜。

《冬至》
咱厝人，
冬至时，
碾米绞粞搓红丸。
搓糖粿，
无稀奇，
捏猪捏狗捏金鱼。
做鸡仔，
鸡袂啼，
落水要捞举笊篱。
囝仔人，
勾勾缠，
想吃你得敢赤钳。
野答工，

逗支持，
阿母挲啊一半暝。
敬祖先，
望新年，
保庇平安趁大钱。

四、台湾闽南童谣

《新娘》
新娘水当当，
裤仔破一空。
头前开店窗，
后壁卖米芳。

《咕咕咕》
咕咕咕，
田螺炒豆腐。
恁厝无米煮，
阮厝也阁有。

《冬节圆》
冬节圆，
搓圆圆，
有红圆，
有白圆。
冬节圆，
甜甜甜，
白的平安大趁钱，
红的合家大团圆，
逐个欢喜等过年。

《土地公》
土地公，
白目眉。
无人请，

家己来。

《油炸粿》
油炸粿，
烧佫脆。
涂豆仁，
捎归把。
妈祖宫，
牵电火。
市场内，
卖芋粿。

《天乌乌》
天乌乌，
欲落雨，
夯锄头，
巡水路，
巡着一尾鲫仔鱼，
欲娶某，
鲇鮘做媒人，
土虱做查某，
龟打锣，
鳖打鼓，
毛蟹担灯双目吐，
田婴举旗喊艰苦，
水鸡扛轿大腹肚。

《卖豆菜》
卖豆菜，
荫豆芽，
卖润饼，
拖水鸡，
鱼肉鼎，
瘠肉炒韭菜花，
红龟发粿，

土地公伯仔要食着博杯。

《人插花》
人插花，
伊插草。
人抱婴，
伊抱狗。
人未嫁，
伊先走。
人坐轿，
伊坐粪斗。
人困眠床，
伊困屎礐仔口。

《做头前》
做头前，
食鸭爿。
做中央，
食糖霜。
做尾后，
食涂豆。
做头前，
互虎咬一爿。
做中央，
互狗咬尻川。
做后壁，
互鬼掠。

《掠田婴》
多咧咪，
大头的掠田婴。
田婴天顶高，
大头的卖肉圆。
肉丸苦苦不好食，
大头的卖柴屐。

柴屐侎好穿，
大头的真侥幸。

《风紧来》
风风风紧来，
一铣给你买凤梨。
风风风紧去，
一铣给你买笑芷。

《烧肉包》
烧肉包，
走到恁兜。
烧啵粿，
走到恁后尾。

《翁仔某》
翁仔某，
拿钱买菜脯。
菜脯侎好食，
翁某走相掠。

《甜粿过年》
甜粿过年，
发粿发钱，
包仔包金，
菜头粿，
食点心。

《炒米芳》
一的炒米芳，
二的炒咸菜，
三的呛呛滚，
四的炒米粉，
五的五将军，
六的乞食孙，

七的分一半，
八的踞梁山，
九的九婶婆，
十的弄大锣。
拍你千拍你万，
拍你一千佫一万。

《摇金子》
摇金子，
摇金子，
摇猪脚，
摇大饼，
摇槟榔，
来相请。

《一放鸡》
一放鸡，
二放鸭，
三分开，
四相叠，
五搭胸，
六拍手，
七纺纱，
八摸鼻，
九咬耳，
十捡起，
快快乐乐笑眯眯。

《火金星》
火金星，
十五暝，
鱼弄鼓，
先生娘，
大腹肚，
正月生丈夫，

二月生查某。
　坐我船，
　拍我鼓，
　食我白米饭，
　配我咸菜脯。

　　《卖杂细》
玲珑玲珑卖杂细，
摇鼓摇鼓对遮过。
大人团仔紧来看，
看恁要买甚物货。

　　《贫惰仙》
一日过了佫一日，
身躯无洗全全铢。
走去溪仔墘洗三遍，
毒死鲈鳗数万千。
枵鬼查某拾去煎，
食了无死吗拖屎连。

　　《做人鸡翁》
做人鸡翁早早啼，
做人媳妇早早起。
　入大厅，
　洗桌椅。
　入灶脚，
　洗碗箸。
　入房间，
　揭针黹。
　阿咾兄，
　阿咾弟，
阿咾亲家亲姆教示。

　　《一二三》
　一二三，

穿新衫；
四五六，
册爱读；
七八九，
唅嘡吼，
欢欢喜喜来学校。

　　《火金姑（一）》
　火金姑，
　来吃茶，
　茶烧烧，
　配芎蕉，
　茶冷冷，
　配龙眼，
　龙眼干，
　开雨伞，
　人点灯，
　你来看，
　看新娘，
　呛呛滚，
　点胭脂，
　抹水粉，
　金葱鞋，
　凤尾裙。

　　《火金姑（二）》
　火金姑，
　来吃茶，
　茶烧烧，
　配芎蕉，
芎蕉冷冷配龙眼，
　龙眼乌子核，
　吃菜来拜佛。

《点仔胶》
点仔胶，
粘着骹，
叫阿爸，
买猪骹。
猪骹箍，
焄烂烂，
枵鬼囡仔流喙澜。

《白鹭鸶》
白鹭鸶，
车畚箕，
车到沟仔墘。
跋一倒，
拾到二鲜钱，
一鲜俭起来好过年，
一鲜买饼送大姨。

《月光光（一）》
月光光，
秀才郎，
骑白马，
过南塘，
南塘未得过，
掠猫仔来接货，
接货接未著，
举竹篙弄猎鸢，
猎鸢普普飞，
举竹篙弄生锅。

《月光光（二）》
月光光，
秀才郎；
骑白马，
过南塘；

南塘未得过，
掠猫来接货，
接未著，
举竹篙，
弄猎鸢，
猎鸢跌落田，
嫁酒瓶；
酒瓶要饮酒，
嫁扫帚；
扫帚要扫地，
嫁给卖杂货；
卖杂货的要摇铃珑，
嫁司公；
司公要读疏，
嫁破布；
破布要补衫，
嫁牛担；
牛担要犁田，
嫁酒瓶。

《月光光（三）》
月光光，
老公仔在菜园；
菜园掘松松，
要种葱；
葱无芽，
要种茶；
茶无花，
要种瓜；
瓜无子，
抓老婆仔来打死；
打死在何位？
打死在香蕉脚；
用什么眝？
用破猪槽；

用什么盖？
用破米箩；
啥人跪？
老海瑞；
啥人拜？
老子婿。

《月光光（四）》
月光光，
早早担水落柑园；
柑仔种四欉，
四姊妹仔真成人；
大的嫁福州，
第二的嫁金树；
第三的嫁海岸，
第四的嫁内山；
大的返来金马鞍，
二的返来金桶盘；
第三的返来金交椅，
四的返来气半死；
平平是姊妹，
给我嫁上山，
三当糜煮甲烂烂，
吃菜脯，配盐菜干。

《月光光（五）》
月光光，
油点仓，
三岁囝仔，
捧槟榔；
捧到阿公店，
阿公阿妈在钓鱼，
鱼头鱼尾请亲家；
亲家要食鲫鱼仔挖目睭，
亲母要食韭菜淋麻油；

淋到脚也绿，
手也绿；
举大刀，
剖石榴，
石榴开，
乞食蒙棕蓑。

《月娘月光光》
月娘月光光，
起厝田中央，
田螺做水缸，
色裤做眠床，
脚步做大肠。

《白蚁乌骹蹄》
白蚁乌骹蹄，
拍遭廿九暝。
廿九暝，
卖豆菜，
卖润饼，
土水鸡，
鱼肉挨，
韭菜花；
白糖兼西瓜，
角水搅豆腐花。
豆腐花，
盐糊黏，
草地姆仔土豆无炒盐，
猪母鬼食饱就想飞。

《阿财》
阿财，
阿财，
厝顶跋落来。
有嘴齿，

无下骸。

叫师公，

叫烩来。

叫土公，

扛去埋。

《彰化弓蕉》

彰化弓蕉十二丛，

天公姆仔做媒人。

做倒位？

做竹篾仔街，

坐轿骑马来巡街。

土地公，

听我说，

今年三十八，

好花着在枝，

好囝着来出世。

底时要搬戏？

四月四。

搬甚物戏？

三献三界寺。

火把十六支，

猪羊自己饲。

阉鸡古，

三斤二。

草仔枝，

做粪插，

番薯签，

红掌甲。

《坐佮看》

坐飞机，

看天顶；

坐大船，

看海涌；

坐火车，

看风景；

坐汽车，

钱较省；

坐牛车，

顺续挽龙眼。

《日头落山》

日头落山，

鬼仔起来卖豆干。

日头落海，

鬼仔起来偷放屎。

《篮仔花，开几蕊》

篮仔花，

开几蕊？

一蕊交落田，

一蕊交落水。

教姑拾，

姑不拾，

教嫂拾，

嫂不拾。

大兄拾起来，

姑也爱，

嫂也爱。

开大门，

剥芥菜，

剥几箸，

剥五箸。

一箸青，

送先生，

一箸殕，

送官府，

一箸红，

送丈人，

一箸赤，
送隔壁，
一箸乌，
送大姑。

《上山挽桃花》
教你歌，
教你上山挽桃花。
桃花开，
姜叶肥。
红手巾，
白花眉。
花眉笑咪咪，
龙眼对荔枝。
荔枝朱朱红，
囝婿骑马探丈人。
丈人无在厝，
姨仔放狗咬姊夫，
姊夫摇手喝怀通。
和尚相拍扭头鬃，
尼姑抱囝出来看人。

《乌啊乌》
乌啊乌，
渡船倚沙埔。
沙埔冷，
秤换戥；
戥无花，
肚觎换刺瓜。
刺瓜金籽，
我拍你。
你唔肯，
荔枝换福眼，
福眼剥开全全肉。
鸡拍鸭，

鸭肉精精精。
小弟拍阿兄，
阿兄无本事。
师仔拍师父，
师父手骨激短短。
老戏拍嘉礼，
嘉礼穿长靴。
百姓拍老爹，
鲈鳗拍乞食。

《草蜢仔公》
草蜢仔公，
穿红裙。
要倒去？
要等船。
船倒去？
船弄破。
船片倒去？
船片烧灰。
灰倒去？
灰卖银。
银倒去？
银娶某。
某倒去？
某生孙。
孙倒去？
孙顾鸭。
鸭倒去？
鸭生卵。
卵倒去？
卵请客。
客倒去？
客去放尿。
尿倒去？
尿沃菜。

菜倒去？
菜开花。
花倒去？
花结子。
子倒去？
子碶油。
油倒去？
油点火。
火倒去？
火互老公仔唫唫熄。
老公仔倒去？
老公仔死在香蕉脚。
用甚物垱？
用破猪槽垱。
用甚物勘？
用破米箩勘。
甚物人拜？
老囝婿。
甚物人哀？
老同姒。

《正月正（一）》
正月正，
请子婿入大厅。
二月二，
刣猪公谢土地。
三月三，
桃仔李仔阵头担。
四月四，
桃仔来，
李仔去。
五月五，
龙船古，
水里渡。
六月六，

踏水车，
拍碌碡。
七月七，
龙眼乌，
柘榴必。
八月八，
搞豆藤，
挽豆荚。
九月九，
风筝满天哮。
十月十，
冬瓜糖霜落饯盒。
十一月，
人焚火。
十二月，
人炊粿。

《正月正（二）》
正月正，
在佚陶，
听见博局声，
二月二，
老土地，
三月三，
桃仔李仔双头担。
四月四，
桃仔来，
李仔去。
五月五，
西瓜排居满车路。
六月六，
头家落田拍碌碡。
七月七，
龙眼乌，
柘榴必。

八月八，
牵豆藤，
挽豆荚。
九月九，
风筝满天哮。
十月十，
人收冬，
头家倩长工。
十一月，
年兜边，
家家户户人搓丸。
十二月，
换新衫，
来过年。

《初一早（一）》
初一早，
初二早，
初三无可巧，
初四顿顿饱，
初五隔开，
初六挹肥，
初七七完，
初八完全，
初九天公日，
初十有食喰，
十一概概，
十二溜屎。

《初一早（二）》
初一早，
初二早，
初三困够饱，
初四接神，
初五隔开，

初六挹肥，
初七七完，
初八完全，
初九天公生日，
初十食喰，
十一请子婿，
十二查某子转来食泔糜仔配芥菜，
十三关老爷生，
十四月光，
十五元宵冥。

《七月七》
七月七，
七娘妈生，
牛郎织女要相见。
包庇阮，
好针黹，
嫁好翁，
势趁钱。
别日若好额，
则来答谢天，
答谢三棚戏。

《普度来》
普度来，
欲做戏哦，
吩咐三，
吩咐四哦，
吩咐亲家亲母仔来看戏哦，
对竹脚，
厚竹刺，
对溪边，
惊跋死，
对大路吒，
嫌费气哦，

那无，
都拢莫去哦。

《正月寒死猪》
正月寒死猪，
二月寒死牛，
三月寒死胖风龟，
四月芒种雨，
五月无焦涂，
六月火烧埔，
七月半鸭怀知死，
八月中秋人团圆，
九月九滥日，
十月日生翼，
十一月冬节上长暝，
十二月初三乌龟精。

《年节》
中秋时，
月娘圆。
想月饼，
过三更，
一年想了阁过一年。
二九暝，
好时机，
炒青菜，
参肉丝，
这顿暗饭，
才有肉俗鱼。

《鸭母王朱一贵》
头戴明朝帽，
身穿清朝衣，
五月歌永和，
六月还康熙。

本附录资料来源于陈耕、周长楫编著的《闽南童谣纵横谈》(鹭江出版社 2008 年版)；张嘉星编著的《漳台闽南方言童谣》(厦门大学出版社 2011 年版)；张嘉星著的《漳州方言童谣选释》(语文出版社 2006 年版)；施福珍著的《台湾囝仔歌一百年》(晨星出版有限公司 2003 年版)；康原编的《台湾童谣园丁——施福珍囝仔歌研究》(晨星出版有限公司 2009 年版)。

后　记

　　童谣是童年的组成部分，人们一听到幼时念过的童谣，就会想起童年的诸多趣事，心有所动，情为所乐。人人都有童年情结，这是一个人在成年之后对童年时光的执意怀念（恋）。我出生在闽南，父母也都是闽南人，从小就听着《月光光》《火金姑》《天黑黑》这样的童谣长大，成年后每逢听见儿时吟唱过的童谣，都倍感亲切。教育部人文社会科学研究规划基金项目让我再对儿时童谣进行研究，我内心感到无比欣喜，似乎又回到儿时，重温那最难忘的童年时光。

　　知之非艰，行之惟艰。立项之前，我对闽南童谣做过一些小规模的调研，主要是从其保存现状来分析闽南童谣的传承问题，而真正深入研究的时候，发现难度还是相当大的，闽南童谣研究涉及汉语言文学、历史学、民俗学、文化学、传统音乐学等多门学科的交叉与结合，其中方言、古代文献研究是重点。闽南地区包含厦门、漳州、泉州地区，童谣具有民间文学的基本特征，口耳相传，代代相传，有些童谣并没有文字记载，仅保留在民间，收集资料比较困难。闽南语的文字版本研究更是难上加难，很多闽南语发音如何用汉字表现出来、古汉字如何解读，是我在撰写时花费了很多功夫去研究的问题。

　　"落其实者思其树，饮其流者怀其源。"我要感谢在本书所涉及的学术领域或行业内做出贡献的研究学者，是你们的不断努力和潜心研究使这一领域的研究工作变得清晰，提供了大量宝贵的基础资料和研究方法。

　　我或是忙于读博，或是忙于工作，无法时常陪伴家人，谨以此书献给我的家人，是他们默默地支持与相伴，才有本书的完成。

　　囿于时间和水平所限，书中还存在诸多不足，今后我还要继续努力学习与工作，拾遗补阙，不断对研究进行完善。